JN041117

春の日びより
Harunohi Biyori
illust. ひたきゆう

乙女ゲームのヒロインで最強サバイバルⅦ

otome game no heroine de saikyo survival

TOブックス

シエル・ワールド

サース大陸

MAP

otome game no heroine de
saikyo survival

■ 主要大都市
★ 大規模ダンジョン

メールス
トランバルト
メールン国家連合
ミスレイド
魔族国ダイス
風竜の巣
ルーンズ
コンドーラ
ニルス
スレイド
ロスト山脈
水竜の巣
地竜の巣
竜の狩猟場
魔の森
ホーランディス王国
バース公国
死の砂漠
森林
ゼントール王国
ソーラッド王国
魔族砦
火竜の巣
古代遺跡
レースヴェール
カトラス
エルフの森
霊山
ヤーン王国
不帰の森
聖都ファーン
ファンドレス公国
ファンドーラ法国
水竜の巣
不帰の森
ドワーフ国
ドレール共和国
カルファーン帝国
セルレース王国
コンドール王国
カンハール王国
自由都市ラーン
ゴードル公国
ガンザール連合王国
イルス公国
ジャスタ皇国
ソルホース王国
クレイデール王国
サンドラ公国
獣人国
ワンカール侯爵領
クレイズ公爵領
ダンケス伯爵領
獣人国

大森林
魔物生息域
コンドール王国
セイレス男爵領
ホーラス男爵領
セドラス伯爵領
バッシュ伯爵領
ヘーデル伯爵領
メラン伯爵領
旧ダンドール公国領
モントレア伯爵領
イルス公国
コンド鉱山
トーラス伯爵領
ボルド伯爵領
ダンドール辺境伯領
ケンドラス侯爵領
魔物生息域
旧国境
ダンス侯爵領
カルファーン伯爵領
街道
サンドーラ伯爵領
グリムス伯爵領
ヘールトン公爵領
スタンレイ伯爵領
リスト侯爵領
ソルホース王国
緩衝地帯
オーズ侯爵領
クレイデール王国
王都
魔術学園
コーレス侯爵領
魔物生息域
レスター伯爵領
ラクストン公爵領
旧国境
ルナール伯爵領
街道
ソラッド伯爵領
リーセル侯爵領
リース伯爵領
旧メルローズ公国領
ロンデール伯爵領
メルローズ辺境伯領
ハンクース侯爵領
サングラール伯爵領
N
W
E
S

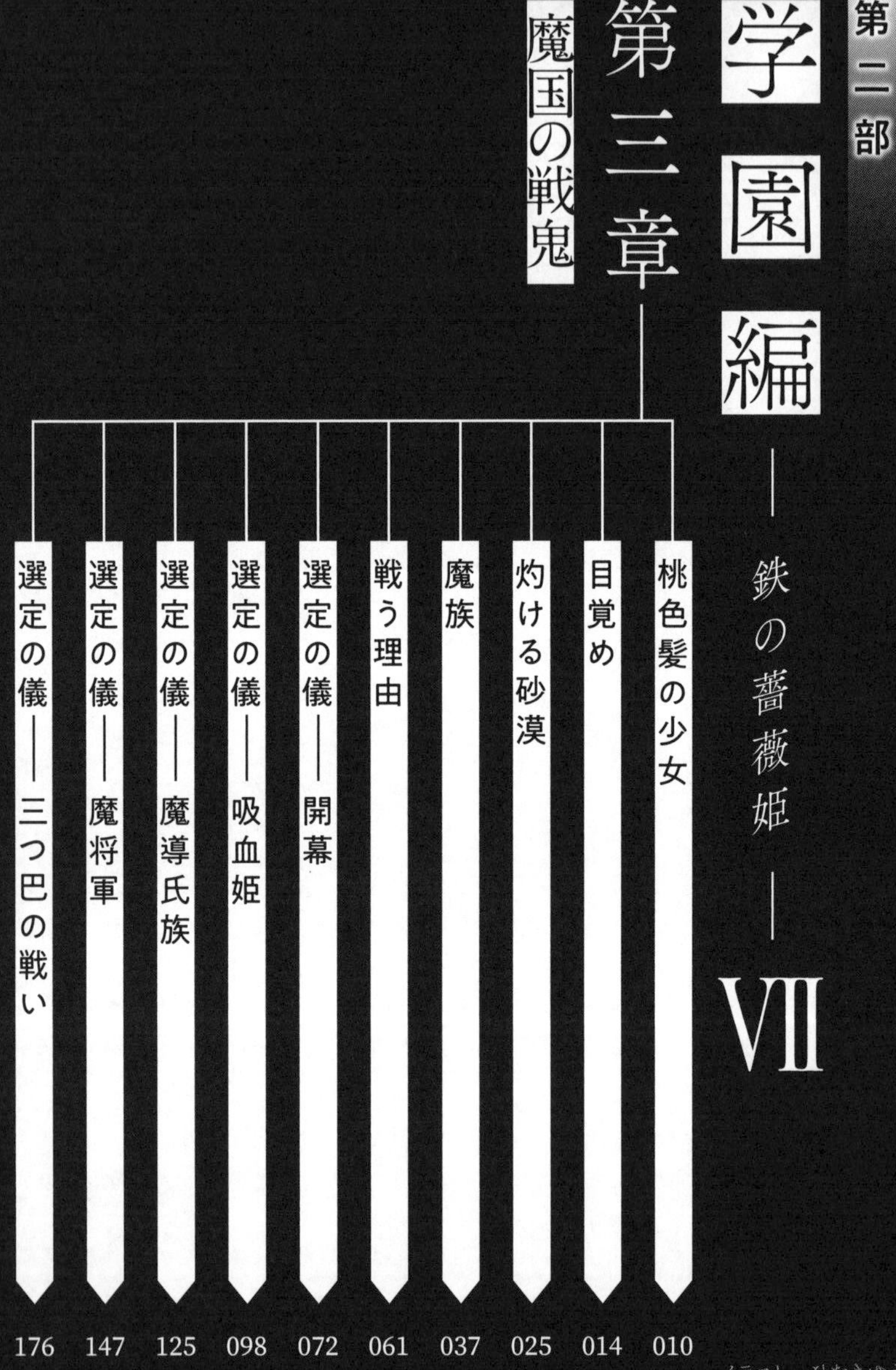

第二部 学園編

第三章 魔国の戦鬼

—鉄の薔薇姫— VII

イラスト ひたきゆう

デザイン AFTERGLOW

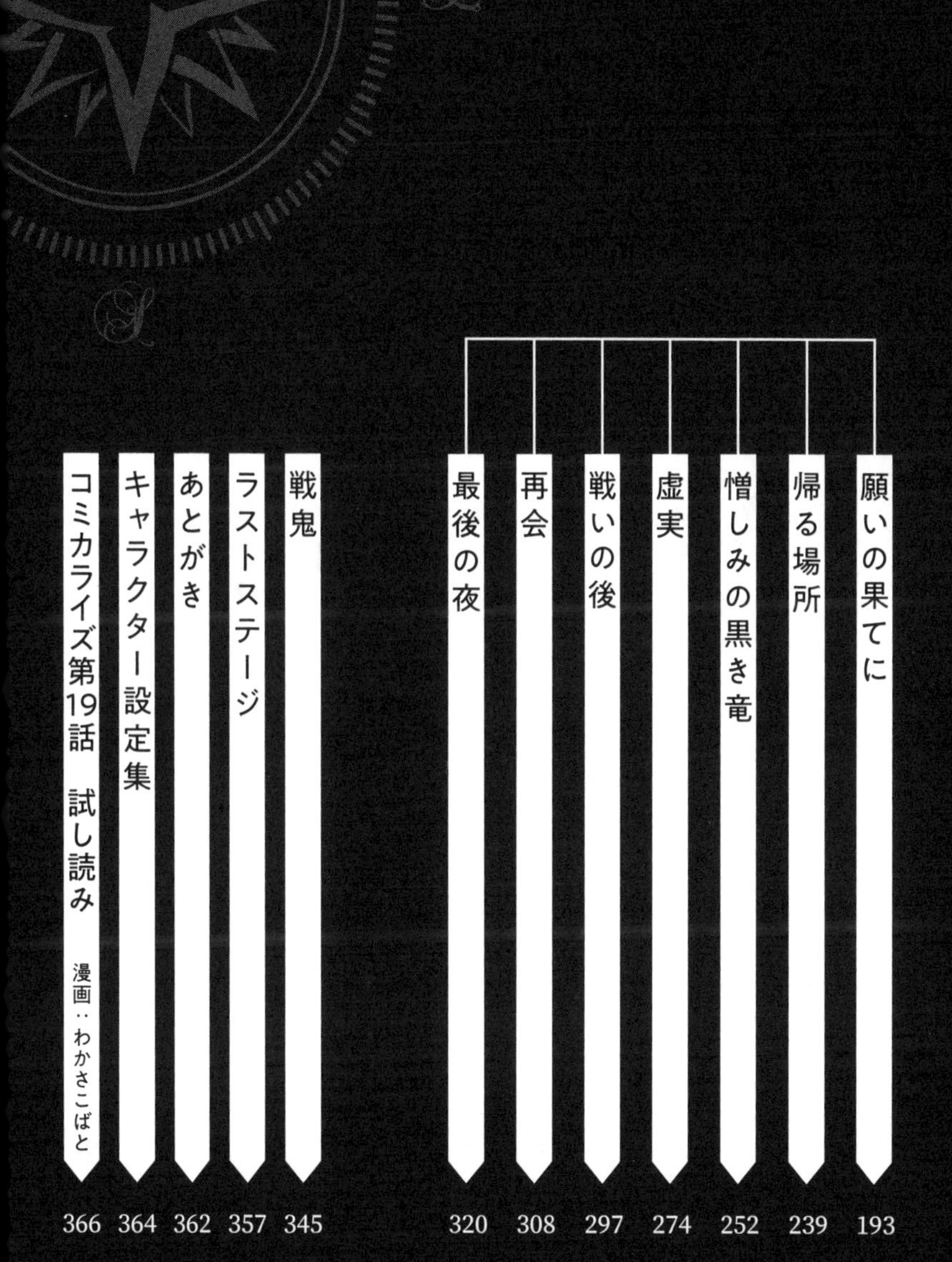

contents

アリア（本名:アーリシア・メルローズ）

本作の主人公。乙女ゲーム『銀の翼に恋をする』の本来のヒロイン。転生者に殺されかけた事で「知識」を得た。生き抜くためであれば、殺しも厭わない。

エレーナ

クレイデール王国の第一王女。乙女ゲームの悪役令嬢だが、アリアにとっては同志のような存在。誇り高く、友情に熱い。

クララ

ダンドール辺境伯直系の姫であり転生者。
乙女ゲームの悪役令嬢の一人。アリアを警戒している。

カルラ

レスター伯爵家の令嬢。乙女ゲームにおける最凶最悪の悪役令嬢。アリアと殺し合いたいと考えている。

characters

フェルド

お人好しな凄腕冒険者。幼いアリアに最初に戦闘スキルを教えた人物。

ヴィーロ

冒険者。凄腕斥候。アリアを気に入り、暗部騎士のセラに引き合わせた。

セラ

メルローズ辺境伯直属、暗部の上級騎士（戦闘侍女）。アリアを戦闘メイドとして鍛えた。

カミール

魔族国の王子。無法都市・カトラスにてアリアと出会う。魔族内の過激派からは命を狙われている。

アーリシア（偽ヒロイン）

乙女ゲームの知識を得た元孤児。本来アリアが担うはずだった"乙女ゲームのヒロイン"という立場に収まり、魔術学園にて暗躍している。

【サバイバル】survival
厳しい環境や条件の下で生き残ること。

【乙女ゲーム】date-sim
恋愛シミュレーションゲーム。

第二部

学園編

鉄の薔薇姫 VII

第三章　魔国の戦鬼

桃色髪の少女

昔々……というほど大昔ではない数十年ほど前の話。

西の大国カルファーン帝国へ、東の大国クレイデール王国から一人の少女が訪れた。

浅黒く小麦色の肌をしたカルファーン帝国の人たちの中で、彼女の白い肌は珍しく、それ以上に見たこともない鮮やかな『桃色がかった金髪』は多くの人々を惹きつけた。

数百年も続いた魔族（エビルレース）と人族の戦争は、魔族王が討たれることで一時の平穏がもたらされた。

人々は傷つきながらも新たな時代の訪れを感じ、そんな平和な時代の先駆けとしてカルファーン帝国の皇太子が東の大国クレイデール王国へと留学する。

一年余りの留学を経て帰国した皇太子一行の中に、その少女の姿があった。交換留学生として数名の従者のみを連れて渡航した彼女は、クレイデール王国でも旧王家として名高いメルローズ家の〝姫〟で、帝国の貴族たちは皇太子が留学先から妃候補として連れ帰ったのではないかと噂する。

そんな噂に心を痛めたのは、皇太子の婚約者であり留学した彼の帰りを待っていた、大公家の姫であった。

帝国の貴族学園に入学し、文化や形式の違いで細々とした問題を起こす桃色髪の少女と、彼女を羨み嫉妬する大公の姫が何度もぶつかり合い、大公の姫は桃色髪の少女に心ない言葉を浴びせたこともあった。

そのせいで婚約者である皇太子との関係にも齟齬（そご）が生じ、素直になれず傷つく大公の姫。でも、その気持ちを誰よりも理解してくれたのは、異国の姫である桃色髪の少女だった。

時を同じくして父王を殺された敵を討つべく、魔族国の王子が皇帝と皇太子を暗殺しようと、単独でカルファーン帝国へと侵入する。

それに対して皇太子とその従者、そして大公の姫と桃色髪の少女が口喧嘩をしながらも手を取り合い、魔族国の王子を退（しりぞ）け、二人の姫はいつしか掛け替えのない友人となった。

皇太子を護（まも）り、その価値を示した桃色髪の少女に、幾人もの上級貴族の子弟が愛を囁いた。少女が望めば皇太子の妃の一人となることもできただろう。けれど、少女が選んだのは皇太子が留学先にも同行させていた、乳兄弟である従者の青年だった。

立場の違いから言葉にできずとも、二人は留学時から想いを通わせていた。そこで皇太子が一肌脱ぐことで、高位貴族であるメルローズ家の姫が留学することが許されたのだ。

そして、大公の姫は念願だった皇太子と結ばれて皇妃となり、桃色髪の少女は子爵であった従者の青年に嫁ぎ、その数年後……一人の娘を授かった。

従者と少女の愛娘……淡い小麦色の肌に赤みがかった桃色髪の少女は、貴族学園に入学する頃には美しく成長する。幼い頃から彼女を知る皇妃となった大公の姫も無事に男児を授かり、親友の娘である少女を自分の息子に娶らせ、皇太子妃にしようと画策していた。

母譲りの美しさと不思議な魅力を持つ少女に、何人もの少年たちが心を奪われる。

幼なじみである新たな皇太子も少女のことを憎からず思っていたが、子爵令嬢である少女に幾つもの上級貴族家が難色を示し、その行く先には数多の障害が待ち構えていた。

そのとき、正式に魔族王となった元魔族の王子が再び帝国に侵入する。

前回より二十年近く経っていたが、寿命の長い魔族からすれば心が変わるほどの時間ではない。

だが、彼は皇帝や皇太子を襲いにきたのではなかった。前回、退けられたとき、自分が秘めていた想いや悩みを理解してくれた桃色髪の少女に恋をして、忘れることができず、彼は想いを告げるために再び現れたのだ。

以前と変わらず美しい母を誘拐されそうになり、少女は皇太子とその幼なじみである貴族令嬢と共に魔族の王に立ち向かう。

その際に魔族の王の不器用で純粋な想いを知った少女は、彼の心を癒し、互いに想いを通じ合わせることで、少女は魔族王へ嫁ぐことを選んだ。

時は流れ……。

魔族王と人族の血を引き、人族を恨む闇（ダーク）エルフの中で命の危険を感じた魔族国の王子は、生き残る道を模索し、流れ着いた砂漠の町で〝桃色髪の少女〟と出逢う。

そして――。

――カツン。

砂漠の廃都、古代遺跡レースヴェールの北にある魔族国の砦。

石造りの薄暗い通路を一人歩いていた少年は、微かな物音と共に強い衝撃をその身に受けた。

「――!?」

何が起きたのか？　古代遺跡を挟んだこの砦では五十年以上も敵が現れたことはない。ならば、自分の命を狙う暗殺者による襲撃か？　厳しい環境の砂漠の町で鍛えたことで大抵のことには対処できるようになったが、それでも自分の立場で一人になるべきではなかったと、少年は後悔と共に臍(ほぞ)を噛む。

襲撃者ならかなりの手練れだ。ランク４の近接戦闘者である少年に襲われるまで気づかせなかった。とっさに身を捻ることで直撃は避けた少年は背後に向けて肘打ちを放つ。だが暗殺者はそれを予想したかのように少年の肘打ちを素手で押すように逸らす。

暗殺者はその腕の下をかいくぐるように懐に飛び込み、少年の顎を膝で蹴り上げ、倒れ込んだ少年が声をあげる前に咽(のど)を素足で踏みつけながら、鋼の暗器を突きつけた。

「いつから敵になった？　カミール」

「アリアっ!?」

目覚め

——ぴちゃん。

薄暗い闇の中、頬に落ちた水滴に意識が覚醒する。

「…………」

ここは……どこ？　ほぼ明かりのない薄闇。微かに見える石壁に漆喰の天井……。肌寒さすら感じる気温に、天井から水滴が滴(したた)るほどの湿度の高さなど、あきらかに砂漠とは違う。

「——っ」

身体を動かそうとして全身に奔(はし)る痛みに顔を顰(しか)め、私は闇の中を睨み付ける。

（そうか……私は）

覚えている最後の記憶は、魔族軍の女司令官と一騎打ちをして相打ちになったところで途切れている。

おそらくここはどこかの地下牢か……。戦いはあれからどうなったの？　あの女魔族はどうして私を殺さなかった？　再度身体を動かそうと試みると、壁から伸びて私の腕に絡みついていた鎖が微かに音を鳴らした。

「——気がついたか？」

どこからか放たれた声が私の耳に届く。その声にあらためて神経を研ぎ澄ますと、この地下牢のような空間に私以外の微かな気配があることに気づいた。

生命力が希薄だったので気づかなかった。だがその声にはまだ意思の力があり、私は地下牢の鉄格子を挟んだ向こう側……その聞き覚えのある声の主へ意識を向ける。

「……ジェーシャ？」

随分と水分を摂っていないからか声を出すと咽が痛む。でも喋れないほどではない。私が小さく声をかけると向こうから微かに安堵する気配が感じられた。

「ああ。無様に生き残っちまったぜ……アリア」

私の問いかけに声の主――ホグロス商会、冒険者ギルド長のジェーシャが自嘲するようなぼやきを漏らす。死んだと思っていたけどお互い生き残ったか……。私も腹を刺されていたはずだけど、声を出せる程度に治療はされているようだ。

「何があった？」

そう問いかける私に、向こう側にいる気配がわずかに揺らいだ。

「……どうってことねぇよ。魔物の暴走を止めようとして、魔族どもと地竜が現れて丸ごと吹き飛ばされたのさ。オレは……ジルガンの奴が身体を張って庇ってくれたが、結局はこのざまだ……」

「そう……」

彼女もある程度は回復していたようで、言いにくそうにしながらも、しっかりとした声で話してくれる。

ギルドの冒険者たちは地竜が放ったブレスの一撃で半壊。ジェーシャやジルガンを含めた精鋭たちで地竜に対抗するはずだったが、すでに半数が戦闘不能となっており、その時点で撤退を命じたが時すでに遅く、ジルガンは彼女を庇って砂漠に散った。

ジェーシャは最後まで戦ったが、結局は多勢に無勢。力尽きて意識を失ったところを捕らえられ、町の名士であったことからこうして生かされ、ここに放り込まれたらしい。

あれから何日が経ったか分からないけど、ジェーシャが目を覚ましたのは二日前だという。

エレーナ……彼女は無事に逃げ切れただろうか。

「……ここはどこ？」

とりあえず情報がないと動けない。私が訊ねるとジェーシャが何かを振り切るように軽い声で教えてくれる。

「ああ、お前は知らないか。オレも見るのは初めてだが、ここはたぶん、魔族軍の砦だな」

「砦……？」

「オレたちがいたカトラスから見て、古代遺跡レースヴェールの向こう側に、魔族軍の前線基地があるって噂だけは聞いていた。何十年も前に斥候隊が見ただけなんで眉唾ものだったが……たぶんここがそうだろう」

魔族軍の前線基地か。状況はあまり良くないな。

古代遺跡の反対側ということは、カトラスの町に戻るためには広大な古代遺跡を横断するか、何も無い砂漠を延々と歩き続けなければいけない。それをするためには魔族の包囲網を突破する必要

があり、仮に戻れたとしてもおそらくカトラスの町は魔族軍に占拠されているだろう。

でも、諦めない。命があるのならなんとでもなる。今までもそうして生きてきた。この状況は、これまでしてきた〝生き残り(サバイバル)〟となんら変わらない。

「私たちは何故ここに入れられたの？　見張りの姿も見えないけど……」

「見張りは一昨日に一度見たきりだな。オレらがなんで生かされているのかなんて知らねぇよ。それよりも捕虜なら飯くらい出しやがれ」

同じ境遇の私と話しているうちに気力が湧(わ)いてきたのか、ジェーシャの声にも少しだけ活力が戻ってくる。

「オレもよぉ、色仕掛けでなんとかしようとしたんだけどさぁ。闇エルフの野郎どもは異種族の女なんかに興味はねぇとよ。オレらみたいな美少女相手に何もしねぇとは、へたれどもめ」

「そうか……」

ジェーシャはただ文句を言う相手を求めていただけなのか、言いたいことだけを言って、体力の消耗を防ぐために黙り込んだ。

彼女は私と同様に傷を負って食事もしていない。それでもよほど腹に据えかねたのか、体力の消耗よりも愚痴を優先するジェーシャに私も少しだけ心に余裕が生まれた。

最低限だが情報は得た。そこから選択肢も増えてくる。

何故、見張りを置かないのか？　何故、捕虜に水さえも与えないのか？　それはこの世界特有の強者対策だと気づいた。

高ランクの戦士なら数日程度の絶食で死ぬことはない。この世界の生物にとって魔素は栄養素の一つであり、高ランクの幻獣なら魔素だけで生きていけるものもいる。

私の〝知識〟の基になったあの女がいた世界と違い、魔術や高い戦闘力を持つ相手はたとえ武器を奪い牢に閉じ込めても安心はできない。見張りが隙を見せれば、殺されて武器を奪われる可能性もある。だからこの世界では、高ランクの捕虜の場合はこうして何日も水も与えず放置して、ギリギリまで衰弱させるのだろう。そうでなければ安心して尋問も護送もできないからだ。

でも、それはあくまで一般論だ。私にとってこの状況は都合がいい。

「………」

目を閉じて自分の身体を調べる。現在の私は、魔力値も体力値も半分以下か……。身体の渇き具合から考えて、戦いから十日は過ぎているはずだ。衰弱が始まり、これ以上は体力の回復よりも減退のほうが勝るようになる。

……ギリギリで目を覚ませた。あと数日で動くこともできなくなっていただろう。

身体の傷は、腹を刺されたが貫通はしておらず内臓も外れている。もし内臓が傷ついていたら、死んでいたか動けなくなっていたと思う。それ以外は手足の腱くらい切られているかと思ったが、手足の欠損も神経が切れている様子もなくて安堵する。

「……（【治癒(キュア)】）……」

少ない魔力を消費して、私は身体の再生を始めた。

【回復(ヒール)】では治しきれないと判断して【治癒(キュア)】を使う。通常は手を当てた狭い範囲のみを治癒する魔術だが、今の私の魔力制御レベルなら、意識を向けた場所を治癒することも可能だ。腹部を中心に矢傷を受けた箇所や傷めた手足の腱を癒していく。

魔族は油断をしている。それとも人族を下に見て侮(あなど)ったか。

でも、その程度の常識では私を止められない。

表面の細かい傷は後で治せばいいだろう。体力値も衰弱し始めたこの身体ではこれ以上の回復はできないので【回復(ヒール)】を使う必要もない。

次だ……。

手首は壁の左右から伸びた鎖で繋がれているが足は拘束されていない。感触からして主武装のナイフや腿に括り付けた投擲(とうてき)ナイフホルダー、刃を仕込んだブーツや手甲などは奪われ、素手と素足にされていたが、その他の装備はそのままになっている。

足は自由だが、手を縛る鎖は鉄の薔薇(アイアンローズ)を使っても腕力で引きちぎれる太さではない。

暗視を使って見た手首の枷には鍵穴はなく、ボルトのようなものでキツく締められていた。ある程度の工具があれば誰でも外せるが、今の状況では鍵付きよりも厄介だ。

傷の回復を確かめるように身体強化で腕に力を込める。壁に打ち込まれた楔(くさび)はびくともしないが、腕力だけで体重を支えた私は逆さまになるように身体を浮かせ、自分の影を使った【影収納(ストレージ)】から陶器瓶と暗器を一つ取りだし、素足の指で受け止めた。

「…………っ」

焦りそうになる精神を意思の力でねじ伏せ、逆さまになったまま足の指で陶器瓶を掴み、慎重に蓋を外す。そのまま足を使って陶器瓶の中に入っていた油をそっと手枷のボルトに零した。

以前戦った女盗賊の軟体ほどではないが、この程度なら私にもできる。両側の手枷に油を垂らし、足の指で摘まんだ暗器をボルトの隙間に差し込み、少しずつ時間をかけてずらしていく。

ここからは精神力の戦いになる。作業に一切音は立てない。隙間に暗器を差し込み、少しずつずらす作業を延々と繰り返すだけだ。

高い器用値のおかげか、体感で半時も作業を続けるとだいぶボルトも緩んできた。そのまま足の指も使ってボルトを回し続けると、さらに一刻ほど経った頃にはようやく手枷の隙間から片側の手首を抜くことができた。

ようやく自由になった右腕を軽く動かしてみる。多少の痛みはあるが大きな問題はない。片腕が使えるようになったことで左腕の枷は半分の時間で外せた。

良し、これで自由に動ける。

「……お、おい？」

突然立ち上がって【影収納（ストレージ）】から取り出した栄養補給の丸薬や【流水（ウォータ）】で水を飲みはじめた私に気づいて、向かい側のジェーシャから困惑気味の声がかかる。

「なんで枷が外れているんだ？」

「外した」

「……は？」

さらに困惑したような声がした。

「外せるのなら外すでしょ？」

「はあっ⁉」

「五月蠅い」

斥候としてヴィーロから学んだ鍵開け技術で鉄格子の鍵を開けながら、声を荒らげたジェーシャに思わず顔を顰める。それから蝶番にも油を垂らし、音も無く扉を開けてそのまま歩き出そうとした私に、ジェーシャが珍しく慌てていた。

「あ、アリア、オレの枷も外してくれっ」

「騒ぐな。まだ駄目だ。ジェーシャは、隠密スキルは無いのでしょ？」

「なんだ――あぐぁっ⁉」

また声を荒らげそうになったジェーシャの口に、丸薬を指で弾いて叩き込む。

「栄養補給の丸薬だ。あとは天井から落ちてくる水滴でも舐めていれば体力は回復するから、大人しく待っていろ。様子を見てくる」

「お、おい⁉」

騒ぐジェーシャの口にめがけてもう一つ丸薬を弾いて黙らせ、私は行動を開始する。

地下牢から出ても上階に兵士が千人もいたら、たとえジェーシャを解放できても逃げるのは難しい。最低でもこの砦の戦力と周辺の状況だけでも確認しなければ、大きく動くのは危険だった。

それに疑問もある。どうしてあのような安易な方法で監禁したのか？

さっきは侮っているのかと思ったが、そうでない可能性もある。

単なる捕虜として扱っただけなのか？　普通の捕虜を扱う環境としては酷いものだが、手足の腱も切らず、魔術がある世界で咽も潰さずに放置したのは甘過ぎだ。

地下牢の壁などは、土魔術対策くらいはしているはずだが、手枷程度、腕を潰す覚悟があれば、師匠やカルラなら抜け出しているだろう。

それとも……私たちが必要以上に傷つくことを止めた人物でもいるのか？

答えの出ない考察はやめて手持ちの武器を確認する。

現在の武器は【影収納（ストレージ）】に仕舞っていたペンデュラムが一揃い、師匠から借りている暗器が数本に、フェルドとセラから貰ったナイフが一本ずつ。

素手に素足だが、魔術も毒もあり、十数本しか矢はないが小型のクロスボウもある。

たとえ主武器が奪われようともその程度で私の戦闘力は下がらない。この砦に戦力が少なく、私を生かした理由に意味もないのなら――。

「砦の全員を暗殺する」

私は隠密を使って他の捕虜がいないことを確認してから、そのまま上階に移る。

砦だからか窓が無く、外が昼か夜か分からない薄闇の通路があった。あの地下牢が数階ある地下の最下層という可能性もあるが、身を隠すにはちょうどいい。

上階に移ると何度か兵士に遭遇した。見覚えのある黒色の鎧は魔族軍で間違いなさそうだ。その度に天井に張りついて気配を消し、兵士が通りすぎるのを待つ。

焦らない。慌てない。簡単に殺して騒ぎを起こす必要もない。

見た感じ、兵士の数としては多くない。おそらくだが、まだカトラスに駐留している兵士が多いのだと考える。わずか十日程度でレースヴェールを渡れたのも、一部の者たちだけが使えるような特殊なルートでもあるのだろう。

それだとこちらにいるのが、あの女魔族のように高ランクばかりとなる可能性も高いが、人数が少ないのなら身体の回復次第でやりようはある。

そうして薄暗い砦の中を探索していると、どこからか言い争う声が聞こえてきた。石造りの砦の中で反響してどこからか定かではないけど、それほど遠くはない。

内容は分からないが、口調や声の調子である程度なら対象の姿を予想できる。言い争っているが兵士同士が喧嘩をしている感じではない。どちらも感情を抑えている感じから、この砦でも指揮官クラスだろうと推測する。

指揮官や司令官が高ランクである必要はないが、高ランクの戦士や魔術師は、戦場なら高い地位に就くこともある。そんな相手が居るかもしれない所に近寄る必要もないが、しばらく待っているとその声の一人が部屋から出たのか、私のいるほうへ近づいてくる足音が聞こえてきた。

「…………」

待つこと数十秒……。その歩き方や足音だけでも、その人物がある程度の戦闘力を有していると分かる。

手を出す必要はない。敵の戦力を確認するだけで充分だ。でも……。

「…………」

私はその人物を確認し、張り付いていた天井の梁から手を離して背後から襲撃した。

灼ける砂漠

西方の大国カルファーン帝国。皇帝の一族と四つの大公家からなるこの国は、南方を海に面し、陸地が巨大な草原と砂漠からなる、貿易と畜産業が盛んな場所だ。

建材に使える太い樹木も良質な石材も少ないこの土地では、建築物の多くに砂岩を使う。海風対策にその上から特殊な薬剤を混ぜた漆喰を塗った、段々状に白い建物が広がる大陸でも風光明媚なその港町に、十日ほど前から異国の帆船が停泊していた。

東の大国クレイデール王国、その中で旧王家として知られる大貴族メルローズ家の船だが、この来訪は公式であり非公式でもある。

「まだ、許可は下りませんか？」

港町を治める領主の館にて二人の男女が対峙していた。

室内には二人きりではなく、二人の警護を担当している者も控えているのだが、その言葉を発した女性が浮かべる笑顔の圧力に言葉を挟むこともできず、その圧力を真正面から受けているソファーに腰掛けた男性は、最近広くなってきた額に流れる汗をハンカチで拭う。

「ええ、レイトーン夫人の仰ることは分かりますとも。分かるのですが……、ああ、もちろん我が帝国としては全面的な協力は惜しみませんよ。ですが、探索対象者の情報を一般開示せずにこちらの警備網を使うことや、帝国内にそちらの暗部や子飼いの冒険者を動かすことに難色を示す者もおりまして……」

クルス人の男性が口にする弁明めいた言葉が、セラの視線に徐々に小さくなる。

クレイデール王国の王家から王女探索の命を受けた宰相ベルトは、暗部の中で最も信頼する部下と、最も頼りにする冒険者たちを西方へ送り込んだ。

帝国人と同じ肌を持つ男爵夫人のセラと、名誉貴族であるドワーフのドルトンらが帝都に赴き、皇帝陛下と謁見して、とある人物の保護と探索の協力を願い出た。

だが、『王女エレーナ』の名は公にできない。同性の護衛が一緒にいるとしても、一国の王女が行方不明となれば色々と醜聞が立つ恐れがあるからだ。故に詳細が伝えられたのは皇帝と宰相を含めた数名の上位貴族だけで、友好国として協力することは約束してくれたが、さすがに帝国側の衛兵や暗部を使うとなればある程度の『大義名分』が必要だった。

一番の問題は、確実にカルファーン帝国側にいるとは限らないことだ。王女と護衛がこの方面に飛ばされたという情報は、転移魔術を使えるカルラが証言した『高い確率』の場所であり、確定情報ではない。

故にクレイデール王国としてもこの方面に多数の探索団を出すことができず、大掛かりにもできないことから中級貴族の夫人であるセラが交渉に当たることになり、王国側としても帝国に無理強いはできないでいた。

だがセラはエレーナのいる場所がカルファーン帝国方面だと確信していた。

それは、ある意味もっとも信用できない危険人物であるが、アリアと因縁がある彼女の発言なら必ず意味があり、もっとも信頼できると感じたからだ。だからこそ他国には明かしていない情報をカルファーン帝国に開示する許可を宰相より得ていた。

行方不明になった二人の少女。一人は王宮で母に見捨てられ、娘のように世話をした王女で、もう一人は幼い頃から目を掛け任務のためとはいえ自分の養子にした。そんな娘のように思っている二人に対して、セラは母親代わりとして引くことはできなかった。

「公にできないことも重々承知しておりますし、同年代のお子を持つ陛下もお心を痛めていらっしゃいますので、なにとぞ、もうしばらくお待ちを……」

「貴国の協力には感謝いたします。それでも、せめて冒険者たちだけでも探索する許可をいただけませんか？　お子を持つ〝オルハン様〟もお分かりになるでしょう？」

「そ、そうですな……ん？」

セラに名を呼ばれた意味に気づいて冷や汗を流す男が、ふと何かに気づいて胸元に手を当てる。

「……少々お待ちを」

「どうぞ」

セラが同意をすると男がそそくさと立ち上がり、配下を伴って隣室へと消えた。

扉が閉まる前にチラリと見えたのは遠話の魔道具だろう。あれを作るには高位の幻獣から取れる稀少なアダマンタイトが必要で、しかも胸元に入るほど小さな物なら国宝級でもおかしくない。

それを持たされているとは、さすがは大国の宰相と言ったところだろうか、とセラが妙な感心をしていると、他者の目がなくなった頃を見計らって、護衛としてセラの背後に控えていたヴィーロが彼女にだけ聞こえるような声で囁いた。

「セラ、良かったのか？　随分と強めの交渉をしていたようだが……」

友好国ではあるが両国は微妙な力関係で成り立っている。国力こそクレイデール王国が上回るが、今なお魔族との小競り合いを続けるカルファーン帝国は軍事力で上回る。

その帝国の宰相たる人物が、王女が関わっているとはいえ、わざわざ帝都から港町まで来てくれたというのに、強めの交渉をしてどういう意味があるのかとヴィーロも首を捻る。

「こちらの冒険者ギルドへ帝国側から圧をかけていただけないと、あなたたちでも満足に動けないでしょう？　時間ばかり掛けられても困ります」

「それでも相手は宰相閣下だぜ？　気分を害されたらどうすんだよ……。しかも、侯爵をファーストネームで呼ぶなんて、知り合いなのか？」

ヴィーロが不安そうな顔をすると、セラは微かに振り返って意味ありげな笑みを浮かべた。

「十代の頃、王妃の侍女として何度か顔を合わせることがありました。そのとき、かなり熱烈な求愛を受けまして、名前で呼んでほしいと言われていました。ですが、当時のデュラン侯爵様には、国元に大公家の血を引く歳の離れた婚約者がいらっしゃいまして、当然、私もご成婚後に奥方様のお顔は拝見しています」

「うわぁ……」

それを聞いたヴィーロが思わず呻きを漏らす。

侯爵とはいえ奥方が降嫁した大公家の姫では頭が上がらないのだろう。当時は外交官に過ぎなかった青年貴族が宰相となるには、後ろ盾になった大公家の力が大きいはずだ。

それが他国への外交で羽目を外して、王妃の侍女である男爵令嬢に求愛したことを奥方が知ったらどうなるのか……。

「今回は時間がないので特別ですよ。毎回あんな外交はできません」

「……ソウデスネ」

ヴィーロが棒読みで答えながら哀れみの視線を宰相が消えた扉へ向けると、その扉の向こうから慌ただしい足音が響いて、ノックもなしに宰相本人の手で扉が勢いよく開かれた。

「レイトーン夫人っ！　お探しの〝あのお方〟と思しき少女が発見されたと、国境から連絡がありましたっ」

それからセラたちは慌ただしく動き始めた。

見つかった少女は数名の孤児と思しき子どもと一緒にいるところを、帰国途中の帝国貴族の青年によって偶然発見され、国境近くの街に保護された。

その青年貴族自らが特殊な暗号を使って、帝国でも穏健派として知られる宰相のデュラン侯爵に連絡をとってきたのだ。

対象が疲労していることから、まずは現地で数日の療養後に帝都へ移すことを提案されたが、セラはそれでは遅いと半ば脅すようにデュラン侯爵と話をつけ、彼女は〝虹色の剣〟の者たちだけを伴として現地へと急行する。

港町からその地方の街まで通常なら急いでも二週間はかかる。セラたちはまず帝都へ向かい、軍用の高速馬車を借り受ける手筈を整えた。

通常の馬車は人が歩くより少し速い程度の速度しかない。そうしなくては長距離の移動に馬が潰れてしまうからだ。だが、軍用の馬車ならドルトンの馬車と同様に魔道具によるある程度の自走機能が有り、訓練された軍馬を使うことで半数以下の日数でセラたちは目的地に到着した。

そして……。

「エレーナ様……よくぞご無事でっ」

「……心配かけました。ですが、この通り無事です」

感極まった様子で膝をつき手を取るセラに、エレーナも優しげに微笑みながらセラの手を強く握り返した。

セラの記憶にあるエレーナよりも髪先が伸びて不揃いになり、少し痩せて疲労感が残る肌は少しだけ焼けて赤くなってはいたが、地方の下級貴族が着るような衣装を纏ってさえ、彼女の美しさは損なわれていない。

行方不明になって二ヶ月余り、この地でも会えるかどうか分からなかった王女とわずか数週間で再会できたことはあり得ない幸運だが、それはただの偶然ではなく、王女たちの諦めない心と行動が実を結んだ結果だった。

「……アリアはどうしました？」

誰もが気にしていながら王女への不敬を考え口にできなかったことを、フェルドが訊ねる。

王女が誰よりも信頼し、王女を命懸けで護っていた少女の姿がない。セラやドルトンたち〝虹色の剣〟のメンバーはまっすぐに王女を見つめ、エレーナと彼女を保護したという名目のロレンスという青年貴族がわずかに口元を歪めていた。

「その前に……まずはこれからの指針を話します」

やつれたせいか、以前よりも大人びた印象のエレーナが、皆の強い視線を受け返す。その碧い瞳の奥に王族としての〝意志〟を感じて、セラや〝虹色の剣〟のメンバーがその場で背筋を伸ばした。

「少し……長い話になります」

この街には魔族の侵攻に備えた遠話の魔道具があるが、国家間を繋ぐような長距離の遠話が可能な魔道具は帝都にしかない。まずは帝都にいる宰相へ連絡し、クレイデール王国へエレーナの無事を伝えてもらうことが第一と考える。

ここに来るまでエレーナとロンは話し合って、エレーナは男性たちと共に行動していたのではなく、子どもたちと行動していたところをロンに保護されたことにした。

そしてセラたちが来たことで、エレーナが帝都にいたことも誘拐されたのではなく、セラたちが来た船を使い、お忍びでクレイデール王国の王女がカルファーン帝国へ親善訪問として訪れたことにして、すぐにクレイデール王国へは戻らず、カルファーン帝国にしばらく留まることを皆に伝えた。

「エレーナ様、それでは帝国側に借りを作ることになりますが、よろしいので？」

「その程度の借りなら、いくらでも借りておきなさい。友好国ですからそれほど無体なことも言いはしないでしょう。精々、関税などで数年は損をする程度です」

元々クレイデール王国が魔族の侵入を許したことが原因だ。結果的に無事に戻り、王女の醜聞を防げるのなら安いものだとエレーナは言い捨てた。

帝国側としても関係を悪化させてまでクレイデール王国から富を得たいわけではないので、エレーナが言った程度のことしかできないだろう。

しかもエレーナの立ち回りと交渉次第では、帝国と友誼を結び、エレーナ派閥の地盤をより強固なものにできると前向きに考えていた。

「セラは帝都でわたくしの手伝いをなさい。あなたの持つ人脈を使わせてもらいます。……ロレンス様にも、是非ともお力をお貸しいただけるよう願います」

「了承しました……王女殿下」

人払いを済ませて、唯一恩人ということでこの場に留まった青年貴族――貴族の衣装に身を包んだロンが神妙な顔で頷く。それは、第三皇子として帝国の利を妨げる行動になりかねないが、彼女たちに借りのあるロンが自分から提案したことだった。

広い視野で見て、一時の益を捨て長期の利を得る。エレーナやアリアと過ごしたわずか一ヶ月の時間が、皇子であるロンの価値観に大きな影響を及ぼしていた。

エレーナはロンが協力者であることをセラたちに告げ、これまでの出来事を話す。

「アリアは……わたくしたちを魔族軍から逃がすために一人残りました」

その言葉にエレーナとロンを抜かした全員が息を呑む。

魔族軍約二千。さらに使役されたと思しきランク6である地竜の存在。それを一人で止めるとなれば生存は不可能に近い。アリアの実力を知るフェルドやヴィーロでも、戦いを知る者だからこそ絶望的に思えた。それでも――。

「わたくしはアリアが死んだとは思っていません」

この中でただ一人、エレーナの瞳だけがまっすぐに前を見てアリアの生存を信じた。どれだけ絶望的な状況でも生き延びてきた彼女を信じていた。

「二ヶ月。これが、私が帝都に留まれる最長の期間です。二ヶ月もあればアリアは必ず行動を起こします。だから……」

エレーナはそこで言葉を切り、微かに潤んだ瞳にさらに力を込めた瞳を向ける。

「王女として、〝虹色の剣〟の皆さまに依頼いたします。アリアを……見つけて」

＊＊＊

魔族軍に占拠された砂漠の町カトラス。

反抗する者はすべて殺された。機を知る者はすでに逃げだした。

そうして、残された住民たちが一時的に家屋に押し込められた町は、見た目だけの静けさを取り戻していた。

それでもまだ燻っている家屋があるのか、それとも死体を燃やしているのか、遠くからでも焦げ臭いにおいが漂ってくる。

「な、何者だっ⁉」

声をあげたのは魔族ではなくクルス人だった。黒色に塗られた装備からして、逃げ出した住民ではなく町を裏切ったリーザン組の者たちだろう。

リーザン組はこの町から他の派閥を駆逐するために魔族と手を結び、魔族軍を招き入れた。だが、こんな町の外にいるところを見ると、思惑通りにいかずに面倒な外回りだけをさせられているのだと察しがつく。

だが、声を発した十数人の男たちは何かに怯えていた。余裕もなく、ただ町の様子を見に来ただけの女一人に矢を向けてしまうほどに。

「止まれぇ‼」

男たちは何に怯えているのか、最初の声ですでに立ち止まり無言のまま佇んでいた外套の女に向けて弓を引き絞る。

複数の弓から矢が放たれた。碌(ろく)に狙いも定めていなかったが、それでも弓術スキルの影響か幾つかの矢がその女へ向かい――その直前で吹き飛ばされた。

「………………」

徐々に強まる風が、女が纏う外套の裾と砂漠の砂を巻き上げる。

それだけの威力があれば近づいた人間でも吹き飛ばすこともできる。だが、それが高レベルの攻撃魔術ではなく、レベル2の矢を弾くだけの【風幕(エアカーテン)】だと知れば、男たちは更なる恐怖を思い知ることになるだろう。

「――ひっ」

実力差に気づいた者たちが悲鳴をあげ、外套の女は逃げ出そうとする彼らに指先を向ける。

「――【竜巻(ハリケーン)】――」

レベル4の風魔術【竜巻(ハリケーン)】が猛威を振るい、男たちを空に巻き上げ、風の刃で引き裂く。それでも数人の男が【竜巻(ハリケーン)】の範囲から逃れて背を向けて逃げ出した。

『――ガァア!!』

それに襲いかかる黒い影が、疾風のように逃げ惑う男たちを爪で切り裂いた。その獣に捕らえられ、足元に投げ出された最後の生き残りに外套の女が問いかける。

「なぁ、あんた、〝桃色髪の娘〟を見てないかい?」

闇エルフの女と漆黒の幻獣クァール。セレジュラとネロの二人は、砂漠で王女と出会い、探している少女の行方を知った。

魔族軍、そして地竜……。それらと敵対しながら、二人は少女の生存を諦めてはいなかった。

熱気球の修理が終わるまで王女に付き添い、飛び立つ気球を見送った二人は最初の目的地としてカトラスを目指した。

生きているのなら逃げているか捕まっているかのどちらかだ。二人はこうして何度か兵を攫って尋問しているがいまだ情報は集まらない。

「……またハズレだねぇ」

『……ガァ』

二人は溜息を吐くように同時に息を漏らす。だが、その視線はある方角へと向けられていた。

捕らえた男は何も知らなかった。そして、何故か怯えていた理由も話せなかった。何かに怯えて理解できる言葉にならなかったのだ。

〈――威――〉

不意に発したネロの信号にセレジュラが少しだけ顔を顰める。

「……ヤバい感じがするってことかい？」

〈――是――〉

何かしらの〝脅威〟が存在する。でも何か分からない。脅威なら地竜の可能性もあるが、邪魔になったリーザン組を始末するのに竜を使うとも思えない。

無言のままセレジュラがネロの背に飛び乗り、ネロが音もなくその方角へ走り出す。

確認する必要はない。でも、無視をするにはあまりに嫌な予感がした。

向こうに何かある。走り出してしばしすると風で出来た砂の丘があり、それを越えたところに広がる光景にセレジュラとネロは思わず息を呑む。

そこには黒く焼け焦げた砂と、数十もの炭となった人だったものが転がっていた。

どれだけの威力があれば、こんなことができるのか？

どれだけの魔力があれば、これほどの広範囲を焼けるのか？

どれだけ狂っていれば、こんな恐ろしいことができるのか？

二人が息を呑んだのは、見渡す限りの焼けた砂地でも、数えられないほどの焼けた死体でもない。

焼け焦げた黒い砂と黒い死体……。その中をまるで花畑の中を歩くかのように、波立つ黒髪が蜃気楼のように揺らめき……その〝黒髪の少女〟は、愉しげに踊るように砂漠の太陽に溶けて消えていった。

魔族

「アイシェ将軍っ、いつまで彼女たちを牢に入れておくつもりだっ！」

魔族軍の砦にて、バンッと机を叩きながら魔族軍の将校服を纏ったカミールが詰め寄ると、執務室で彼を迎えたアイシェはソファーで長い脚を組みながら見下すような視線を返す。

「確かにあの女の身柄は貴様に預けたが、あれは同時に魔族軍の捕虜でもある。貴様もあの女の危険性は知っているはずだ。あのような危険人物を、要人の側に野放しにできないことも理解できるだろう？」

「くっ……」

アイシェの揶揄するような物言いにカミールも呻くように歯を食いしばる。

十日前、カミールは戦場で倒れた〝敵〟を自分の身分を使って保護した。だが、その身分あるカミールの側で〝敵〟を簡単に解放できないというアイシェの言っていることも正論だ。

カミールは魔族の要人ではある。だが、アイシェの態度からは彼を敬う意思も感じられず、将軍とはいえ一介の軍人が言葉遣いを正すこともなく、あきらかに侮っている感情が垣間見えた。

「傷だけは魔術で塞いである。内臓に達した傷はなかったのだから、あの女なら死にはしないだろう。それに……私もあれには聞きたいことがある」

怨嗟を感じる声音で呟くアイシェの金瞳に暗い光が揺らめいた。

アイシェのただ一人の家族――戦場で死んだはずの姉の技を使う人族の少女。その技をどこで学んだのか？　死んだはずの姉とどんな関わりがあるのか？　今すぐ拷問にかけてでも聞き出したいが、あれほどの傷ならあと数日は意識が戻らないはずだ。

あの少女は何者なのか？　カミールはカトラスにいた冒険者だと言っていたが、たかが十数年生きているだけの小娘があれだけの力を得られるものなのか？　ただの人族が、死に物狂いで鍛えたアイシェに迫るほどの実力をどうやって身につけた？

直に刃を合わせたからこそよく分かる。とっさに鑑定こそできなかったが、肌で感じた強さはアイシェさえも倒せる領域にいた。

そしてアイシェは、少女のその強さの裏に〝姉〟の影を見た。

「あいつから話が聞きたいのなら、まずはまともに話せるようにするべきだ。すぐに死んでしまうような状態では話もできないだろう」

「…………」

カミールは睨むように、アイシェは氷のような暗い瞳で視線を合わせる。

「勝手にしろ……」

冷静に考え、その言葉に利があると思ったのかアイシェも渋々と承諾する。

あの少女はあの場で殺すべきだった。その思いは今も変わっていない。だが、カミールがそれを阻んだことで結果的に少女が使った技の正体を知る機会は得た。それを感謝するつもりはないが、確かに死んでしまっては意味がない。

（……だが、楔程度は打っておくか）

「ああ、ついでに捕虜にした**ドワーフ女**も連れていけ。あの女と同じ〝オトモダチ〟なんだろ？あと数日であいつらが来る。それまでに連中が納得できる言い訳でも考えておくといい。なぁ、**王子様**？」

「……分かった」

逃がすことはできなくなった。アイシェの言葉にカミールは感情を抑えるように短く返す。

アイシェの言動でも分かる通り、カミールの魔族内での発言力は弱い。母が生きていればまた違ったのだろうが、あり得なかった未来に思いを馳せても意味はない。

カミールは魔族国の王の子だ。だが、王の子が必ずしも次の王になれるわけではない。

母はカルファーン帝国の人間で、その母が亡くなり残された父は生きる気力さえ失った。あのまま魔族国に残っていれば、人族の血を引くカミールは次の王位を狙う派閥に殺されていただろう。

けれど、生きるためにカトラスの町に逃げたとしても、カミールは魔族の宿命から逃げることはできなかった。


アイシェの執務室を離れたカミールは日の差し込まない暗い通路を一人歩く。

アイシェが言っていた者たちがここまで来るということは、おそらく父である魔族王の死期が迫っているのだと理解した。

(……父上)

父とはここ数年、会話をしたこともない。母が亡くなり塞ぎこんだ父はカミールを取り巻く環境に気づくことができず、父を恨んだこともあるが、それでも死んでほしいと思ったことはない。

両親は互いを深く愛していた。カミールもそんな両親を愛していた。母が亡くなり父も生きる気力を失い、そんな中、二人の捕虜を庇ったことでカミールの立場はさらに悪くなるはずだ。

それを魔族への裏切り行為ととられて、『選定の儀』を受けることなく拘束されて、死ぬまで幽閉される恐れもある。

「…………」

それなら、どうしてそこまでして〝彼女〟を救うことに拘るのか？　カミールの中で彼女に借りがあるからだと理由をつけていたが、それ以外にも確かに言葉にできない想いが存在した。

——カツン。

「――!?」

その瞬間、カミールは背後から強い衝撃を受けて、とっさに倒れるように回避する。

敵か？　それとも暗殺者か？　まだ姿を捉えられないがかなりの手練れだと警戒を強くする。

カミールが背後に肘を打つ。だがその暗殺者は強烈なカミールの肘打ちを素手で逸らし、その腕の下を掻い潜るように懐に飛び込みながら、混乱するカミールの顎を膝で蹴り上げた。

目の奥に光が飛び散るように目が眩み、体勢を崩されたカミールが背中から倒れ、声を出す前に咽を踏みつけられる。

（素足っ!?）

何故素足なのか？　足の大きさからして襲撃者は女かとその姿を確かめようとしたとき、暗器を突きつけるその暗殺者から先に声がかけられた。

「いつから敵になった？　カミール」

「アリアっ!?」

彼女とは砂漠の町で出会い、互いの目的を果たすまで仲間として行動を共にしていた。

初めて会ったとき、赤みがかった桃色の髪だった母親と似ていて驚いた。でも、それを彼女に言うのは気恥ずかしくて、祖母と同じ髪色だと言ったこともあった。

そのアリアを解放するために動いていた。なのに、そのアリアが何故ここにいるのか？　アリアは重傷を負って地下牢にいたはずだ。しかもどうやって地下牢から抜け出したのか？

アリアはカミールを〝敵〟かと問うた。否定する言葉を咽と共に踏みつけられ、そんな彼を見る彼女の瞳と刃は、鋼のように冷たく硬かった。

ここで彼女に殺されるのか？　カミールは必死の思いでアリアに瞳で訴える。すると……。

「……もしかして、私を助けたのはカミールだった？」

彼の瞳に何を見て何を理解したのか、あっさりとそう言って足と暗器をどかしたアリアは、倒れたカミールに手を差し出した。

「……あ、ああ」

差し出された手を取って立ち上がるカミールの背はぐっしょりと濡れていた。

アリアは簡単に刃を引いたが、カミールに少しでも疚（やま）しいところがあれば、彼女はかつての仲間であろうと殺していただろう。アリアの一番はエレーナだ。そのことを少しだけ羨ましく感じながらカミールは、アリアはどこに居ようとアリアなのだと安堵する。

どれほど絶望的な状況でも彼女は絶対に変わらない。

「アリア……とりあえず俺たちのいる部屋まで来てくれ」

＊＊＊

結果的にだが私とジェーシャは解放されることになった。私が無理に抜け出す必要はなかったことになるが、カミールが敵ではない……信じられると確信が持てたことは大きな意味がある。

私たちはカミールの監視下に置かれることになるが、あの状況よりはマシだろう。

この短い時間でも多くの情報が得られた。カミールは魔族の要人らしい。だが、魔族軍……いや魔族から軽んじられている。

　そしてカミールは何かを覚悟している。カトラスの町ではどこか自暴自棄な雰囲気があったが、今は彼の中で何かが変わっていた。


「あんまり美味い物じゃねぇな」

　テーブルの上に並べたトカゲの丸焼きを食い千切りながら、ようやく牢から出されたジェーシャが果実酒を瓶のまま咽に流し込む。数日間飲まず食わずで地下牢に入れられていたはずだが、胃腸共に特に衰えている様子のないところは、流石は頑健なドワーフと言ったところか。

　仮に多少の毒が仕込まれていたとしてもジェーシャなら平気な気がする。私は酒を呑まず、少量の肉と多肉植物の油炒めだけを胃に収めて水を飲んでおいた。

「まず二人には装備を返す。とはいえ、武器はまだ取り戻せていないが……」

　私たちの食事が粗方済んだ時点でカミールがそう言うと、以前砂漠で会った人族と闇エルフの親子……その娘のほうが顔を顰めながら私たちの装備を持ってくる。

「そっちのドワーフのほうは革鎧とブーツだけど、金具がダメになっているから、使えないかもね。あんたのほうはブーツと手甲と……破けて絡まりそうだったから、それは私が脱がせておいた」

「そうか」

　私の装備を脱がしたのは私より少し上のこの娘……イゼルか。そのイゼルが脱がしたと言ったそれは、ゲルフが作ってくれた金属繊維を編み込んだ薄手のタイツだった。

エレーナにミスリル繊維の〝白〟を渡したので、私のものは魔鉄を使った黒いタイツだ。特殊な金属繊維を使っているが、すべてが金属ではない。普通の布製よりは丈夫だけど、金属繊維は三割程度で残りは絹製なのであの戦いで破けてしまったらしい。

「私は……まだ、あんたを許してないから」

装備を渡すとき、イゼルが小さな声でそう呟いた。

イゼルが怒っているのは私が彼女の父親を毒付きの矢で刺したからだ。運が悪ければ死んでいてもおかしくない。料理を運んできた父親のカドリのほうは気にしていないようだが、親を殺されかけた子の感情なら仕方のないものだろう。

「まあ、着られなくもねぇか……」

私の横でジェーシャ眉を顰(ひそ)めながらそう呟く。

ところどころ壊れていたが、革は丈夫な甲竜の皮なのでなんとか使えるらしく、ジェーシャは着ていた襤褸(ぼろ)布のような服をその場で脱ぎ捨てて着替え始める。

私も手甲とグローブを装着し、【影収納(ストレージ)】から予備のタイツを出して片足を椅子に上げて履き始めると、それを見たカミールが何故か目を逸らした。

装備は戻ったがジェーシャの両手斧と私がガルバスから貰った武器はない。どこかに仕舞ってあるのか、それとも誰かに奪われたのか。形のあるものに拘るつもりはないけど……少しだけ面白くないな。

「二人には悪いと思うが、すぐに帰してやることはできない。お前たちは魔族軍の捕虜という扱いなので、行動を自由にすることもできない」

私たちが着替え終わったあたりでカミールが口を開き、ジェーシャは食事をしたソファーに腰掛けたまま、私は座らずに立ったたままそちらへ顔を向ける。

「それと、アリアなら自力で抜け出しそうだが、今は止めてくれ。ここからカトラスの町に戻るには一ヶ月以上かけて砂漠を横断するか、レースヴェールの遺跡を横断する必要がある。イゼルなら遺跡の外周部を抜ける道を知っているはずだから、お前たちに危害が及ぶ前に、なんとか三人でカトラス方面へ逃がすことを考えてみる」

「どういうことですかっ⁉」

私たちの脱出の話になったところで、カミールの言葉を遮るようにイゼルが声をあげた。

「カミール様と父上はどうなさるのですかっ！　あの連中がやってくるのでしょうっ、それなら私も残りますっ！」

「口を慎め、イゼル。お前はお二人と共にここを去れ。ここに残っても私もカミール様も死ぬとは限らない。カミール様は権利を放棄することでなんとか生き残る術を探すおつもりだ」

娘が騒ぎはじめたことでそれまで黙っていたカドリがイゼルを諌めた。でも、その言葉から彼らが死を覚悟していることを感じたのか、イゼルがさらに言い募る。

「それなら、一緒に逃げましょう！　あんな連中に付き合うことは無いはずです！　カルファーン帝国がダメでも、ガンザール連合でもジャスタ皇国でも逃げる場所はあるはずです！」

「イゼル……俺たち闇エルフが他の地で生きるのは難しい」

イゼルの言葉を聞いて苦い物を噛んだような口調でカミールが口を開く。

「人族の地で闇エルフが生きることがどれだけ困難か、お前も知っているだろう。隠れ住むとしても、あの連中が俺の死を確かめないかぎり必ず追ってくる。そうなればそこに住む者たちにも迷惑がかかる」

カミールが言っていることは正しい。軍に属してはいたが、一介の武人だった師匠が魔族を抜けるだけでも相当な苦労があったと聞いている。

魔族と人族から隠れ、裏社会に身を置き、常に身の危険に曝(さら)されながら戦い続けた師匠は、あれほどの力を持っていながら無理をしすぎて、長く戦える身体でなくなってしまった。

これまでの会話でカミールの魔族内での地位がある程度理解できた。それが原因で、これからやってくる者たちと……おそらく命のやり取りがある。

「最悪でもなんとか生き残る術を探してみる。俺ではもう難しいが、お前一人なら占拠されたカトラスでも生きていけるはずだ。分かってくれ……」

「そんな……」

カミールの説得にイゼルが言葉を失う。そんなイゼルの肩に手を置き、彼は私に向き直る。

「しばらくならお前たちの身柄は俺で守れるだろう。これから魔族の氏族長たちがやってくる。その時に話し合いとなり、お前らに構っている暇など無くなるはずだ。その混乱時に逃げ出せるように、今は体力の回復に努めてくれ」

「……分かった」

カミールが見せた覚悟の正体。彼は……おそらく死を覚悟している。あの町で、夜更けすぎにロンと二人で帝国と魔族との未来を語っていた、あの時の彼はもういない。

私は彼の言葉に頷きながらも、これからどうするのが最善なのか、自分の中で考えを纏める。

カミールの覚悟の意味を……そして、私はどう動くか。

＊＊＊

アリアたちが解放されて二日後、魔族国から各自配下を伴い、三つの氏族の長が砦に到着した。

彼らはカトラスを占拠した先行魔族軍の援軍ではない。同族で利権を争う人族国家と同様に魔族も一枚岩ではなく、今回の侵攻もアイシェのような強硬派によるものだった。

ならば、今この時期に有力氏族の長たちが前線基地であるこの魔族砦までやってきた理由とは何か？　それはカミールの予想通り、彼の父である魔族王の死期が迫っていることを意味していた。

そして、魔族砦の会議室にて一同が集う。

「さて、各々方、この地に集まった理由も分かっていよう」

魔導（まどう）氏族長老――エルグリム。

千年も齢を重ねたような闇エルフの古老が、皺だらけの顔でニタリと嗤う。

「左様。我らもこの瞬間を長年待っておりました」

妖魔（ようま）氏族長――シャルルシャン。

華美な着物のような衣装を纏った妖艶な美女が、扇子で口元を隠すように微笑む。

「我ら三氏族……そしてアイシェ将軍も配下を伴って参加を表明なされた」

豪魔（ごうま）氏族長――ダウヒール。

歴戦の戦士を思わせる壮年の男が、腕を組んだまま重々しく頷いた。

「そうだ。私にも譲れないものがあるのでな。お三方には悪いが、私も手を挙げさせてもらった。

もちろん……その方が参加しなければ絵空事になりかねないが」

三人の氏族長の鋭い視線を受け止め、アイシェが歪んだ笑みを浮かべながら会議室の奥にいる少年に視線を向けると、他の三人も蛇のような目付きで彼を見る。

「……俺も逃げるつもりはない」

カドリだけを伴ったカミールは、強大な力を持つ三人の威圧に息を呑み……それでも瞳に意思を込めて強く頷いた。

彼らが集まった理由……それは、魔族の行く末を決めるためだ。

魔族としてどう動くのか？　魔族としての復讐と氏族としての利益、その決定権を得るため、彼らは次の〝魔族王〟を決定するこの地へ集ったのだ。

「俺は……〝選定の儀〟に参加する」

基本的に魔族の王は世襲制ではなく幾つかの氏族の長から選ばれる。だが、人族の戦闘が激化して魔族王の早世が続いた頃から、魔族全体を纏める象徴として世襲が行われていた。

カミールは現在、魔族王のただ一人の子だ。今の慣習なら次の魔族王となるのはカミールだが、人族の血を引くカミールを他の氏族が認めず、魔族王の意思が下に届かなくなったことで、彼らは過去に行われていた、魔族王を選ぶ古い儀式を持ち出した。

古の儀式――『選定の儀』――。

それは、有力氏族が代表者である戦士を出し、ダンジョンの最奥から証を持ち帰ることで、強さを尊ぶ魔族の中で自らが魔族の王であると認めさせるものだった。

彼らがそれを強行するのは、魔族の中で考え方が変わってきていることにある。

人族との長い戦いの中で闇エルフは自らを僭称である魔族と名乗り、数の不利を覆すために人族と敵対する様々な種族を同志として取り込んできた。

魔族の中枢はあくまで闇エルフであるが、取り込んだ種族の中には戦いが得意ではなく弱いからこそ迫害されていた種族もいる。それらは人族との戦争で重要な生産を担っており、五十年前に人族との戦争が一旦落ち着くと、彼らは闇エルフの中でも温和な氏族と結びつき、次第に戦争を忌避するような風潮が生まれはじめた。

聖教会によって迫害された当初の頃を知るものはいない。生産を主にしていた種族も代替わりがあれば人族への恨みも風化していく。

いまだに人族を恨み、戦争の再開を願う者は、戦いに参加して家族を失った者や、寿命の長い闇エルフしかいなくなりつつあった。

故に戦争の再開を願う魔族の有力氏族は、魔族王の力が衰えるのを待ち、戦争をする機会を窺っていた。今回のカトラスの町への侵攻も、表向きには強硬派の一人であるアイシェ将軍の独断と思われているが、それを支援していたのが今回訪れた有力氏族であった。

そして、ついに魔族王が重篤となり、有力氏族の長たちが〝選定の儀〟に動き出した。

魔族の王を決めるダンジョンでの戦い。

ダンジョンで得られる〝証〟が何か分かってはいないが、一目で分かるものらしい。

だが、ただ早く持ち帰ることだけが勝利ではない。これは、儀式の名を借りた氏族同士の威信を懸けた『殺し合い』だ。

それがこの地で行われるのは、この魔族砦が『太古のダンジョン』そのものであり、その一部を増築した部分が魔族砦と呼ばれているからだ。


「ほほう……カミール殿は自信があるらしいぞ」

「ほほほ、それはそれは、頼もしいこと」

「殿下のお力は、我が身で確かめさせてもらおう」

「ああ……」


古い儀式を持ち出したと言っても、すべての魔族がそれに賛同したわけではない。

過去に魔族に迎えられた荒事に向かない種族の多くは、自分たちを迎えてくれた魔族王の一族を敬っており、今の魔族王の子であるカミールが王に就くことを望んでいた。

他には中立的で単純に戦争を望まない穏健派も存在する。故に強硬派が彼ら穏健派を納得させるには、カミール本人を〝選定の儀〟に参加させる必要があった。

強硬派は、もしカミールがそれを拒むというのなら、反乱を起こしてでもカミールと王を亡き者にしようと画策までしていた。

カミールもそれに気づいている。だからこそ、自分に従う者たちに危害が及ぶことを看過することはできなかった。

殺し合いである〝選定の儀〟にもルールはある。参加できる者は表明した代表一名と、その者が選んだ戦士の十名のみ。彼らは決着がつくまでダンジョンから出ることは禁じられ、外に出た者は参加資格を失う。

だがルールにも穴はある。ダンジョンの入り口は一つではなく、複数あると言われている。判明している入り口には不正を防ぐために各氏族が見張りを出しているが、強力な氏族は長い歴史の中で、公式には未発見の入り口を隠匿しているはずだ。

非公認援軍の投入。彼ら強硬派の有力氏族は必ずそれをしてくる。

カミールの手勢はカミール本人とランク3のカドリのみ。それだけの戦力でカミールが勝利できる可能性はない。あるとすれば、カミールが一騎打ちを挑んで各氏族長を討ち取ることだが、各人がランク5上位の実力があり、そもそもその状況を配下が許すはずもない。

ようは嬲り殺しだ。それでもただ殺すだけでなく、どの氏族が彼を殺すかによっても後の発言力が変わってくる。すでにこの場では誰がカミールを殺すか、密かなせめぎ合いが始まっていた。

カミールが勝利するには、有力氏族同士の争いの隙を見て氏族長を倒すしかない。

たとえそれが、砂漠に落とした一粒の宝石を見つけるような可能性だとしても。

それを理解しているからこそ、氏族の長たちはカミールの決意を嗤う。

だが――カミールは独りではなかった。

「――っ！」

突如、魔導氏族長老エルグリムが長い針のような暗器をカミールに投げつける。

まだ始まってもいないこんな場所で彼を殺すのか？　その場にいた者たちの誰もがその蛮行に驚愕する――が、それはカミールを狙ったものではなかった。

その針を、カミールが背にしていた〝影〟から伸びた白い指先が受け止める。

その影から滲み出るように姿を見せた〝桃色髪の少女〟は、感情を見せない翡翠色の瞳で彼らの動きを止め、掴み取った針を投げ捨てた。

「話は聞かせてもらった」

＊＊＊

「……アリ……ア？」

突然影から現れた私に、カミールが唖然とした声を零す。

「貴様っ!?」

次の瞬間、〝私〟だと認識した魔族の女将軍が即座に剣を抜く。それでようやく私が侵入者だと気づいた各氏族の戦士たちが武器を構えた。

軽く見ただけでも、さすがに王を決める殺し合いに参加するだけあって、戦士たちの実力は最低でもランク4はある。

――ピシッ！

二十名近い戦士たちが発する殺気が渦巻き、テーブルに並べられたグラスに罅を入れる。

ここで始めるのか？　絶体絶命の状況だがそれでも私は退くつもりはない。感情を心の奥底に沈めて最初に殺すべき者を見定め、それを察した女将軍が踏み出そうとした瞬間――。

「待て」

そう声にした老人の一声で、女将軍ばかりか続いて飛び出そうとした戦士たちも動きを止める。大きな声じゃない。響くような声でもない。ただその声に乗せられた威圧感に誰もが意識を向けざるを得なかった。

「エルグリム翁っ、何故止める！」

「おぬしもじゃ、アイシェ。おぬしの様子からすると、その人族の娘がアレの技を使ったとかいう奴じゃやな？」

どれほど齢を重ねたか分からないほどの老人だが、穏やかに笑いながらも、とてつもない殺気と威圧を滲ませた視線で私を射る。

「なんの話？」

「儂もこのアイシェも、おぬしには聞きたいことがあるということじゃ。じゃが、聞き出すとしても一筋縄ではいかんようじゃな。儂の暗器を躱し、これだけの戦士に囲まれて顔色一つ変えんようなら……儂が直々に聞き出すしかなかろう」

エルグリムから沼底に溜まる汚泥のようなドロリとした殺意が滲み出る。その殺意にアイシェと呼ばれた女将軍が顔を顰め、飛び出そうとしていた戦士たちさえもわずかに身を引いた。

でも……。

「ここで始めていいの？」

「……なんじゃと？」

私が放った一言に老人が微かに片眉を上げた。

「私がカミールの〝戦士〟をさせてもらう。定められた戦場ではなく、こんな場所で戦いたいというのなら止めはしない」

聞きたいことがあるのなら〝選定の儀〟で決着をつける。でも、私と戦場で戦うことさえ恐れて〝逃げる〟のなら好きにしろ。

「貴様……っ!!」

戦士としての矜持を暗に問う私に、老人ではなくアイシェのほうは血管が切れそうなほどに激昂していた。

誇りと怒りを天秤にかけて、それでも剣の柄を握りしめたアイシェが動く前に、唐突な笑い声が響いた。

「ブハハハハハハハッ!!　よくぞ吠えた小娘！」

突然笑い出したのは、話をしていたエルグリムでも、アイシェでもなく、今までの流れを無言のまま見ていた巌のような大男だった。

普段は人前で笑うような男ではないのだろう。配下の戦士たちが驚いた顔で振り返る中、その男は牙を剥き出しにするような笑みを浮かべて立ち上がり、頭二つ分も高い場所から私を見下ろした。

「小娘、貴様の戦士としての表明、確かにこの豪魔氏族の長、ダウヒールが認めた。貴様とダンジョンで殺り合える日を楽しみにしていよう」

それだけを言ってダウヒールが事は決まったとばかりに腕を組む。

そのせいかその場に満ちていた戦士たちの殺気さえも困惑で揺らぎ、それで気力を取り戻したカミールが慌てて声をあげた。

「ま、待て！　俺はアリアを戦士にするとは一言も――」

「カミール殿、女子は退けと、戦士に恥をかかすおつもりか？」

アリアを巻き込むことを恐れたカミールを妖艶な美女が止め、その視線を私に定める。

「戦場に男子も女子もない。魔族は強さこそ誉れ。人族の娘御よ、この妖魔氏族長、シャルルシャンも貴女の参戦を認めましょう。ふふ……でも、部外者が参加するとなれば最低限の〝力〟があるか見せてもらいましょう」

シャルルシャンがそう言って妖しげに嗤う。

部外者が魔族の儀式に参加するための腕試し。その発言に一度は腰を下ろしたダウヒールも興味深げに片眉を上げ、アイシェが獰猛な表情を浮かべた。

ここで氏族長自らが相手をするのか？　各自の思惑の中、殺気で牽制し合う彼らから視線を外した私は静かに指先を向ける。

「そいつだ」

私が指さす先を複数の視線が追い、指名された闇エルフの男がゆっくりと目を見開いた。

「……アドラか」

意識を私へ向けたまま気配だけで察したアイシェが眉間に皺を寄せる。

おそらくはアイシェの部下である魔族軍の将校でランク4の戦士だ。それを理解した氏族長たちが興味深げに見つめ、アイシェがアドラに鋭い視線を向ける。

「いいだろう。アドラ、やってみせろ。無様は許さんぞ」

「はっ！」

アドラは萎縮するどころか歓喜さえ浮かべて前に出ると、嘲笑うような目で私を見る。

「人族の女、光栄に思え。この俺が魔族の流儀を教えてやる」

そう言ってアドラは、腰から引き抜いた〝黒いナイフ〟と〝黒いダガー〟を誇示するように見せつけた。


兵士たちによって会議室のテーブルがどかされ、その中央で私とアドラが真正面から対峙する。

総合戦闘力は複数の技能を得ている私の方が上だが、実力はほぼ同じ。戦いは戦闘力だけでは決まらない。高ランクの者はそれを知っている。ここにいる者たちはそれが分かっているからこそ、この戦いを興味深げに見守っていた。

「氏族長方には悪いが、一瞬で決めさせてもらおう」

「やってみろ」

アドラが二つの武器を構える。その武器を見てアイシェが私へニヤリと笑みを向ける。

おそらくは戦場での戦利品扱いなのだろう。アドラはそれが何かも知らずに使っているようだ。

まともにやり合えば主武器のない私は分が悪い。それでも武器を構えるアドラを前に私は無手のまま自然体で彼を見る。

「……馬鹿にしているのか？」

「………」

苛立つアドラに私は答えず、そんな私へアドラは被虐心を含んだ笑みを微かに浮かべた。

「俺は探していたんだ……」

アドラがそう呟いた瞬間、彼の周囲で魔力が揺らぎ――

ドンッ！

「――っ！」

私の後頭部に衝撃が炸裂し、前方へ蹈鞴（たたら）を踏む私へアドラが飛び出した。

「この武器の試し切りができる〝獲物〟をな！」

勝利を確信したアドラが黒いダガーを渾身の力で突き出す。

「――奇遇だな」

黒いダガーは切っ先にしか刃はない。私はそれを手の平で受け流すようにそっと逸らして、一歩の踏み込みでアドラの懐に飛び込んだ。

「貴様、何故!?　精霊が――」

やはりあれは〝風の精霊〟か。

その存在は私の〝目〟が捉えていた。風の吹かない砦の中で風の精霊は存在できないが、下級の精霊なら術者の魔力で使役できるのだろう。

まともにやり合えば分は悪かった。でも、アドラはまともに戦わないと確信していた。

風の精霊という目に見えない存在。アドラの嗜虐的な笑みは、アイシェへの態度と氏族長の目を気にして、言葉通り一撃で決めにくると予想させてくれた。

だから私はその不意打ちが来る後頭部に極小の【魔盾(シールド)】を張り、よろけた振りをして距離を詰めた。

「この部屋で見た時から、私の最初の標的はお前に決めていた」

油断していたのはどちらか？　騙されていたのは誰だったのか？

・・・狙われていたのはどちらだったのか？

一瞬恐怖を浮かべたアドラの瞳に無表情な私が映り、彼は黒いナイフを向けてくるが、如何に近接専用のナイフでもここまで近づけば威力は半減する。

強化した拳でアドラの手首を打ち、一瞬で奪い取った黒いダガーを彼の心臓に突き立て、黒いナイフでその首も切り裂きながら、部下を殺されて飛び出そうとしたアイシェに切っ先を向けた、その瞬間――。

「やめい」

一触即発となった私とアイシェを強烈な威圧感で止めた小柄な老人は、値踏みをするような目で私を見る。

「……計算づくか？　娘よ」

「なんのこと？」

その問いかけに首を傾げる私へエルグリムが小さく嗤う。

「くっく……死中に活を求める、か。おぬしが生きるにはそれしか無かったのだろうが、カミール殿の生きる道まで求めるとは……欲張りすぎは碌な死に方はせぬぞ？」

……なんだ、そんなことか。

「命の修羅場など、生きていればいくらでもあるでしょ」

「フハハ……本当にアレとよう似ておる。よかろう、儂も認めてやる。精々、カミール殿を生かしてみせよ」

「…………」

エルグリムはまるで私と似ている〝誰か〟がいたような物言いをした。それが何か分からないけど、とりあえずこの場で命は拾うことができた。

エルグリムはそれ以上語ることなく、意味ありげな視線を私とアイシェに向けて出口のほうへ歩き出す。シャルルシャンとダウヒールも後に続き、最後に残されたアイシェも、膨れ上がった怒りと不満を呑み込むようにして席を立つ。

「いいだろう……私もダンジョンで決着をつけてやる。それまで、死なないようにするんだな」

「……アリア」

私たち以外誰もいなくなった部屋で、カミールが睨むような目を向けてくる。

「不服か？」

「当たり前だっ！」

カミールは甘い男だ。彼はおそらく自分のために死地に飛び込んだ私に、それを止められなかった自分に怒っている。強引に割り込んだ私に言いたいことはいくらでもあるだろう。でも……。

「お前は独りで抱え込みすぎている」

私が偉そうに言えることではないけど、カミールはすべてを自分で解決しようとしている。

私やジェーシャが彼を犠牲にして生き残るだけならできる。でも、カミールは私がそんなことで友人を切り捨てるとでも思っているのか。

「ジェーシャにも話しておけ。あいつも話を聞けば戦おうとするはずだ。誰かが生き残るのではなく、みんなで生き残る」

「そう……だな」

あの町でのロンとの約束。皆で生きようとしたことを思い出したのか、悲壮な覚悟を宿していたカミールの瞳に希望の光が灯っていた。

〝選定の儀〟まであと三日……。それまでに出来ることは沢山ある。

エレーナは無事だろうか……。ちゃんとカルファーン帝国まで辿り着けたのだろうか。

私は私の希望を叶えるため、カミールたちと前を向いて歩き出す。

戦う理由

王女エレーナがカルファーン帝国で発見される。その一報は、帝国でも数少ない長距離遠話の魔道具にてクレイデール王国の王城へと届けられた。

エレーナが護衛と共に行方知れずとなってから二ヶ月余り、姫の身を案じていた王宮の者たちは歓喜の涙を流し、特に父親である国王陛下も安堵の息を漏らしたが、諸手を挙げて喜ぶには解決すべき問題は多かった。

未婚の若い女性——特に貴族ともなれば、たった数日の誘拐でさえ〝疵〟となる。

それ故に誘拐されたその翌日から情報統制が行われ、魔術学園の生徒も帰されたが、たとえそれが生徒の安全面を考慮するとした建前があっても、上級貴族家や一部の貴族家はエレーナが何かに巻き込まれたことに気づいていた。

魔族の持ち込んだダンジョンの秘宝による『誘拐』という事実に辿り着かなくても、何ヶ月も姿を見せなければ憶測で噂が立ち、それは貴族派が王家を攻撃する材料にもなる。

貴族派の貴族は、以前から第二王妃に切り捨てられた第一王女を取り込み、貴族派の傀儡とすることを画策していたが、幼かった頃の兄を慕う『我が儘な姫』ではなく、毅然とした態度で甘言をはね除けたエレーナが逆に貴族派の動きを邪魔することで、現在の王国の中枢は王家派で占められるようになった。

貴族派の多くは特産品がなく領内の産業が弱い貴族家で、その望みは、内需を優先する王家の力を削ぎ、他国との貿易を優先させてその利益を得ることだ。

だが、他国に食料を依存することを危惧した第一王女により、関税等の輸入に制限をかける動きが生まれ、もはや一部の貴族派にとってエレーナは邪魔な存在となりつつあった。

その過激な貴族派の攻撃材料を削ぐためにエレーナは遠話の魔道具で父王と話し合い、いくつかの事柄を決める。

まずエレーナは誘拐されたのではなく、魔族襲撃を受けた学園から退避するために、極秘裏にカルファーン帝国へ短期留学をしたことになった。

それは王族が我が身可愛さに一般生徒を見捨てたとも言われかねないが、王太子であるエルヴァンが某女生徒の側にいることを望んで学園に残ったことで、その批判は躱すことができる。

上位貴族の大部分は被害を分散させるため、後継者の一部を王都から逃がしていたこともあり、批判をすれば同派閥の有力貴族を攻撃することになるからだ。

そうなれば貴族派の攻撃材料は、本当に王女が留学したのか、その一点になる。だが、それを確かめることは不可能であり、貴族派は攻撃として馬鹿げた噂を流すようになるだろう。

証拠はない。だが、馬鹿げた憶測でも貴族社会で噂が立てば疵になる。

要はどちらを信じるのか。王女が数ヶ月姿を見せなかったことで馬鹿げた噂でも信憑性を得てしまうが、エレーナにだけはそれを払拭できる確信があった。

エルヴァンには出来なくても、エレーナだからこそ生まれる〝希望〟があった。

たとえ行方不明となっても、皆が王女は生きていると信じられたのは何故か？

敵対する貴族派閥さえも、姿を見せない王女が死んだと考えなかったのは何故か？

それは王女の傍らに〝彼女〟がいるからだ。

王女の希望を叶え、敵ならばそれが貴族であろうと躊躇も容赦もなく、裏社会の盗賊ギルドや暗殺者ギルドさえも、彼女と関わることを恐れるという〝殺戮の灰かぶり姫〟。

王女の懐刀。麗しき凶刃。

王女の権威に護られた彼女を権力で排除することはできず、それでも手を出せば死を招き寄せる、死神の薔薇。

アリア・レイトーン男爵令嬢。

彼女が王女の傍らに居るのなら、悪意ある噂はその意味を失う。

彼女が王女の害となることを許すはずがない。味方のみならず、敵対派閥でさえもそれを疑うことすらできないとは、なんという皮肉だろうか。

裏社会だけではなく〝灰かぶり姫〟の威名は、王女に敵対する派閥の者にとって悪夢に見るほどまでの忌名となり、彼らは夜に眠ることさえ恐怖する。

そのアリアを捜すことが第一だと王女に説得された国王は、その探索にこれから一ヶ月。そこから船で帰還するのに一ヶ月。事件発生から五ヶ月後に魔術学園を再開することが限度だと娘に告げ、彼女の探索を認めた。

「……なるほど」

今より三ヶ月後に魔術学園を再開する。その告知を受け、自領に戻った貴族の生徒たちが学園に戻る準備を始める中、魔術学園にある屋敷の自室にて同じく告知を受けた、王太子筆頭婚約者のクララは、自分の【加護(ギフト)】である『未来予見』によってほぼ真実に辿り着いていた。

その隣に婚約者であるエルヴァンの姿はない。そのことに小さな痛みを感じながらも、クララはさらに命を削り、『未来予見』で状況の分析を行う。

情報が足りないので王女の護衛が戻れるかまだ不明だが、エレーナは必ず帰還する。そして彼女なら、たとえ側近の男爵令嬢(アリア)が戻らなくても、自力で噂を払拭できる手段を講じているはずだ。とれる手段としては、カルファーン帝国皇族あたりとの婚約だろうか。手段としては悪くない。そうなればエレーナの地盤はさらに強固なものとなるだろう。それこそ王太子であるエルヴァンを超えるほどに。

そう推測できるほどに現在のエルヴァンの評価は落ちていた。客観的に見てもエレーナのほうが優秀であり、彼女が学業の合間にも積極的に公務を行っているのに対して、今のエルヴァンは公務に関わることなく一人の子爵令嬢に傾倒していた。

今の国王陛下が、王妃教育を受けていない子爵令嬢を正妃にしたことで貴族社会に不和が起こり、味方であるはずの王家派の貴族も、それを繰り返そうとしている王太子エルヴァンを冷めた目で見始めていた。

そのエルヴァンは、子爵令嬢アーリシアや王弟アモルらと共にダンジョンへ向かっている。クララたちが加護を得た離島のダンジョンではなく、レスター伯爵家が管理する学園から近い大規模ダンジョンだ。

その目的はおそらく【加護】を得ることだ。乙女ゲームでもヒロインは加護を得る機会があり、魔族イベントでは魔族国のダンジョンで加護を得ることもできるが、それ以外ならこちらの大規模ダンジョンで加護を得たことを、クララは前世の記憶で知っていた。

本来そこは王族が潜るようなダンジョンではない。精霊こそ存在するが、そこから得られる加護は、望むものが得られるか分からない曖昧なものだったからだ。

未成年の曖昧な願いは、容易に命さえ失う危険な加護を得てしまう。だからこそそのダンジョンで加護を得る場合は、何ものにも代え難い強い〝願い〟が必要なのだ。

だが、曖昧な加護でも〝箔〟はつく。そのダンジョンの難易度はそれほど高くなく、現在、新たな傀儡として貴族派から全面的な支援を受けているエルヴァンなら、数のゴリ押しで攻略もできるはずだ。

貴族派の狙いは、子爵令嬢アーリシアに加護を取らせて、王妃の一人に押し込むことだろう。クララやカルラはもちろん、公爵家に護られたパトリシアでも傀儡にはならないが、平民出身の少女ならいくらでも操れると考えるはず。

その点だけで見れば、国王の決める方針に盲目的に従っている今の正妃のほうが遙かにマシだと、クララは溜息を吐く。

魔族を引き込み、強引に魔族イベントを起こしても、ヒロインを排除することはできず、従妹を危険に曝すだけに終わってしまった。ヒロインの暗殺も、あの少女に光属性を得る機会を与え、本来のシナリオである聖女ルートを歩ませる結果となった。

「エル様……」

もう何も求めない。ダンドール家の望みである正妃も、自分の命さえもいらない。

クララの望みはただ一つ、エルヴァンだけだった。もうヒロインは自分が知るゲームのヒロインとは違うと認めなくてはならない。彼女の側ではもうエルヴァンが覚醒することはないだろう。

彼が傀儡となり、エレーナに負けて人知れず毒杯を仰ぐことを防ぐためにも、クララはヒロインを排除してエルヴァンが生き残れる道だけを、自分の命を削りながら必死で考え続けた。

そのためなら自分の手を血に染めてもいい。乙女ゲームでは、ヒロインの攻略する対象たちの成長度が低い場合、クララは追放ではなく断罪されて処刑となる。たとえそうなる可能性があってもクララは恐れなかった。

その鍵となる三人、王女エレーナと男爵令嬢アリア。そして……。

「カルラ……」

もっとも行動が読めない悪役令嬢。物語の最終障害（ラストエネミー）。

謹慎中の彼女の言動が分からないのは仕方のないことだが、それでも大人しすぎる。クララの配下でさえもカルラの現状を調べることができず、まるで学園から消えてしまったように姿が見えないことに、クララは不安から思わず顔を顰めた。

カルラはどこへ消えたのか……？

それは……。


「みぃつけた♪」

砂漠を抜けた古代遺跡のさらに先……。道案内の今は物言わぬ骸を引きずりながら、黒髪の少女は心から嬉しそうに遠くに見えた古代の砦に微笑んだ。

＊＊＊

魔族の王を決める〝選定の儀〟は、慣習的にこの地のダンジョンで行われる。

王となることを表明した者が代表となる戦士たちを選び、ダンジョンを攻略してその最奥から最初に『証』を取って帰還するか、他の参加者を皆殺しにすることが勝利条件となる。

でも、これまでの〝選定の儀〟でダンジョンの証を取ってこられたのは、初代の魔族王ただ一人で、それ以降はすべて『ダンジョン内での殺し合い』で決着がついていた。

この魔族砦の地下にあるダンジョンはかなり古いはずだが、十階層しか存在しない。だからといって攻略は容易くない。このダンジョンの面積は、以前エレーナと潜ったダンジョンの数倍の広さがあり、何度も階層を上がり下がりしなくてはいけない、本当の意味で〝迷宮〟と化していた。

「それで王子さんよ。なんでこんな歪なダンジョンが戦場なんだ？」

「それも説明する」

案の定、自分も参加すると言ったジェーシャの問いに、まだ納得していないカミールが苦虫を噛みつぶしたような渋い顔で答える。

ジェーシャの口の利き方にカミールの従者であるイゼルが怒気を放ち、カドリが無言のまま娘の肩を押さえて首を振っているが、どうやらお目当ての武器を見つけたらしいジェーシャは上機嫌でそれを無視していた。

彼女の得物は、私のように誰かに戦利品として奪われていたわけではなく、廃品として回収されていたものだった。柄の途中で折れた魔鋼の鉾槍(ハルバード)。それはジェーシャが以前使っていた両手斧ではなく、彼女のお目付役である老ドワーフ……ジルガンの遺品だった。

ハルバードとしては使えないが、ジェーシャは折れた柄を自ら鍛冶場で手直しして、両手斧として使うつもりらしい。本来の両手斧より使い勝手は悪いのかもしれないが、思い入れのある武器はそれに勝る場合がある。私はそれを彼女らしいなと思った。

私も足りなくなった投擲ナイフやクロスボウの矢を補充して、黒いダガーを分解清掃しながら意識をカミールに向ける。

……あの男、碌に整備もしなかったようで、黒いナイフとダガーは柄の部分も分解して、油で煮沸しなければいけなかった。

私たちの意識が向いたところでカミールが話し出す。

「そもそも面倒なダンジョンを戦場にしたのではなく、〝選定の儀〟のせいでダンジョンが複雑化したと聞いている」

思い出すように語るカミールの説明を私なりに纏めてみる。

闇エルフがこの地へ追放された時代、ここはただ広いだけのダンジョンだった。初代の魔族王が何かを求めてダンジョンに潜り、それ以来〝選定の儀〟に使うため、ダンジョンの真上に砦を築いたことでダンジョンそのものが変異しはじめた。

ダンジョンとは遺跡に魔物が取り憑くことで〝ダンジョン化〟する『生き物』だ。

入り口を何かで塞がれたダンジョンは、呼吸をするように新たな入り口を出現させたという。その部分も管理するために砦も拡張し、ダンジョンも新たな入り口を作るため、砦を取り込むように広がっていった。そのため、ダンジョンの内部も複雑化し、今では入り口が幾つあるかすべてを把握できている者はいない。

……どうりで窓が無いはずだ。ダンジョンの広がりに合わせて増改築を繰り返した砦が、さらにダンジョンに取り込まれたのなら窓など付くはずがない。

ダンジョンの入り口は砦の中にも数カ所存在する。だが、そこから入ったダンジョンの場所は同じではなく、第一階層の場合もあるし、かなり深い層に入る場合もある。

今回の場合なら、情報がないカミールは最初の入り口である一階層に下りるしかなく、一番不利な立場になる。

だからといって深い層が最奥に近いとは限らない。ダンジョンが複雑になったせいで最奥が最下層でない可能性もあり、初代魔族王以来、誰も最奥に辿り着けないからこそ〝選定の儀〟は候補者同士の『殺し合い』になったのだ。

「俺たちはすべての氏族から狙われる。こちらは数が少ない。だから全員纏まって行動する」

カミールの戦士は、彼を含めても私とジェーシャ、カドリとイゼルの五人だけだ。他の氏族のように遊撃と攻略に分けるような数はないので、遊撃に対処するのならその考えは間違っていない。

でも――。

「私は別行動をさせてもらう」

「アリアっ」

彼の作戦を否定する私にカミールが声を荒らげる。

「何を考えているっ？　相手を甘く見るなっ！」

各氏族の戦士は最低でもランク4。魔将軍アイシェやシャルルシャン、ダウヒールなら確実にランク5の上位で、エルグリムならランク5の上位どころかランク6でもおかしくはない。

「だからこそだ。あれらと真正面からぶつかったらどうなるか、カミールも分かっているでしょ？」

「……それはっ」

私の指摘にカミールは口を開きかけるが明確な反論はできなかった。

今回の〝選定の儀〟に参加する者でランク3以下の戦士はカドリとイゼルだけだ。各氏族の参加戦士がランク4以上なのは、この〝選定の儀〟に参加する選ばれた戦士という誇りがあるためだが、それ以上にダンジョンの魔物に殺されてしまう可能性があるからだ。

カドリは元々カミールの母親の国元から付いてきた従者で、魔族国で彼女の侍女となった闇エルフの女性と結ばれ、イゼルを授かったと聞いている。

二人はカミールにとっても掛け替えのない家族だ。その二人も同じで私たちが何を言ってもカミールを護るために参加を止めることはないだろう。

そして集団戦になれば二人の命なんて真っ先に失われる。それを防ぐためには、カミールたちは他氏族が無意識に不可能だと考えているダンジョン攻略をしてもらい、他氏族の目を〝誰か〟が引き寄せる必要があった。

そんなことはカミールだって分かっている。思考が戦闘狂寄りであるジェーシャだって気づいている。だからこそジェーシャも私の言葉に頷き、感情が整理できていないカミールたちに向かって獰猛な笑みを向けた。

「オレはアリアに賛成だ。出来るならオレがやりたいくらいだが、陽動と奇襲の遊撃役と、仲間を護りながら進む攻略側なら、誰が適任か分かるはずだろ？」

そう言ったジェーシャの視線を受けて私が続きを話す。

「どちらが危険という話じゃない。氏族長のいる本体と当たればそこが一番危険だ。私一人なら逃げることもできる。あとは――」

「アリアが死ぬ前にオレらが攻略すれば良いんだよ！」

「……くっ」

不安を吹き飛ばすようにあえて軽い口調のジェーシャの言葉に、カミールは拳を握りしめた。

カミールは甘い。その優しさは美徳だが、すべてを守れるなんて幻想だ。王となるのなら何を守るのか自分で決める強さを得るしかない。

でも……知っていてほしい。

すべての責任は王にあっても、すべてを自分一人で背負う必要はない。

「分かった。アリア……お前を信じる」

「任せて」

信じる。そう言ってくれたカミールに私も信頼で返す。

カミールを王とする。彼の命を救うために。私がエレーナの許へ帰るために。

私は絶対に死ぬつもりはない。

エレーナ……私はちゃんと生きて帰るよ。

「さあ、行くぞ」

カミールの言葉に各々が無言のまま頷き、自らの武器を持って立ち上がる。

私も外套の代わりに師匠が編んでくれた魔物糸のショールを首に巻き付け、静かに歩き出した。

さあ、殺し合いの始まりだ。

選定の儀――開幕

「あい……つはっ！」

魔族砦の闇の中にいた少女は、数年間姿を見せなかった王子と共にいる人族の女を見て、息が止

まるほどの衝撃を受けた。

少女は見た目通りの年齢ではない。寿命が長い闇エルフではあるが、外見の十数倍の時を過ごしたであろう生気のない瞳は、その人族の女を見つけた瞬間に憎悪の炎に彩られた。

少女――吸血氏族の長、シェヘラザードは魔族の王を決める〝選定の儀〟に興味はなかった。同じ魔族国の国民でありながら、魔物である吸血氏族は〝選定の儀〟に参加する資格を与えられてはいないのだ。

だがそんな事はどうでもよかった。今の彼女にあるのは氏族としての存続ではなく、百年の時を共に過ごした友や仲間たちの仇を討つことだけだった。

今回の〝選定の儀〟では、同じく人族に恨みを持つ魔将軍アイシェの肩を持つつもりでいた。彼女を王にすれば人族との戦争は再開する。そうすれば友を殺した人族の女二人を戦場へ引きずり出すことができると、微かな望みに賭けていた。

カトラスの町への侵攻も、元からアイシェの計画ではあったが、それを焚きつけてこれほど早く行動を起こさせたのはシェヘラザードだった。

だが、人族への恨みも、人族との戦争も今はどうでもよくなった。恨みを晴らすべき怨敵の一人、桃色髪の少女をここで見つけてしまった。昼に歩けないシェヘラザードはカトラスへの侵攻に参加することができず、その少女がいたことに気づけなかったのだ。

だが見つけた。この地で見つけた。

しかし、この砦内で襲撃することはできない。各氏族の目があり、あの老闇エルフのエルグリムの横やりが入れば、仇を討つこともなくシェヘラザードが排除されてしまうだろう。

シェヘラザードは怒りに震える腕に爪を立て、必ずやダンジョンの中であの小娘を生きたまま貪り喰らってみせると亡き友に誓う。

「……待っていろ、人族の女っ！」

＊＊＊

「各員、覚悟は良いな」

「「「はっ！」」」

ダンジョンの入り口の一つにて、魔族軍将軍アイシェの言葉に配下の戦士たちが踵をぶつけるように姿勢を正す。

魔族軍の中でも特にアイシェの強さと苛烈さを信奉する彼らは、全員がランク4の実力者であり、その中でも副官の二名は戦闘力だけならランク5にも迫る猛者であった。

アイシェは隙なく整列する戦士たちの姿にわずかに目を細める。本来、ここには選び抜いた十人の戦士がいるはずだった。だが、その一人であるアドラは、あの桃色髪の少女に一瞬で殺され、武器を奪いかえされた。

アドラは精霊魔術を使えるランク4の使い手だ。戦闘力が高いのは魔力値が高いせいだが、それでも近接戦で並の戦士に負けることはない。だが、殺された。あの少女の力量を試すよい相手かと戦いを許したが、アドラと同じランク4でありながらかなり実戦慣れしていた。

それでもアイシェは負けるつもりがない。もう一度戦っても勝つのは自分だと信じている。

あの少女には聞きたいことが山ほどあった。本来なら王子に預けて回復した時点で拷問にかけるつもりでいたが、あの少女が王子の戦士として〝選定の儀〟に参加を表明したことで、それもできなくなった。

（……機会は必ず来る）

あの少女の実力なら、各氏族長でなくては勝つことは難しいだろう。必ずダンジョンの中で見つけ出し、〝姉〟が使っていたあの技のことを聞き出してみせる。

（……姉さん）

闇エルフが『邪神の使い』として人族の聖教会から追われ、灼熱の砂漠や極寒の山脈を抜けて辿り着いたその地は、魔物や竜が跋扈（ばっこ）する過酷な土地だった。

人が住める場所は少なく、食料を狩りに行った者たちは魔物に殺され、この地で生きるために闇エルフは強くならなくてはいけなかった。

闇エルフが〝強さ〟を信奉するようになったのはそれからだ。

彼らは人族への恨みから自らを魔族（エビルレース）と名乗り、憎しみを糧に必死に生き延びた。その過酷な生活で両親を失った幼い姉妹は、生きるため……強くなるために魔導を暗殺に用いる魔導氏族へと身を寄せた。

その頃のアイシェはまだ赤子でしかなく、まだ少女だった姉がアイシェを魔導氏族で養う対価として〝暗殺者〟となる道を選んだ。

幼いアイシェにとって姉は誇りだった。強く、美しく、成長して人族との戦争へと出るようになった姉は、敵だけでなく味方からも畏敬の念を込めて『戦鬼』と恐れられるまでの戦士となった。

姉は幼い妹のために戦い、身も心も傷だらけになって帰ってくる。当時戦場の悪魔と恐れられたエルグリムから殺しの技を学び、殺し以外の生きる意味を知らず、妹以外とは心を通じ合わせることもなく、戦いしか知らなかった姉は、ある頃を境にアイシェが見たこともなかった表情を見せるようになった。

姉はとある戦場で、人族や森エルフやドワーフなどの冒険者と出会ったらしい。

彼らと戦場で何度か矛を交え、帰還の度に憂いの表情を深めていた姉は、人族との戦場で行方知れずとなり二度と帰ってはこなかった。

姉は死んだのか？　それとも人族に捕らえられたのか？

アイシェが感じたのは悲しみよりも怒りだった。最初は悲しみだったかもしれない。だがその思いは流れる涙と共に捻れて人族国家への憎しみへと変わった。

姉を奪った人族が憎い。だがアイシェは姉を失った悲しみをねじ曲げるように、人族に負けた姉の弱さをも憎むようになった。

今の魔族国は揺れている。魔族の王でありながら人族の女を愛し、その女を失い、生きる気力を無くした魔族王が死の淵に立ったことで、その機に乗じて好戦的な氏族を中心に事を起こした。

アイシェがその先鋒として軍を動かしたのは、人族国家との戦争を〝始める〟ためだった。一度動かした軍を止めることは難しい。だがそれでも、今の魔族王を信奉する穏健派の氏族が横やりを入れることは分かっていた。

だからこそ、カトラスの町を襲った。新たな王を決める〝選定の儀〟を始める鍵となる〝魔族王の子〟を炙り出すことができるからだ。

暗殺を恐れて魔族国から逃げ出した王子も、カトラスの町がなければ生きる場所はない。こちらが王子のいる場所をことごとく潰すと理解すれば、王子はこれ以上姿を隠すこともできなくなる。

王子を参加させて〝選定の儀〟を始め、新たな魔族王を立てて人族との全面戦争を始めることがアイシェたち戦争強硬派の望みだった。

将軍として軍を動かし、人族の町を落としたことでアイシェは〝選定の儀〟の参加権を得た。

だが、同じく強硬派であっても、妖魔氏族長シャルルシャンや豪魔氏族長ダウヒールは、戦争よりもまず自分たちの利益を優先するはずだ。だからこそ人族に恨みを持つ魔導氏族長老エルグリムと手を結び、エルグリムかアイシェ自身が魔族王となることで、魔族総出の遺恨戦争を再び起こそうと画策した。

（……だが、まずはあの女だ）

戦場で相打ち、勝つことはできたが、あの桃色髪の女の実力はアイシェ自身がよく知っている。

人族でありながらあの実力をどうやって身につけたのか？

姉がエルグリムから学んで独自に昇華させた『戦鬼』の技を何故知っているのか？

長年の疑念……その答えを知るただ一人の女をアイシェは見逃すことができなかった。

「最初の目標は、アドラを殺したあの桃色髪の女だ。カミール王子諸共、炙り出せ！」

＊＊＊

「うるぁあああああああああああっ!!」

ジェーシャの振り下ろした魔鋼の両手斧が、真正面から突っ込んできた二つ頭の魔狼、オルトロスの片方の頭部をかち割った。血を吹き上げる間もなく通路の向こうまで吹き飛ばされ、その間を縫うように飛びかかってきた次のオルトロスの首に、外套を纏った少女から放たれたクロスボウの矢が突き刺さる。

「ハッ！」

そこに飛び込んだカドリが槍を長刀のように使って、吹き飛ばされていたオルトロスの残った頭部を斬り飛ばし、それに怯んだ数体のオルトロスに向けて、高所から飛び降りるように襲いかかった黒い肌の少年――カミールが二本の短剣を振るう。

「――【兇刃の舞（ダンシングリパー）】――」

レベル5の戦技を封じた魔剣が仄かに輝き、暴風の如く吹き荒れる閃刃が瞬く間に四体のオルトロスを斬り裂いた。

「ふぅ……」

「カミール様、お怪我は？」

声をかけてきたカドリに息を吐いたカミールは首を振る。オルトロスはランク3の上位にもなる強力な魔物だ。このダンジョンでは階層に意味はなく、入って早々に襲ってきた魔物の群れにカミールは奥の手である魔剣の力を使わざるをえなかった。

だが、どこから強力な魔物が現れるか分からない状況のおかげで、有力氏族も援軍として一般兵を使うことができないので、それがカミールたちのわずかな希望となっている。

「大丈夫だ。このまま進むぞ」

「おいおい、肉を放っておくのかよ？」

即座に進むことを決めたカミールにジェーシャが口を挟む。

魔族砦の地下にあるダンジョンは『獣』のダンジョンだ。ダンジョンの魔物がどこから現れるのか諸説あるが、ダンジョンの瘴気が魔物を発生させる説と、ダンジョンが木の根のように入り口を伸ばして魔物を誘い込む説があり、後者の場合なら現れる獣は東のロスト山脈から呼び込まれていることになる。

どちらにしても砂漠育ちのジェーシャにとって獣の肉はご馳走だ。臭みが強く、筋張っているが、頑健なドワーフならどれも気にはしないだろう。

「ここだと血の臭いで他の獣が寄ってくる。肉は諦めろ」

「うへぇ」

カミールの言葉にジェーシャが入り組んだ周囲を見回しながら溜息を吐き、名残惜しげに振り返りながら彼らは再び歩きはじめた。

このダンジョンは十階層しかないが異常に入り組んでいる。

入り口を増やすために増改築を繰り返したダンジョンの内部は、進むごとに足場の高さを変え、天井の高さを変え、壁や天井や床にさえも階段のない通路が続く、数歩進んだだけで自分の位置さえ見失いそうになる最悪の迷路と化していた。

ここを踏破するには何度も潜り正確な地図を作っていくしかないだろう。今も天井に近い横穴の暗がりから獣が飛び出してくる可能性もあり、穏健派から簡単な地図を手に入れていたカミールたちは、緊張に精神を削られながらも床に印を刻み、ダンジョンの最奥へと進むしかなかった。


「……目標を発見」

暗い通路の一つからそんな彼らを見つめる集団がいた。

〝選定の儀〟に参加するのは王となることを表明した者と戦士のみ。だが、各氏族はそれだけでなく他の戦士を殺すための襲撃部隊を送り込んでいた。

正式な戦士ではなく強さもランク3と、強力な魔物と出会えば全滅する可能性もあるが、それでも彼らは自らの氏族長が王となるために命を賭して臨んでいる。

「王子とドワーフの女と……判別できたのはそれくらいか」

「確か五名ではなかったか？　誰がいない？」

「エルグリム様が気にしておられた〝人族の女〟はどれだ？　あのフードの奴か？」

「わからん。確かランク3の娘がいたはずだから、そいつは置いてきたか？」

「油断はするな。まずはグラム殿と合流するぞ」

「「「おう」」」

彼らは馬鹿正直に正門から入ってくるカミールたちを待ち構えていた。

この入り組んだダンジョンが初代王しか踏破者がいないのは、いまだに拡張が行われているからだと言われているが、それでも魔導氏族が持つ地図は低層の大半を網羅している。それはこの〝選定の儀〟に最初から参加してきた魔導氏族数百年の成果だった。

「王子たちを追うぞ。相手は手練れのランク4だ。奥にある開けた場所で襲撃する」

合流し、仲間たちから報告を受けたグラムが指示を出す。

彼らは魔導氏族エルグリム配下の暗殺部隊だ。まだ散っていた全員が揃ったわけではないが、それでも半数近く、十数名の人員が集まっていた。

エルグリムの弟子の一人、暗殺部隊の隊長であるグラムは、敵の数が少なくてもランク4の実力を侮ってはいない。確実に始末するために地図を使って先回りをして罠を仕掛け、王子の護衛から減らそうと考えていた。

「……？」

「どうした？」

カミールたちから離れて先回りの通路を進んでいた男たちの一人が、不意に周囲を見回し、隣にいた男が囁くように訊ねる。

「いや、何かが以前と違うような……」

「道を間違えたか？」

「いや、そんなことは……グラム殿、その三つ目の通路を右に」

「分かった。お前たち、そこの暗がりに穴があるから気をつけろ」

「はっ」

ダンジョンの地図でも細かい床の穴や人が通れない場所まで網羅されてはいない。正確な高低差や曲がる角度を測れないので距離感さえも正確とは言い難い。

ダンジョンは魔物や人を誘い込むため、壁や天井の一部が微かに発光している。通常のダンジョンならそれは便利なことなのだが、この入り組んだダンジョンでは複雑な影が生じて、床にある落とし穴を見落としてしまうことがあった。

落とし穴も数メートル程度なら足を挫く程度で済むだろう。だが、このダンジョンでは二階層どころか三階層にも通じる穴があり、即死級の罠として知られていた。

それでも、このある程度正確な地図があればほとんどの危険を回避できる。

そのためにグラムは自らが周囲を警戒し、部下たちに何度も地図を確認させていた。

「ここから三つ目の横道を過ぎた場所が広間になります。その奥には深い穴があるので、そこで罠を仕掛けますか？」

「使えそうならそうしよう」

落とし穴で殺せるならそのほうが危険は少ない。王子はできれば氏族長に殺させるほうが良いが、それも状況次第だ。このまま地図通りに進めば王子を待ち伏せすることができるだろう。上手くランク４のドワーフを落とし穴に追い込めば楽になる。

グラムは慎重に事を進める。それは冷静であることを求められる暗殺者として当然のことだが、グラムはそれを徹底させた。

慎重すぎるほどに……。

「――っ！」

ダンジョンを足早に進む彼らの耳に、突然〝獣〟の唸り声が聞こえてきた。

「魔物か⁉」

「どの方角だ⁉」

「数が多いぞ、どうする？」

突然聞こえてきた十数体と思われる獣の唸り声に全員が緊張した面持ちで剣を抜く。

オルトロスのような強力な魔狼でも、これだけの人員が居れば対処はできる。だが、この隠し通路のような満足に剣も振るえない狭い場所では、こちらが不利だとグラムは即座に判断した。

「奥へ進め！　広場で迎え撃つ！」

奥へ進めば広い場所に出る。本来ならそこで罠を仕掛けたかったが、ここで手傷を負っては奇襲も難しくなる。ならば即座に魔狼を片づけて王子たちと正面から戦うほうがマシだと考えたグラムは、仲間たちに指示を飛ばした。

だが――。

『――⁉』

広場に飛び込んだ仲間たちの姿が消えた。

邪魔にならないように横に避けたのか？　それを確かめる手段もなく一旦止まれと声をあげようとした瞬間、背後から強烈な〝殺気〟が襲いかかってきた。

「なっ」

背後に迫る殺気に冷静でいることは難しい。たとえ暗殺者であろうと、ダンジョン戦のために強さだけで選ばれたまだ若い者ならなおさらだ。冷静でいられたのはエルグリムの弟子であった者が数名だけで、混乱した後続の仲間たちがグラムを押し流した。

「止まれ！」

グリムの叫びが響く。だが、一瞬遅かった。誰の姿も見えない広場にグラムが押し込まれたその瞬間、彼らの身体は宙に投げ出された。

「――なっ」

そこにはただ深い穴があった。突然聞こえてくる仲間たちの悲鳴。グラムの頬に感じる下から吹き付ける風。

どうしてこんな場所に落とし穴があるのか？　落ちていくグラムは、その穴の縁から冷たい視線で見下ろす桃色髪の少女を見て、すべてを理解した。

あの獣の『唸り声』も、周囲に満ちていた『臭い』も、途中の道にあった『壁』も、通路の奥に見えていた『広場』も、最後の殺気以外すべて幻覚だったのだと。

「……次だ」

十数名の暗殺者が穴に落ちていくその様子を冷たい瞳で見下ろしていた少女は、首のショールを巻き直してダンジョンの闇へと消えていった。

＊＊＊

〝選定の儀〟が始まった。魔族軍による砂漠の町カトラスへの侵攻も、すべてはこの魔族の王を決める儀式のために行われたことだった。

それは魔族王の子であるカミールを炙り出すだけではなく、魔族たちは戦争を始めることで、主導者を決めなくてはいけない状況に自らを追い込んだ。

迷惑な話だ。カトラスの住民からすればカミールが逃げてきたからこそ、あの惨劇が起きたと思うだろう。実際、彼からそれを聞いたジェーシャは憤りを見せたが、カミールを責めることはなかった。遅かれ早かれ、魔族がカトラスの町を侵攻すると考えていたからだ。

それほどまでに魔族の恨みは深い。でも、人族である私が参加することを拒まなかったことや、一部の者はカミールの母のような人族も受け入れてもいるのだから、人族に対する恨みというよりも、聖教会とそれを信奉する者に対する憎しみなのだと思えた。

「……ふぅ」

殲滅した敵から離れて私はようやく息を吐く。

横道の一つを〝壁〟で隠して別の通路へ誘導し、魔物の〝臭い〟と〝音〟で徐々に不安を煽り、落とし穴の手前に〝広間〟の幻惑を見せることで、纏めて罠にかけた。

やはりというべきか、ダンジョンの正規の入り口しか知らない私たちは他氏族から見張られていた。伏兵に二十名近い数は多いようにも思えるが、私としてはかなり少ないと感じている。選ばれた戦士全員が死亡すればその氏族は負けとなるが、それならば先に相手を殺してしまえばいいと考えるのは当然の流れだ。

あの伏兵らは全員が暗殺者としての技術を持っていたように感じた。ランクは3以上に見えたが、魔物に襲われかねないこのダンジョンにおいて、胆力のある熟練者ではなく、体力のある若い者たちを選んだことが私に味方した。

けれど私も、体力や魔力を温存するべき状態で、体力と魔力を天秤にかけて大量の魔力を消費する戦法を使った。手段は選ばない。わざわざ私がカミールたちから離れて単独で行動しているのは、受け身では勝てないと考えたからだ。

私たちにダンジョンの情報は少なく、大掛かりな罠を仕掛けることはできない。だからこそ私が動いて敵の情報を調べ、先行するカミールたちの危険を排除する。

そして場合によってカミールたちは、自分が囮になることも覚悟して私が敵を倒すことを考えてくれた。

「……長期戦になる」

一週間や二週間では決着はつかないと思っている。でも、私たちは食料や必要な物資を氏族の別働隊に頼ることができないので、敵から奪うことも考えなくてはいけない。

まずは情報収集だ。なし崩し的に始まってしまったせいで、色々と準備が足りていない。食料、武器、医薬品、魔物避けや迷宮の情報など、本当に最低限のものしか用意できなかった。

必要ならば敵から奪い、カミールたちに渡す。そして出来るかぎり体力の消耗を抑えながら敵を殲滅することが、私のするべきことだった。

一日目はダンジョンの内部を調べることにした。

このダンジョンには複数の入り口があり、そのせいで十階層しかないダンジョンは複雑な迷路と化している。道の幅も進むごとに違い、曲がり角の角度も違う。なだらかな下り坂を進めばいつの間にか下の階層に降りて、見上げれば高い壁の上に別の通路も見えた。

ダンジョンは完全な闇ではない。どこのダンジョンでも壁や天井が仄かに光を放ち、月夜程度の明るさがあるので、暗視が弱い人族でも闇に目を慣らせば充分に戦える。

でもそれは大きな通路や広間だけで、獣の巣になっているような細い通路や分断された道までは光が届いていなかった。この辺りがダンジョン戦での鍵となるだろう。他の連中は、天井や壁にある小さな通路を魔物の巣穴だと考えているようだが、高い体術と隠密、そして探知スキルがあれば襲撃地点として利用できる。

実際私が探索した天井近い通路は大コウモリの巣となっていたが、今は私の仮拠点の一つとして利用している。

二日目はダンジョンの獣を調査した。

このダンジョンは『獣のダンジョン』で、倒した獣は食料にもなる。実際に魔族砦では正体の分からない獣の肉が食べられていたが、おそらくはダンジョンから得られたものだろう。

獣といってもダンジョンに普通の動物はまずいない。あくまで魔素で魔物化した獣型の魔物がいるだけだ。通常のダンジョンでは、低階層ではランクの低い魔物が出没し、数階層下りても数と頻度が増えるだけだが、ここではそれを基準にできない。

他の階層が複雑に繋がっているせいで一階層でも大型の獣や、カミールたちが接触したようなランク3の群に出会うことがあるからだ。私もまだランク3までの獣しか見ていないが、種類と生息域をダンジョンの地理と共に頭に叩き込んだ。

三日目は別の入り口を探すことにする。

ここまで私たちが接触した他氏族は、幻惑で倒したあの連中だけだったことから考えると、他の入り口は簡単に辿り着ける位置にないのだろう。私が倒した連中もおそらくは〝選定の儀〟が始まる前から潜っていたはずだ。

迷路の中を闇雲に探しても見つかる確率は低い。だが、ダンジョンに長く留まればそれが迷宮でも規則性が見えてくる。ダンジョンが人を中に誘い込むという構造は変わらないので、それさえ見極めることが可能なら別の入り口を見つけることもできるはずだ。

奥へ進み、深層へと近づけば、自然と他氏族同士の邂逅も増えるはずだが、そうなればカミールたちの危険も増える。できるならそうなる前に本体以外の戦力を削っておくべきだ。

入り口を探すのは運が絡むので確実でないが、運良くその手掛かりを見つけることができた。

「……十名か」

他の入り口を見つけたわけではないが、そこから来たと思われる十名ほどの部隊を発見した。

全員がランク3で武器は鋼製だが、甲虫製と思われる全身鎧を身に着けている。他の氏族を攻撃する襲撃部隊か？　でも人数も装備も半端な気がする。あの装備と人数でランク5がいる本隊を狙っても、おそらく返り討ちになると思うけど……。

でも、彼らの行動を見てなんとなく察しがついた。彼らの装備や構成は人を倒すのではなく、ダンジョンの魔物を倒すことを想定しているように思えた。けれど、砦の兵が肉目当てに魔物を倒しているようには見えない。そもそも、この時期にダンジョン内に潜るのなら、それは他氏族への敵対行動を意味する。だとしたら彼らの目的は……。

「補給部隊か」

私の目で視ると全員が魔素を帯びた鞄を所持していた。それが闇魔術で内部を拡張した鞄なら、中身は食料やポーションなどの医薬品か、この人数からすると予備の武器かもしれない。

さて、どうするか？　補給物資を届けさせる意味はない。本隊がどこに居るのか分からない以上、時間が経つだけカミールたちへの襲撃の危険度が増す。跡を追えば敵の本体を見つけられるかもしれないけど、まともに戦うのなら補給を潰して疲弊させてからのほうがいい。

手を出すか。でも……私は彼らに産毛が逆立つような感覚を覚えていた。

罠だろうか？　でも……。

（……やろう）

数秒間で考えを纏めて瞬時に思考を戦いに切り替える。

危険は承知の上だ。これが罠であっても、見逃すくらいならそもそも参加さえしていない。

ここは生き残りをかけた〝戦場〟だ。ただの補給部隊でも兵士を生かして帰す必要はないが……ここはあえて彼らに〝戦闘不能〟になってもらう。

理由は単純だ。死ぬ理由がある戦士よりも、死ねない理由がある兵士にポーションで治りきらない傷を与えれば、他の人員が探索や救護のために動くことになり、それだけ敵の手数が減るからだ。

時間もないが罠を張る。単純なものしかできないけど今はこれで充分だ。念のためにさらに仕掛けを施すため、私は位置を把握している魔物のところへと向かった。

大型の猪の魔物、グレートボア。ランク3の魔物で一般的な人族の町でも食料として狩られている。大きさは馬車ほどもあるが性質は臆病で、人数さえいれば冒険者でなくても狩れるからランク3となっているが、このグレートボアはある特定の条件下では難易度ランク4にもなる。

それは、その巨体を回避できない狭い場所であること、そして、グレートボアが攻撃を受けても怯まなくなる状態……『興奮状態』であることだ。

「——何か来る！」

「グレートボアだっ！」

通路が狭くなった辺りで現れた馬車ほどもあるグレートボアの巨体に、補給部隊の兵士たちが慌てて武器を構える。

グレートボアには、動物が嫌う臭いを使ってストレスを与えてある。臭いは薬品だけでは足りずに幻惑魔法で誤魔化したが、仕上げに使った蒸留した強い酒精は本物だ。

気化した臭いだけでも、酒精に慣れていない動物には効くだろう。酩酊状態になってストレスを与えられたグレートボアは、補給部隊から放たれた矢傷の痛みに興奮して、猛然と彼らに襲いかかった。

この勢いなら半数は重体になるはずだ。もしかしたら数名はグレートボアと相打ちになって死亡するかもしれないが、そこは運が悪かったと思って諦めてもらう。

でも……嫌な予感ほどよく当たる。

ブォン……ッ！

空気が大きく乱れ、兵士の足元から〝影〟が広がり、突進するグレートボアが沈み込むように影に呑み込まれた。

「！」

「ハッ！」

次の瞬間、私がいた通路の〝闇〟から滲み出るように飛び出した闇エルフの女が、二本の曲剣――シャムシールで襲いかかってきた。

ガキンッ!!

とっさに受け止めた私のナイフとダガーが二本のシャムシールと闇の中に火花を散らして、互いの姿を照らし出す。

「いたね！」

「っ！」

何度か打ち合うようにして、隠れていた通路から同時に押し出されるように外に出ると、その女は追撃をせずに一旦距離を取り、補給部隊を護るように姿を見せた男の隣に立つ。

「おお、本当に来るとは思わなかったぞ！」

「シャルルシャン様のお言葉が間違っていることなんてないよ！」

「……妖魔氏族か」

私は黒いナイフとダガーを構えて彼らを見る。まだ若い……人族の二十歳程の姿の男女はおそらくは双子か兄妹だろう。髪の長さは違うが血縁と思しき印象を覚えた。

「その通りだ、人族の女。俺は妖魔氏族の〝戦士〟、セリク」

「同じく〝戦士〟のセダよ。ふふふ、シャルルシャン様は、補給隊の襲撃を警戒していたけど、まさかお前が私たちの所に来るとは思わなかったわ」

「シャルルシャン様が認めた人族の女よ、上手く嵌めたつもりのようだが、俺たちのほうが上手だったということさ。ここにいる全員を相手に逃げられると思うなよ」

彼らは〝選定の儀〟に参加を表明した氏族の〝戦士〟だったらしい。

「……なるほど」

罠は罠でも、あの妖魔氏族長の女は、自分の護りが薄くなることも恐れず、私が来ることも想定して戦士を配置していた。

あの奇妙な感覚はこの兄妹が〝影〟に隠れていたせいだろうか。

革鎧(ソフトレザー)の男、セリクが使ったのは【影渡り(シャドウウォーカー)】――つまりランク4の闇魔術師だ。そしてセダは私と正面からやり合ったことから、剣術スキルがレベル4はあるはずだ。

ランク4の魔術師と戦士の兄妹。しかも魔術系統も戦闘スタイルも私と似ていてやりにくさを感じる。でも……。

「それなら都合がいい」

「――なに？」

彼らの背後から聞こえてきた〝地響き〟に一瞬二人の気が逸れる。その隙を逃さず、【影収納(ストレージ)】から二本のナイフを同時に投擲すると、それをギリギリで躱した彼らの背後で、補給隊が背後からグレートボアに襲われていた。

「念のための〝もう一つ〟が間に合ったようだな」

「チッ！」

私の狙いに気づいて男のほうが舌打ちをする。セリクもセダも単独でグレートボアを倒せるが、今度は状況が違う。隠れていた〝私〟という存在が目の前にいることで、今度は彼ら兄妹のほうが私に背を向けることができないでいた。

そして……本体と離れているランク4の戦士を倒せる絶好の機会を逃す手はない。

「さあ、始めようか。〝選定の儀〟の戦いを」

＊＊＊

魔族砦の地下にあるダンジョンの入り口は複数存在するが、それは砦の内部に限ったことではない。息継ぎをするように作りだした入り口をことごとく塞がれたダンジョンは、大樹が根を伸ばすように砦から離れた場所にも入り口を作りだしていた。

それらの多くは発見もされずに埋もれているが、そのうちの幾つかは発見した氏族によって国に報告されることなく管理されていた。

『ガアアアアアアアアアアアアアアッ！』

細い月が照らす闇の中、砦外部の森の中で〝獣〟の咆吼が響く。

「黒い獣っ⁉」

「魔物だ‼」

ダンジョンの入り口前で準備をしていた闇エルフたちを、突然黒い獣が襲撃した。

「ギャアアアッ！」

「ただの魔物じゃないっ、これは──」

ランク3の上級兵である男たちが紙を引き裂くように容易くなぎ払われ、警戒の声をあげようとしたその男は背後から忍び寄る女に音もなく首を切り裂かれた。

数分後、自分の足で立っている者が黒い獣と女──ネロとセレジュラだけになり、ただ一人生き残った男がセレジュラを見上げて黒い顔を青くする。

「貴様は……戦鬼⁉　生きていたのか！」

そんな男の言葉に顔を顰めながら、セレジュラは男の顎を蹴りつける。

「五十年も経ってまだ覚えている奴がいるとはね……。とりあえず、あんたが知っていることを話してもらうよ」

カトラスの町から魔族砦までは外周の砂漠を渡れば徒歩で一ヶ月、遺跡を横断したとしても徒歩で二週間はかかる。だが、元魔族軍の戦士であるセレジュラは魔族軍が使う抜け道のいくつかを知っていた。

その中でも最も危険な道なら、ネロの走力で駆け抜ければわずか数日で踏破できる。

そうして記憶を頼りに魔族砦に向かい、知っているダンジョンの入り口から、ダンジョンを通じて砦内に侵入しようとしたところでこの運のない連中と出くわした。

「〝選定の儀〟……？　王子側の戦士に桃色髪の人族⁉」

情報を聞き出したセレジュラは頭痛がしたように頭を抱える。しかもその参加する者たちの名を聞いてさらに深い溜息を吐く。

「……エルグリムの奴、まだ存命していたか」

魔導氏族長老エルグリム。かつてセレジュラが師と仰ぎ、自分の魔術と暗殺術を鍛え上げた男だった。

自分でも確実に勝てるとは言えない。でもセレジュラは師の恐ろしさよりも気になることがある。

そのセレジュラの脳裏に何十年も会うことのなかった少女の姿が思い浮かぶ。

（アイシェ……）

参加者の中に魔族国に置いてきた〝妹〟と同じ名があった。戦いから遠ざけていたはずの妹が魔将軍となり、人族との戦争を起こそうとしているなど信じたくはないが……。

「行こうか、ネロ」

〈――了――〉

セレジュラとネロが真剣な表情で頷き合い、ダンジョンの中へ侵入する。

それから百を数えるほどの時が過ぎて――。


「……行ったか」

「ああ」

少し離れた森の暗がりから二人の闇エルフが現れ、額に浮かんでいた汗を手の甲で拭う。

彼らは魔族軍の諜報部隊だ。アイシェの命を受け、砦の周辺でいずれかの氏族が動くのを探していた彼らは、別働隊を襲撃するセレジュラを目撃することになった。

見つからなかったのは幸運だった。偶々発見したときに距離があったことと、森での活動のために獣用の臭い消しを使っていなければ、襲われた別働隊と同じように口封じとして殺されていただろう。二人はダンジョンの隠された入り口に警戒しながらも近づいていく。

「しかも、〝戦鬼〟だと？」

「ああ……早くアイシェ様に報告するのだ。事は一刻を……」

その瞬間、二人の全身に寒気が奔る。

いや、その足はすでに凍り付き、諜報部隊の男たちは悲鳴をあげることもできずに全身を霜で覆われ、ゆっくりと倒れてひび割れた。

その横を、ドレスを纏った少女の脚が通り過ぎ、愉しげに黒髪を揺らしながら、少女はふわりとダンジョンの中へ消えていった。

「もうすぐ会えるわ……アリア」

選定の儀——吸血姫

ガキンッ！

セダが繰り出したシャムシールと私の黒いダガーがぶつかり合って、甲高い音を響かせた。

「セダっ！　——【風幕（エアカーテン）】っ！」

すかさず兄妹のもう片方、セリクが飛び出したセダに顔を顰めながらも、自分とセダに風の護りを張り巡らせ、その勢いに乗ったセダの一撃が私の足をわずかに下がらせる。

「私たちに勝てると思うなっ！」

妖魔氏族シャルルシャン配下の戦士、セリクとセダの兄妹。

男のほうのセリクはランク4の魔術師で最低でも4レベルの闇魔術を使っていた。魔術師だが革鎧を身につけているので近接戦も素人ではないのだろう。暗殺者寄りの魔術である【影渡り（シャドウウォーカー）】を身につけていたことから、私と同じ斥候系だと推測する。

女のほうのセダは同じくランク4である近接系の戦士で、軽量の片手剣であるシャムシールを扱う、速度で攻めるタイプだ。その直情的な性格も、敵に斬り込んでいく遊撃系の軽戦士としては利点になるだろう。

高レベルの闇魔術と二刀流の軽戦士。どちらも私と同じ戦闘スタイルで、二人ともその両方を習得した私よりも戦闘力は低めだが、おそらく個々の技量なら私よりも上にいるはずだ。

「オラオラッ!!」

セダが猛々しく叫びながら踊るように剣を振るい、私もそれに合わせるようにナイフとダガーで受け流す。速度は互角。でも、筋力値の差か体重の差か、セダから一撃を受けるごとに私の身体が流される。

「――【闇の錐（ギムレット）】――ッ！」

セリクから私が知らない闇魔術が放たれ、私たちの頭上に出現した拳大の闇の塊から、鋭い針が撃ち出された。

「――っ！」

「ハアッ！」

私が【闇の錐（ギムレット）】から身を躱した瞬間を狙ってセダが渾身の剣を振るい、私はとっさに足を浮かせて受け止めることで弾き飛ばされるように距離を取る。だが、体勢を崩した私に追撃してくると思っていたセダは、その場で伏せるように身を屈めた。

「死にな、人族の女!!」

「――【影渡り（シャドウウォーカー）】――」

再びセリクから闇魔術が放たれ、その瞬間、自分の影に消えたセダが私の背後から襲撃する。目前に迫る必殺の凶刃。ナイフで受け流すのが間に合わないと、私は左腕の手甲でその刃を受けた。

ギンッ！

手甲に仕込んだ魔鋼製の鉄芯で受け止めることはできたが私自身は受け止めきれず、ダンジョンの石床を転がりながらも、【影収納（ストレージ）】から出した暗器をセリクとセダに投げつけた。

「ちっ！」

牽制で投げたナイフをセダがとっさに剣で弾く。

「セダ！　あまり離れるな！」

徐々に補給隊から離れていくセダをセリクが止めて、私に追撃を仕掛けようとしていた彼女はその言葉に少しだけ顔を顰めた。

「今の戦いを見ただろセリク！　こんな奴、一人でも負けはしないさっ」

「……ちっ」

セダは刃を交えた感覚で私に勝てると考え、私が戦士として参加を決めた時に【影渡り（シャドウウォーカー）】を使ったことを知っていたセリクは、同系統の私をかなり警戒していた。

「…………」

私は兄妹を視界に収め、骨や腱に異常がないことを確かめながら、彼らの戦力分析を続ける。

セダは直情的……悪くいえば単純で、逆にセリクは慎重というか疑り深い性格に思えた。この二人だけで戦うのなら互いの短所を補い長所を活かせるはずだが、現状、補給隊というお荷物のせいでセリクの意識が削がれて、兄妹は行動に齟齬が生じている。

それに……最初に感じた産毛が逆立つような〝感覚〟が、まだ消えていない。

「逃げるかっ！」

突然さらに距離を取り始めた私に、セダが即座に追うように斬り込んでくる。

「セダ！」

やはりセリクが前に出たセダを止める。でも、先ほどわずかな諍いをしたセダはそれを無視して追ってきた。

セリクの背後では、まだ補給隊がグレートボアと戦いを続けている。あの戦力なら負けはしないはずだが、それでも無傷では済まないはずだ。

それを気にしてセリクはその場を離れることができない。戦術としてならこの場からセダだけを引き離すところだが、私はあえてこの状況を使う。

「――【恐怖（フィア）】――」

「っ⁉」

後退しながら私が放った【恐怖（フィア）】にセリクが反応する。私が狙ったのはセダではなくセリクだ。

同じ闇魔術使いだからこそ、その効果を知っているセリクは即座に回避を試みた。

闇魔術の【恐怖（フィア）】は、ランクが同格ならほぼ抵抗（レジスト）できる使い勝手の悪い魔術だ。でも、闇魔術師であるセリクはそれを知っていても、疑り深いせいで必要以上に警戒して回避することを選んだ。

抵抗確率が十割でないなら回避する意味はある。でも、私の真の狙いはお前じゃない。

『ブモォオオオオッ!!』

突如、セリクの背後で獣の叫びが響いた。

「なに!?」

私の真の狙いはその背後にいた補給隊だ。セリクにナイフを投げたのも、私に意識を集中させ、一瞬でも背後にいる彼らの存在を忘れさせるためだ。

補給隊の人員は全員ランク3。まぐれ当たりでも【恐怖】の効果が発揮するか半々といったところだが、もし効果はなくてもセリクは背後の状況を確認しなければならなくなる。

でも、私の放った【恐怖】は、補給隊に対処されて瀕死になっていたグレートボアに命中し、死さえ忘れた〝死兵〟に変えた。

「くそっ！　俺はグレートボアを対処する。セダは、そいつを押さえておけ！」

「ふんっ、そっちが終わる前に私がこの女を倒してやるよ！」

セダは私から視線を外すことなくセリクに応え、懐から何か札のような物を取り出した。

「お前に私の〝奥の手〟を見せてやるよ！」

セダが何か呪文のようなものを唱えて札を破くように食い千切る。その行為になんの意味があるのか分からない。だが、その魔素の異様さに既視感を覚えた私がペンデュラムを投げつけると同時に、セダが先ほどの数割増しの速度で飛びだした。

「くっ」

ギギギギギギギィイイイイ!!

急激な身体能力の上昇。その速さにセダの感覚が追いついていないのか、とっさに躱した私の背後にあった石壁をセダの剣が削り――

パキィン!!

どれほどの筋力があればそうなるのか、ついにシャムシールの刃が砕けた。

「ハアアッ!!」

「ッ!」

セダはもう一本のシャムシールを捨てると、長く伸びた鋭い爪を振るう。

私は一瞬の混乱を瞬時に心の奥底に沈めて、5レベルとなった体術の格闘でセダの爪をいなしながら、互いに蹴り飛ばすように距離を空ける。

「ハァ……ハァ……どうだ、人族の女!」

肩で息をするように荒い息を吐くセダの瞳は白目まで真っ赤に染まり、筋肉が膨張して鋭い爪や牙まで伸びていた。

それがこいつらの〝奥の手〟か。初めて見る現象だが、私にはその魔素の流れに覚えがあった。

「……〝呪術〟か」

呪術とは、暗殺者ギルドにいた森エルフの呪術師〝賢人〟も使っていた魔導技術だ。

〝賢人〟は薬品と呪術で人間をバケモノに変え、自傷を媒体にして様々な呪術を使っていた。セダも札を媒体として自らの肉体に〝呪い〟をかけ、一時的に魔物のような変貌をさせたのだろう。

「呪術を扱い〝魔〟に変わる……それが〝妖魔氏族〟か」

「そういうことだ。ここまで見せたんだ。すぐにお前の死で終わらせてやるよ」

呪術による肉体強化を氏族の者に施している。さすがは選ばれた戦士というべきか、これほどの呪いを受けてまだ自我が残っているだけ大したものだと、素直にそう思える。

人の知恵と技術、魔物の力と強靱さを併せ持てば、大抵の敵には勝てるはずだ。でもどれだけ強くなっても、相手が魔物なら魔物なりの戦い方はある。

「……なんだ？」

ナイフとダガーを鞘に収めて、分銅型と刃鎌型のペンデュラムの糸を長剣ほどの長さに持って構えた私に、セダが真っ赤な目を睨むように細めた。

ダンッ！

同時に石床を蹴るようにして飛び出し、身体強化を速度寄りに割り振った私は交差する瞬間にセダの爪を蹴り上げる。

セダは飛び出した勢いのまま壁を駆け上がり、二階建ての屋根ほどもある天井を蹴って私へ飛びかかる。私はその爪に分銅を叩きつけるように逸らして転がるように距離を取り、そのままセリクたちがいるほうへと駆け出した。

「逃がすか！」

「セダっ⁉」

飛び込んできた私と変貌したセダに、セリクが驚愕の声をあげる。

補給隊とグレートボアとの戦闘はまだ続いていた。私の目で視てもグレートボアの肉体はすでに死んでいたが、まだ暴れ続けて補給隊に死者と負傷者を増やしていた。

「がっ⁉」

刃鎌型を補給隊の一人に食い込ませて、糸を引くように位置を入れ替えると、私を狙ったセダの爪がその男の首を引き裂いていた。

「貴様ぁああっ！」

それに気づいたセダが怒りの叫びをあげて、さらに補給隊の中をすり抜ける私へ爪を振るう。

セダは魔物化したことで、自我はあっても感情の抑制ができない状態にある。〝賢人〟は呪術と薬物を用いて行動を縛ることで制御していたが、セダは自分が仲間を傷つけ、怒りを感じることでさらに暴走して無駄に仲間たちを傷つけた。

「止めろ、セダっ！」

一瞬唖然としていたセリクが声を張り上げると同時に、暴れていたセダの身体が影に呑み込まれた。とっさにセダを【影渡り(シャドウウォーカー)】で隔離したが、それでどうする？　近接戦を担当していたお前の盾はいなくなった。

「ちっ！」

セリクが後ろに下がりながら懐からセダと同じ札を取り出し、即座に破り捨てた。近接スキルがセダより低くても、魔物化すれば私とも戦えると考えたのだろう。その考えは正しい。だからこそ、それも想定できていた。

「うぉぉおおおっ！」

　ナイフを抜いて魔物化したセリクが飛び出し、私はまっすぐに指先を標的へと向けた。

「――【幻痛（ペイン）】――」

「がっ⁉」

　繰り出したセリクのナイフが、【幻痛（ペイン）】で硬直したセダの胴体を貫いていた。

　セリクがセダをどこに飛ばしたのか？　どれだけ慌てていようと近接担当であるセダを遠くに飛ばすはずがないと私は考えた。

　別にその予想が外れてもいい。それならセダが戻る前にセリクを倒せばいいだけだ。でも私はこれまでの戦いから、セリクは私の死角へセダを飛ばすと予想して、そこに私の【影渡り（シャドウウォーカー）】を張っていた。

　私とセリクの中間に出現したセダが【幻痛（ペイン）】で硬直し、セダ以上の近接スキルが無いセリクは、魔物化して繰り出したナイフを止めることができずに、セダの身体を突き刺した。

「せ、セダ⁉」

　唖然としたセリクが妹の名を叫び、分銅型のペンデュラムが魔物化したセダの頭部を背後から打ち砕く。

　血飛沫が舞い、ゆっくりとセダの身体が崩れ落ち、その向こう側にいたセリクの怯えた顔に向けて、私は大きくナイフを振りかぶる。

「――【神撃（クリティカルエッジ）】――っ！」

神撃の一閃——だが、それはセリクを狙ったものではない。

その一撃はセリクの背後に迫っていた男の首を引き裂いた。

「なにっ⁉」

セリクが驚愕の声をあげる。その男は補給隊の一人だった。

セリクが驚いたのはその男が突如飛び込んできたからでも、私に殺されたからでもない。その男が首を深く斬り裂かれながらも、そのままセリクに襲いかかってきたからだ。

いつの間にか……補給隊とグレートボアとの戦いが止まっていた。

「なんだぁあっ⁉」

妹を殺したことも一瞬忘れて、セリクが襲ってきた男に混乱して、悲鳴のような声をあげて殴りつける。

だが、切り裂かれた部分から首をへし折られた男は、爛々と目を輝かせながら牙を剥き、その背後から同じく牙を剥き出しにしたかつての仲間たちに襲われたセリクは、人波に呑み込まれるように引き裂かれた。


「…………上手くいかぬものだ」

とっさに距離を取った私の耳に、闇から響くような女の声が届く。

背中の産毛が逆立つような怖気が奔り、通路の闇の中から一人の小柄な影が姿を見せる。

「其奴、よほど人望がなかったらしい。機会を待ち、お前を襲わせるつもりが、己の欲望のみに忠実になり、かつての仲間を先に襲うとはな……」

その怨嗟に満ちた少女の声に、元補給隊の男たちが脅えるように道を空けた。

「お前が、こちらを見ていた奴か」

私の言葉に初めてその人物が顔を上げる。

最初から、寒気がするような感覚を覚えていた。最初は罠があるのかと考え、その正体が妖魔氏族の兄妹で、魔物化する奥の手も持つ強敵だった。

でも違った。こいつは私を見つけたわけじゃない。この戦いに気づいたわけじゃない。

たぶん、最初からずっと、この兄妹を〝囮〟として見張っていたのだ。

「…………会いたかった。桃色髪の女」

まだ若い……幼い声。真っ黒な外套を纏った小柄な少女……。

生きている気配を感じない。でも、音もなく揺れることもなく滑るように近づいてくるその人物とその声からは、歓喜にも似た、燃えあがる憎悪が感じられた。

「……私を知っているの？」

「ああ、知っているとも。お前の顔だけは、あいつが……ゴストーラが教えてくれた」

「…………」

私が知っている中でその名を持つものは一人しかいない。

氏族存続のために手柄を求め、王女を誘拐するために王国へ侵入した、私とエレーナが砂漠へ跳ばされる原因となった、魔族の吸血鬼。

「やはり行かすのではなかった……。こんな結果になるのなら、ダンジョンの秘宝など与えるのではなかった。こんなことになるのなら……っ！」

恨み言を連ねていたその人物が外套を脱ぎ捨て、血色のドレスを纏った闇エルフの少女が、真紅の瞳を私に向ける。

「貴様だ！　貴様らを探すためにこの私が戦争を起こしたのだ！　絶対に許さない！　許されるはずがない！　貴様らだけは必ずやこのシェヘラザードが、この手で引き裂いてくれるっ!!」

殺された魔族の吸血鬼たちの恨みを晴らすため人族を殺す戦争を始めて、名も知らない私に辿り着くために、同じ魔族さえ手にかけたのか。

すべてを捨てて、友の仇を討つために。

「……いいだろう」

私も首に巻いていたショールを投げ捨て、黒いダガーとナイフを両手に構える。

「私も、ここで憂いを断つ」

＊＊＊

魔族国吸血氏族。他大陸からもたらされた聖教会の迫害により大陸の中心部から追放された闇エルフたちが、それまで敵同士だった魔物化した者とも手を取り合うことで統合された氏族だ。

吸血氏族の数は、生まれつきの吸血鬼が存在しないことから統合された氏族の中でもっとも少なかったが、人間に狩られつつあった同族たちも徐々に合流し、その基礎能力の高さから魔族国の中でも一目置かれる存在となっていった。

だが、吸血鬼は肉体的に成長することはない。技量でも肉体の成長を基とする技能は伸ばすことが難しく、吸血氏族が誇っていた基礎能力も、吸血鬼は生きた時間によって能力が向上するため、その強さは元々の技量が基になる。

そして、吸血鬼は胎から産まれない。吸血鬼に襲われ生き延びた者が新たな吸血鬼として生まれる。中には自ら望んで吸血鬼となる者も稀にいるが、そのほとんどは犠牲者であり、力があるゆえに理性が残り、元同族の血を吸うことを嫌悪する者も多かった。

数を増やそうと強引に吸血鬼化すれば、同族を襲うことすら厭わない者が生まれやすく、理性がなくなった者は魔族の一員として吸血氏族が狩るしかない。

そうして個体数が大きく増えないまま、数百年以上続いた人族国家との戦争の中で永い時を生きてきた吸血鬼は、一人また一人とその数を減らし、吸血鬼たちは魔族国という安寧を得る代わりに氏族は徐々に衰退していった。

吸血鬼は個として強力だが種としては脆弱だ。不死とはなったが強い魂を持つ人間種を糧とすることで、常に襲われる側からも狙われていた。

千年以上も生きた吸血鬼は脅威度ランク7にも達すると言われているが、そんな存在はこの世界でも数例しかなく、それもことごとく人によって滅ぼされた。

永い人族との戦争で百歳越えの吸血鬼はほぼいなくなり、その中で四百年も生き延びた氏族長シェヘラザードは、氏族存続の岐路に立たされた。

「このままでは我らが氏族は遠からず消えてしまうだろう。そうなったら、生き残った者たちもいずれは狩られることになる。我々には、魔族王の庇護がいるのだ」

「……はっ」

十代前半の少女の姿で沈痛な思いを語るシェヘラザードに、共に百年を生きた友であり配下でもあるゴストーラが膝を突いて頭を下げる。

他者の命を糧とする以上、他種族を糧としても魔族王の庇護なくてはすべての氏族が敵に回りかねない。だが魔族王の庇護を得るためには、他の氏族の信頼を得るだけの功績が必要だった。

吸血氏族は数えるほどとなり、新しく加わった者も下級種ばかり……。そんな中でゴストーラは魔族の氏族として、人族国家の有能な王族を狙い国家そのものの弱体化を計画した。

だが、そのためには人間国家への潜入が必要になる。ただでさえ少ない氏族の者を危険な任務に出すことを厭い、シェヘラザード自ら単身で赴くことも考えたが、氏族長である彼女が討たれることがあればそれこそ氏族の終わりだと、ゴストーラが氏族に残っていた古い吸血鬼たちを連れていくことでその任務を果たそうとした。

それでもシェヘラザードはゴストーラたちの無事の帰還を願い、氏族の宝である転移を秘めたダンジョンの秘宝を与えたが……帰ってきたのは仲間たちではなく、物言わぬゴストーラの骸だけであった。

＊＊＊

「楽に死ねると思うな、人族の女ぁあっ‼」

シェヘラザードが血の涙を流すように真紅の瞳を憎悪に染め、真っ赤な牙を剥き出した。

血染めのドレスとその整った幼い容姿は、まるで闇エルフの姫のようだが、その見た目が強さと一致しないことは私自身がよく知っていた。

▼シェヘラザード　種族：純血吸血鬼・ランク5
【魔力値：374／380】【体力値：415／415】
【総合戦闘力：1453×2（2906）】

見た目は幼いが、おそらくはかなりの年月を生きた吸血鬼だ。その戦闘力はドルトンや師匠さえも超えている。

「――――ッ！」

シェヘラザードから音のない〝声〟が響き、それと同時に吸血鬼と化した元補給隊の男たちが襲いかかってきた。

「ぎぇえええええっ！」

強引に吸血鬼化させたのかほとんど理性が残っていない。だが、獣のように襲ってくるだけだとしても吸血鬼の不死性は厄介だ。

私は最初に首を折られた個体を目標に決めた。刃鎌型のペンデュラムを放って回転するように敵の攻撃を躱しながら脚を使って糸を引き、その個体の首を骨ごと斬り飛ばした。

「ハァアア！」

その刹那、通路の景色が霞むように揺れて、つむじ風のように旋回しながらシェヘラザードが蹴りを放つ。

ガシンッ！

「――っ！」

とっさに受けた手甲の鉄芯が曲がり左腕の骨が軋む。その勢いを利用して宙返りをしながら踵の刃で蹴りつけるが、シェヘラザードは近接戦にも拘わらず脚を振り上げ、漆黒のヒールでそれを受け止めた。

「「ハッ!!」」

互いに気合いを噴き、私が繰り出したダガーの連撃をシェヘラザードが舞うようにスカートを翻しながらヒールで弾く。そのまま風斬り音が唸りをあげるほどの勢いで蹴り上げられたシェヘラザードの前蹴りを、私も踵で受けるようにして跳び下がりながらスカートを翻し、腿から引き抜いたナイフを投げつけた。

ズサァアアアア……ッ！

「「…………」」

石床を滑るように距離を取って、私たちは再び対峙する。

やはりランク5の吸血鬼と私とではステータスに大きな差があった。あの外見で脚攻撃の近接戦主体。しかも自分の小さな身体と高い筋力値を利用し、身をすり合わせるほどの接近戦でも巧みに蹴りを放ってくる。

私のダガーを受け止めたあの漆黒のハイヒールは魔鋼製だろう。近接戦では向こうに分はあるが、だからといって魔術戦でもおそらく【幻痛(ペイン)】は効かないだろう。その証拠にシェヘラザードは私を睨んだまま片目に刺さったナイフを無造作に引き抜き、その瞳が見る間に再生されていた。

だが、吸血鬼は無敵ではない。その再生力には魔力を消費し、不死と思えるその身体も心臓の魔石を破壊すれば即座に死に至る。

それでも魔力消費合戦に陥れば先に魔力が尽きるのは私のほうだ。それに、シェヘラザードが防御を無視して迫ってくるのは自分の能力を過信しているからでなく、魔術による魔力の消費を控え、限界以上の筋力で壊れる肉体を魔力で再生しながら肉弾戦で押し潰すつもりなのだろう。

問題は、切り札の切りどころをいつにするかだ。

「――【影攫い(シャドウスナッチ)】――」

私が小型の転移陣である闇の塊を放出すると、初めて見る魔術にシェヘラザードが鋭く目を細める。その瞬間に真横に飛び出した私はダンジョンの壁を駆け上がりながら、シェヘラザードの顔面に暗器を投げつけた。

「逃がすか！」

今度は受けることなく爪で暗器を払いながらシェヘラザードも追ってくる。互いに壁を駆け上がりながら天井近くで浮力を失い、宙を舞いながら放った黒いダガーの一撃を手の平で受け止めたシェヘラザードが、手を貫かれたまま私の拳を掴んだ。

「っ⁉」

だが、拳を握り潰される寸前、わずかに早く【影攫い（シャドウスナッチ）】から放たれた分銅型のペンデュラムが、シェヘラザードの死角から頭部を打ち抜いた。

でも頭が割れた程度で吸血鬼は滅びない。手が放され、そのまま影から引き抜いた分銅型のペンデュラムをシェヘラザードの頭部へ振り下ろすと、シェヘラザードの背中からどす黒い血が噴き出し、コウモリの皮膜にも似た翼となってペンデュラムを躱す。

「舐めるなっ、桃色髪の女！」

歳を経て経験を得た吸血鬼は『血魔法（ブラッドロア）』を使うという。

ならばあの翼も血魔法の産物か。そして宙で離れた私に向けて口を開き、霧状にした血と声を媒体として衝撃波を撃ってくる。

「――【重過（ウェイト）】――ッ」

私は構成していた闇魔術を解き放ち、わずかな重心移動と宙を蹴り上げる動作で衝撃波をギリギリで受け流すが、風に巻かれた木の葉のように体勢を崩した。

このままでは次の攻撃を躱せない。私は着地するまでのわずかな時間を稼ぐために【影収納（ストレージ）】から出した暗器やクロスボウを【影攫い（シャドウスナッチ）】に放ち、弧を描く斬撃型のペンデュラムでシェヘラザードを攻撃する。

「ちっ！」

ダメージはなくても、死角から繰り出された複数の攻撃が追撃を仕掛けようとしたシェヘラザードの動きを阻害した。

「──【影渡り(シャドウウォーカー)】──」

だが、忌々しげに舌打ちをしたシェヘラザードは唐突に闇魔術を展開する。

空間転移とは違い、影渡りでは宙に浮かんだまま影を渡ることはできない。それは、自分に生じた衣服の影程度では人体を潜り込ませる大きさがないからだ。だが、その魔術を発動した瞬間、彼女が纏う血色のドレスの影から、いくつも〝人影〟が滲み出るように姿を現した。

「小賢しい女が！　貴様の手札を潰させてもらう！」

その小さな影から這い出してきた人影は、自ら肉体を捻り、ひしゃげさせ、血飛沫を撒き散らし、身体を再生させながら出現した。

『ギィイイイイイイイイイイイイイイイイイイ!!』

おそらく事前に命じていたのだろう。影から現れた元補給隊の吸血鬼たちが、人とは思えない叫びを発しながら壁や天井を蹴って襲いかかってくる。

一瞬早く地に降りた私は飛びかかってきた一体の爪を仰け反るように躱しながら、吸血鬼の顎を蹴り上げる。

留まることなく襲ってくる複数の吸血鬼たち。上位者の命令で襲ってくる吸血鬼たちの戦闘力は500前後。理性のない吸血鬼たちは頭部をペンデュラムで砕かれ、顔面を縦に斬り裂かれても、生が続くかぎり攻撃を続けてきた。

「仲間となった魔族からも忌み嫌われた、我ら吸血鬼の力を思い知れっ!!」

恐るべきはその執念か……。

シェヘラザードは吸血氏族としての誇りを捨て、仲間である闇エルフたちをも無理矢理に吸血鬼に変え、自ら忌み嫌われる〝魔物〟となってさえも私を殺すことを望んだ。

「死ぬがいい！」

血を補充した巨大な翼をはためかせたシェヘラザードの声に、死兵と化した吸血鬼たちが一斉に襲いかかってくる。手札を使わされた私に避ける術はない。

だが、その瞬間――


――轟――ッ!!


大蛇の如く巨大な炎が、私へ飛びかかろうとしていた数体の吸血鬼を焼き尽くし――

カツン……。

ダンジョンとあきらかに不似合いなヒールの音が、微かに私の耳に届いた。

「なにっ!?」

突然の出来事に驚愕の声をあげるシェヘラザード。その瞬間を好機と見た私は、真横を吹き抜ける炎に沿って壁を駆け上がり、最後の〝切り札〟を行使する。

「――【鉄の薔薇(アイアンローズ)】――」

桃色がかった金髪が灼けるような灰鉄色に変わり、全身から放つ光の粒子を箒星のように引きながら、一瞬炎に気を取られたシェヘラザードの顔面を黒いナイフで薙ぐように斬りつけた。

その血煙の中……私の視界の隅で、通路の奥に白いドレスと黒髪が笑うように揺れて消えていった。

▼アリア（アーリシア）　種族：人族♀・ランク4
【魔力値：185／330】【体力値：157／260】
【総合戦闘力：1497（特殊身体強化中：2797）】
【戦技：鉄の薔薇（Iron Rose） /Limit 185 Second】

「くっ！」

顔面を血塗れにしたシェヘラザードが気配のみで二撃目を躱し、私に蹴りを放つ。

ギンッ！

即座に私も踵の刃で魔鋼製のヒールを受け止め、同時に脚を引きながら互いに逆側の脚で蹴りを打つと、ドンッ！　と膝と膝がぶつかり合って二人分の魔力が大気を震わせた。

「貴様、何をした⁉」

眼球を再生したシェヘラザードが私へ叫ぶ。

そんなことは聞いても無駄だ。あれの考えることなんて理解できるはずがない。

言葉をぶつけられながら膝に力を込めて互いに一歩距離を取る。即時に横薙ぎに放たれたシェヘラザードの蹴りを今度は受けずに、脛で蹴り上げて受け流す。

【鉄の薔薇（アイアンローズ）】を解放したことで戦闘力は追いついた。ステータスも上がったことで速度は私が上になったが、吸血鬼には再生力があるので持久戦になれば私が負ける。

元より鉄の薔薇（アイアンローズ）は残り数十秒しか使えない。ならば後先考えず、この場でシェヘラザードの体力を削りきるっ！

「「ハアッ!!」」

再び互いに気迫の声をあげて技と力をぶつけ合う。

相手は格上のランク5で、まともに殴り合えば不利になる。しかも相手は上級の吸血鬼であり、普通に考えて真正面からの近接戦など自殺行為でしかなかった。

でも私は、あえて一歩前に出るっ！

「――っ」

シェヘラザードが一歩下がり、私がさらに前に出て、繰り出された右脚の蹴りを左腕の手甲で受け止める。

シェヘラザードが最初あの兄妹の戦いを傍観していたのは、機を窺うと共にあの兄妹を見殺しにして私の手の内を暴くためだろう。でも私もお前の戦い方を見ていた。蹴り技が主体なのは、その速度と吸血鬼の力を活かすためなのだろうが、見方を変えればその小さな身体は筋力値に対してあまりにも軽い。

蹴り技は槍と同じで懐に飛び込まれると威力は半減する。警戒すべき人外の筋力値も鉄の薔薇(アイアンローズ)とレベル５になった体術でいなせないほどではなくなった。

「舐めるな、小娘！」

その叫びと共に血魔法で作られた翼が消えて、彼女の両脚が赤黒い血で出来た具足に覆われた。これがシェヘラザードの切り札なら、その威力は私を殺せるほどにあるのだろう。でも――。

ゴォ！　と唸りをあげる蹴りを受け止めた脇腹と肋骨が軋みをあげる。

吐いた血を飲み込み、その勢いを利用して回転した私は、黒いナイフの柄頭をシェヘラザードのこめかみに叩きつけた。

「「――っ!!」」

互いにもつれるように絡み合いながら、私は何度もシェヘラザードに斬りつける。

たとえ吸血鬼でも人体の急所は変わらない。脳を揺らせば脚にくる。違うのは回復速度だけ。

その一瞬の隙を突き、シェヘラザードの眉間に黒いダガーを突き立てた。それでも吸血鬼は滅びない。永い時を生きたシェヘラザードならなおさらだ。

眉間にダガーを突き立てられながらシェヘラザードはニヤリと笑い、こちらに手を伸ばす。

私は即座にダガーを引き抜き、魂が迸るように気勢をあげた。

「ハァアアアアアアアアアアッ!!」

黒いナイフが首を裂く。黒いダガーが目を貫く。黒いナイフが腕を斬り払い、黒いダガーが腹を抉る。腹を、腕を、喉を、眉間を、首を、眼球を、脚を、手を、延髄を――息を継ぐ間もなく鉄の薔薇（アイアンローズ）の最高速で斬りつけた。

　無心で刃を振るう私にシェヘラザードの瞳が揺れ始め、その貌（かお）が獣のように牙を剥く。

　力ではお前が勝っていた。執念でも私を超えていた。それなのにお前は戦い方に拘った。ただ正面から戦うだけで私に勝てたというのに、お前は〝吸血鬼〟としての誇りと戦い方に拘りすぎた。

　黒いダガーを引き抜き、二度、三度とシェヘラザードの顔面に突き立てる。

　無心で振るう刃の先で、突き立てられたシェヘラザードの顔に焦りの色が浮かびはじめた。

　瞼を切れば手は使えない。内臓を抉れば動きが鈍る。脳を貫けば動きが止まる。

　どれも瞬く間に再生する。だがその一瞬で充分だ。

　倍加した筋力値と敏捷値、過負荷に耐える耐久値とわずかに上がった器用値が合わさり、一呼吸の間に繰り出された、覆い尽くすような刃の弾幕は、ついにシェヘラザードの命の根源に届こうとしていた。

「おのれぇぇぇ！」

　怨嗟の叫びをあげるシェヘラザード。

　仲間の仇を討ちたいと願い、すべてを捨ててまでこの戦いに懸けたお前の想いは理解した。

　でも、私にも負けられない訳が……　〝帰る理由〟がある。

　だからお前は……ここで死ねっ！

「ハァアアアアアアアアアアアアアアアアアアアアアッ!!」

　さらに気勢の叫びをあげて怒濤の連撃を繰り出した。

戦技【鉄の薔薇(アイアンローズ)】の真価は、倍加したステータスでも速度でもない。

これまで地道に鍛え上げた魔力、体力、すべてのステータスを倍加させることで戦闘力そのものを跳ね上げる、その力の〝暴力〟こそが、その神髄だ。

さらに速く、もっと疾(はや)くっ！

暴力に最適化していく私の身体が自然と回転し始め、渦巻く暴風の如くシェヘラザードを切り刻んでいく。その暴力の弾幕にシェヘラザードの全身が切り裂かれ、吸血鬼の再生能力さえ超えて、ついにその全身からどす黒い血をぶちまけ、最後にその心臓に黒いダガーを突き立てた。

「……ワタ……シ……ハァアアアア……ッ!!」

それでもシェヘラザードは止まらない。すでに再生力を超えて、魔石さえ砕かれても、その憎しみの執念が私に手を伸ばし、私は最後の回転の力を使い蹴り飛ばしながら油を投げつけ、【着火】を使って火をつけた。

「────────」

シェヘラザードが声にならない悲鳴をあげて、蹴られた勢いのままにその身体が谷間のような落とし穴へと落ちて、闇の中に消えていく……。

「…………」

落ちた先は何階層下か……。これで死なないのならもうこの世のものではない。それに最後に私が繰り出した技はなんだったのか？　身体が勝手に動いたような感覚だった。

そして……。

私は酷使して震える筋肉で武器を収め、突然戦いに手を出して消えた〝あの子〟を捜すように通路の闇へと目を向けた。

「まさか、来ているの……?」

何を考えているか分からないあの子の笑みを思い浮かべながら、私は傷ついたままダンジョンの奥へと歩き出した。

▼アリア（アーリシア）　種族：人族♀・ランク4
【魔力値：53／340】△10UP　【体力値：76／270】△10UP
【筋力：10（14）】【耐久：10（14）】【敏捷：17（24）】【器用：9】
《短剣術レベル4》《体術レベル5》《投擲レベル4》
《弓術レベル2》《防御レベル4》《操糸レベル4》
《光魔法レベル4》《闇魔法レベル4》《無属性魔法レベル5》△1UP
《生活魔法×6》《魔力制御レベル5》《威圧レベル5》
《隠密レベル4》《暗視レベル2》《探知レベル4》
《毒耐性レベル3》《異常耐性レベル3》△1UP
《簡易鑑定》
【総合戦闘力：1566（身体強化中：1934）】△69UP

選定の儀――魔導氏族

王を決める〝選定の儀〟が始まって数日が経ち、氏族同士の衝突や闇討ちなどで、すでに幾人かの戦士が脱落している。

そんな中で、とある噂が囁かれはじめていた。

氏族の本隊から離れた戦士たちや暗殺部隊だけでなく、補給隊までもが無差別に襲われ、その屍を晒すように無惨に殺されていた。

「まただ……。どこの氏族だ？」

「少なくともこちらではないと思うが……この状態では分からんな」

豪魔氏族長ダウヒール配下の奇襲部隊がまだ温かな遺体を発見し、その一体を検分した男が首を振る。

囁かれていた〝噂〟とは、人間を襲う〝敵性存在〟のことだ。それを他氏族が放った敵対部隊だと考えなかったのは、その異様な死に様が理由だった。死体はすべて元が分からないほど高熱の炎で焼かれ、炭と灰にされていた。

「この階層の魔物に炎を吐く奴はいるか？」

「この辺りだとヘルハウンド辺りか。だが、ヘルハウンドでは……」

男が顔を上げると奇襲隊の面々が通路に目を向けて顔を顰める。

縦も横も広いこの通路の壁も天井も、目に見える奥まですべて焼け焦げていた。死体の数は十足らずだが、すべて焼け焦げているせいでその数が正しいのかさえも分からない。

その損傷具合の酷さが、敵性存在を断定できなかった原因だった。

高ランクの魔術師なら同じことができるかもしれないが、これほどの範囲を焼く魔力を確保できるのか？　十数名の魔術師を連れてくれば同じこともできると思うが、それをする意味がなく、それができる程の魔力を持つ者は、この大陸では魔族王とエルグリムくらいだろう。

だからといって彼らにもそれをする意味はなく、魔物とも断定できない。魔物が人を襲うのは飢えを満たすためだ。これほどまで焼き尽くしてしまえば、肉どころか魔石さえ残らない。

その死に様は、まるで殺すことが目的のように思えた……。

この迷宮に得体の知れない〝何か〟がいる。

人を喰らうために殺すのではなく、命を奪うことを当然だと考えるようなバケモノが。

まるで竜のブレスに焼かれたかのような通路と死体に、奇襲部隊の面々が緊張に息を呑む。

「……移動するぞ」

「分かった」

焼かれた死体や壁に残っていた熱を考えると、その敵対存在が去ってから半刻も経っていないはずだ。遭遇する危険を考え、この場を離れようとしたその瞬間――。

轟ッ!!

『――ッ⁉』

突如通路の奥から吹き抜けた業火が奇襲部隊を呑み込んだ。

声にならない悲鳴をあげて、生きたまま焼き殺された奇襲部隊の面々が崩れ落ち、その通路の奥から白いドレスを纏った黒髪の少女が、酷い隈の浮いた目を細めて朗らかに微笑みかける。

「あら、ごめんなさい。向こうは行き止まりでしたの……退いてくださる？」

すでに屍となった彼らにそう語りかけ、黒髪の少女は消し炭となった運のない奇襲部隊を踏み潰しながら、通路を音もなく通り抜けた。

死人のような青白い肌……。酷い隈の浮いた目元の顔に浮かぶ花のような笑み。

最悪、最凶の悪役令嬢、カルラ・レスター。

カルラが空間転移の魔術を用いてこの地に降りてから数日が経過している。

転移が使えるので眠くなれば屋敷には戻っているが、この迷宮に入り込んでからはまだ一度も戻っていない。

人が燃えた灰が花びらのように舞い散る中を歩くその顔色は、まるで不死の死体かと思えるほどに酷いものだが、迷宮の魔物たちは〝危険〟を察して近づくことなく、カルラはまるで散歩するように迷宮を軽い足取りで進んでいた。

「……ふふ」

カルラが何か思い出したように薄く笑う。

偶然だが目的の人物に会うことはできた。彼女の帰還に手を貸すつもりはない。もし半端な吸血鬼などに殺されるくらいなら諸共焼いてしまおうかとも考えたほどだ。

あのとき放った炎は、彼女諸共焼いてしまうものだった。だが、彼女は無意識か意図的か、放った瞬間に炎の射線から身を躱して反撃の手段とした。

彼女はもっと強くなる――。

「私を殺せるほどに……そして」


ギギギギンッ！


突然鋼鉄製の矢が降りそそぎ、風の魔力を噴き出して飛び離れたカルラの足元へ突き刺さる。

「――【稲妻(ライトニング)】――」

「――【氷槍(アイスランス)】――」

飛び離れながらカルラが稲妻を放ち、それを襲撃者の氷の槍が迎え撃つ。

通路や闇の中から黒ずくめの集団が現れ、奥の闇から滲み出るように【氷槍(アイスランス)】を放った皺だらけの老人がカルラを見て口元だけを歪な笑みへと変えた。

「お嬢ちゃんが迷宮で悪戯をする魔物かね？」

魔導氏族長老エルグリム。魔族の中で暗殺を主とした氏族の長が濃厚な殺気を噴き上げると、それを受けたカルラの顔が花のようにほころんだ。

〝彼女〟はここでもっと強くなる。

そして、カルラも彼女に見合うだけの強さをここで手に入れる。

「わたくし、あなたを待っていたの」

周囲をランク４の戦士たちに囲まれながらも、満面の笑みでそう言ったカルラの言葉にエルグリムが好々爺然とした笑みを浮かべた。

「待っていた……か。それは光栄じゃのぅ、お嬢ちゃん」

バッ！　とカルラの周囲に幾つかの花が咲くように、投網が投げつけられ、当然のように無詠唱で発動したカルラの【竜砲(ファイアブレス)】が、投網を宙で焼き切って灰にする。

だが――

「――っ！」

「――ッ！」

何かを察したカルラが飛び避ける。

それと同時にカルラの真上から飛びかかってきた一人の男が、カルラの炎に半身を焼かれながらも怯むことなく彼女に組み付いた。

壮年の魔族。おそらくは魔導氏族の戦士でその実力はランク４の上位になるだろう。それほどの戦士が捨て駒となり、彼自身もそうなることを望み、半身を焼かれながらもその顔には満足そうな笑みを浮かべていた。

魔族に組み付かれたカルラに再び複数の投網が投げられる。だが、それが先ほどと違っていたのは、すべて魔鉄製の投網だった。

「儂はおぬしを、小娘だと甘く見てはおらんよ。あの桃色髪の娘御同様、恐ろしい童子もいたものじゃ」

世間話をするようなエルグリムの声が響き、魔鉄製の投網を受けて動きを封じられたカルラに、周囲から【火炎飛弾（フレアブリッド）】と【風幕（エアカーテン）】の魔術が放たれる。

【火炎飛弾（フレアブリッド）】はランク4の火魔術で一点に複数の炎を撃ち込むものだ。その炎を【風幕（エアカーテン）】の風で覆うことで、炎の熱量を倍加させる。

大将であり暗殺者であるエルグリムが姿を見せたのは、己を囮として、カルラを確実にこの場に留めておくためだった。

ダンジョンに現れた『人を殺す魔物』を放置することも逃がすこともできない。数多くの人員を送り込んでいた魔導氏族が一番の被害を被っており、その魔物であるカルラを確実に殺すために、子飼いであった弟子の一人さえ捨て駒とした。

だが……それでも彼女は止まらない。

「――【魂の茨（ソウルソーン）】――」

『――!?』

突然渦巻いていた炎が内側から破裂するように弾け飛び、規格外の膨大な魔力が炎ごと黒ずくめの戦士たちを吹き飛ばす。

「アハ♪」

たとえランク5の手練れでも躱せないはずの必殺の罠は、常識外の力で打ち破られた。

半分溶けた投網を素手で引き千切り、炎に焼かれ、全身に火傷を負いながらも、盾にした黒焦げの戦士をヌイグルミのように抱きしめ、ただ嗤う。

「……あら」

力を入れすぎた焼死体が崩れ落ち、焼け焦げたドレスに付いた死体の煤を気にするように手で払う少女の異常性に、歴戦の戦士たちでさえ追撃もできずに息を呑む。

ボロボロになったドレスから覗く青白い肌に〝黒い茨〟が蠢き、生命を削って傷を癒そうとするその茨を煩わしそうに振り払いながら〝魂の茨〟を解除したカルラは、生き残った観客たちに向けて、焼け焦げたドレスの裾を摘まんで優雅なカーテシーを披露した。

▼カルラ・レスター（伯爵令嬢）　種族：人族♀・ランク4
【魔力値：382／550】【体力値：5／53】
【総合戦闘力：1069（魔術攻撃力：1648）】

「……どういうつもりじゃ？」

異常性が際立つ異様な空気の中で、エルグリムは罠を打ち破った〝黒い茨〟の力ではなく、それを解除したことをカルラに問うた。

カルラは満身創痍、どう見ても〝死にかけ〟だ。今動けているどころか、自分の足で立っていることさえ不思議なほどの重傷に見えた。

おそらくは戦士を盾にするだけでなく水魔術の【水の衣（ヴェール）】や【水球（ウォータボール）】などを使い、レベル5の風魔術【大旋風（タイフーン）】で炎を吹き飛ばしたのだろう。

だが、あの黒い茨の力が魔術を強化するものなら、そのままにしておけば今の傷ついた身体も癒すことができたはずだ。何故それを消したのか、と問うエルグリムの言葉の意味を理解したカルラは、今は離れた〝彼女〟に想いを馳せるように遠くを見て、自分の百倍近く生きていそうな愚かな賢者を嘲笑う。

「――あの子は、余力を残すために本気で戦うしかなかった。でも、私は違うの……、余力なんて、未来のある人にしか必要のないものよ？」

いつ死んでもいい。カルラは死ぬために生きている。

でも、ここを死に場所とするつもりはない。アリア以外の手で殺されるつもりもない。だからアリア以上の戦いに身を投じなければ、彼女の前に立つ資格もない。

「それに……苦痛（いたいの）って、生きているって感じがするでしょ？」

死の苦痛でしか〝生〟を感じられないというカルラに、その場の全員がおぞましさを覚え、エルグリムは好々爺（こうこうや）然とした笑みを消して睨むように目を細める。

「魔導氏族を侮るなよ、小娘」

枯れたようなエルグリムから異様な殺気と威圧感が放たれた。３０００近い戦闘力。その圧力に配下の戦士たちさえ思わず息を呑み、周辺で様子を窺っていたダンジョンの魔物たちが逃げるように散っていく。

「ふふ」

ただ一人朗らかに嗤ったカルラが、全身から魔力を噴き出すように空に舞う。

「――【雷撃（ディグヴォルト）】――」

周辺を広範囲の雷撃が襲う。だが、魔術を暗殺に使う魔導氏族の戦士たちは、護符を身代わりにするように使い捨て、カルラへと襲いかかった。

「殺（と）った！」

カルラの体力値はあとわずか。体力と生命力は同義ではないが、それでも掠り傷一つで瀕死になると考え、戦士たちはばらまくように暗器を投擲した。

だがカルラは、焦げたドレスに纏うように隠していた破けた投網を振り回して暗器を絡め取る。落とせなかった暗器は目で見て躱した。怯えれば心が曇る。思考加速を得るためだけに習得した体術スキルでも、見えていれば躱すこともできた。

それはアリアの戦いから学んだ。

白兵戦の基礎はなくても、人生で最も見つめていた少女の動きをなぞるように攻撃を躱して、雷撃を纏わせた投網で二人の戦士を絡め落とし、その手から零れた暗器を掴み取って持ち主の目から脳まで突き刺した。

「あの子も、同じ物を持っていたわ。これ、どこで買いましたの？」

「――ッ！」

　その瞬間、闇夜に舞う鴉の如く飛び出したエルグリムが三十センチほどの針を撃ちだした。

　とっさに急所を庇うようにカルラが針を腕で受ける。エルグリムの針には神経毒が塗ってある。

異常性を見せつける少女に本能的に気後れしていた戦士たちも、ようやくこれで終わりかと誰もが思った――が。

「――【氷の鞭（アイスウィップ）】――」

　それでもカルラは止まることなく振り返るように背後の闇へ氷の鞭を放ち、その攻撃はいつの間にか彼女の背後に回っていたエルグリムを打つ。

　だが、その姿は闇に溶けるように消えて、【幻覚（イリュージョン）】により幾つも幻を見せたエルグリムにカルラが範囲魔術を放とうした。

「終わりじゃ」

　その瞬間、カルラの心臓がさらに背後から細い針で貫かれていた。

「――【雷撃（ディグヴォルト）】――ッ！」

　そして、カルラのお株を奪うようにして放たれたエルグリムの雷撃が、針を通してカルラを焼く。

「やったぞ！」

「エルグリム様っ！」

　これで本当に死んだのか？　これで生きているのなら、もはや人間でないことになる。

　彼らは暗殺者だからこそそう考え、数百年も人を殺してきたエルグリムだからこそ、確実に殺したと思い込んだ。

「……【酸の雲（アシッドクラウド）】……」

その心の隙を狙うように、レベル4の水魔術【酸の雲（アシッドクラウド）】が吹き荒れる。

【酸の雲（アシッドクラウド）】は範囲攻撃で、狭い通路での回避は不可能に近いが相手が魔術師なら水魔術や風魔術で対処が可能になる。だからこそ、彼女はその時を待っていた。

「ありがとう……近づいてくれて」

▼カルラ・レスター（伯爵令嬢） 種族：人族♀・ランク4
【魔力値：259／550】【体力値：2／53】
【総合戦闘力：1069（魔術攻撃力：1648）】

「――――っ！」

酸に焼かれながらも反撃の機会を窺っていたエルグリムも、カルラの壮絶な笑みに動きが止まる。

カルラは周囲から天才だと言われているが、彼女は天才ではなく秀才タイプだ。その力はすべて幼い頃からの鍛錬の賜物であり、すべてを殺すためにたった一人でダンジョンへ潜り続け、寝る間も惜しんで知識を求め、少しずつ力を高めていった。

毒なんて、死ぬまでに【解毒（トリート）】で消せばいい。

針なんて、神経や内臓を避ければダメージは無いに等しい。

雷撃も、神経に届く前に氷の鞭を使って床に流した。

完全にダメージを回避する必要もない。死ぬ前に治癒ができれば死ぬこともない。

それは〝彼女〟から学んだことだ。カルラはアリアの戦いを見ていた。アリアと戦う強敵たちの戦い方を目に焼き付けてきた。

すべてを殺した血の海の中で、ただ彼女と殺し合う(踊る)ために……。

だから、カルラは彼女のすべてを目に焼き付けた。

「――【幻痛(ペイン)】――」

カルラの指先が緩やかに〝死〟を向ける。

「ぐがっ⁉」

千年近いエルグリムの人生で受けたことのない激痛が襲う。それは〝死〟の苦痛であり、生きているかぎりは受けることのない痛みだった。

それもエルグリム一人にではなく、その場にいた全員に同時に放たれた激痛に半数近い戦士たちが気を失い、気絶した戦士の頭部を氷の刃が貫いていく。

それでも――。

「舐めるなと言ったぞ‼」

ランク6に近い老戦士は酸のダメージと死の激痛に耐え、レベル5の火魔術【火球(ファイアボール)】を発動する。

「おぬしはここで死ねいっ！」

エルグリムは確信する。カルラは必ず魔族……いや、生けるものにとっての災いになると。

油断したつもりも甘く見たつもりもない。だがエルグリムは勝つのではなく、自分を含んだすべてを犠牲にしてでもカルラを殺すべきだと確信した。

燃えさかる火球が放たれ、この場にいたすべての戦士を巻き込むようにして、ダンジョンの通路に炎が吹き荒れる。

そして炎は最後に、薄い笑みを浮かべたままのカルラの身体を呑み込んだ。

渦巻く炎がダンジョンを焦がして――。

「生き残った者は下がり、体勢を整えよっ！」

この状況で叫ぶように声を上げたエルグリムに、カルラの【幻痛(ペイン)】を受けても意識を失わず、ギリギリで炎を避けられた半数の戦士たちが困惑する。

「翁っ⁉　この状況であれがまだ生きていると⁉」

「まだ炎の中に生きている戦士がいるかもしれませんっ。なにとぞ救助の許可をっ！」

生き残った四人の配下が縋るような目をエルグリムに向ける。

エルグリムも彼らの思いは理解できた。彼らはエルグリムの下で百年以上配下を務めている高弟たちだ。彼らも魔導氏族の暗殺者として命を懸けてこの〝選定の儀〟に臨み、氏族のために命を捨てる覚悟も、仲間を見捨てる覚悟もできている。

だが、炎の中に消えた戦士たちはエルグリムの孫弟子……この場で生き残った高弟たちの弟子であり、彼らにとってまだ若い彼らは弟や息子のような存在だった。

それでなくても同じ氏族の者として強い絆がある。しかも彼らがまだ幼子だった頃から知っている者たちからすれば、助けられるのなら助けたいと願うのは当然の感情だ。

「下がれいっ!!」

だが、エルグリムは高弟たちを下がらせるために一喝した。

彼らの言うとおり、この状況でカルラが生きているはずがない。だがそれでも、あの死人のような少女は、絶望的な状況でも生き延びて仲間たちを殺した。その事実がエルグリムの危機感に警鐘を鳴らす。

「ですがっ」

配下の一人がさらに異議を唱えようとするが、もう一人の戦士が彼の肩を掴んでそれを止める。

「……かしこまりました、翁よ」

エルグリム旗下の中で最古参の男が引き下がると、他の者もそれ以上言えずに下がるしかなく、そのわずかなわだかまりが、ほんの一瞬、炎から意識を逸らしてしまった。

「──がっ」

突然その男が血を吐き、その背後から燃えさかる〝何か〟が彼の心臓を貫いていた。

『──!?』

エルグリムを含めた戦士たちが、困惑しながらも燃えさかる炎の側から即座に飛び離れる。

何の気配もなかった。炎のせいで鑑定などは使える状況ではなかったが、それでもなんの生命力も感じられなかったはずだ。

「……ぬおぉおおおおお!!」

高弟の中で最古参の男は、心臓を貫かれて血反吐を吐きながらも背後に向けて攻撃を仕掛けた。

その実力は魔導氏族でもエルグリムに次ぐ二番手で、ランク５である戦闘力は１７００もある。

かつて戦場で『戦鬼』と肩を並べて戦い、同等に恐れられた男の最期の命を懸けた攻撃は、剣で自分の腹を突き、敵ごと貫くというものだった。

だが……その覚悟も届かない。

その胸から〝黒い腕〟が引き抜かれ、それと同時に逆側の手で鷲掴みにされた頭部を背後に引かれ、炎に包まれた黒い影が膝蹴りで彼の後頭部を粉砕した。

▼――――

【魔力値：不明】【体力値：00／00】
【総合戦闘力：1711（特殊戦闘力：4906）】

全身に焼け焦げた何かを纏い、禍々しいまでの魔力を放つそれは、よく知る魔物ではなく、幼い頃に脅えて恐怖した、魔物に対する根源の〝畏れ〟を抱かせた。

その〝魔物〟の口元が三日月のような歪な笑みを浮かべる。

「かかれいっ！」

エルグリムの叫びと同時に三人の戦士が武器を抜いて黒い影に襲いかかる。

それを見た黒い影が人とは思えない脚力で飛び上がり、天井を蹴るようにして加速すると間近に迫っていた戦士の顎を蹴り砕き、まだ残る炎の残滓を吹き飛ばしながら地面に叩きつけて頭蓋骨を打ち砕く。

「おぬし……何者じゃ？」

エルグリムが掠れた声でそれを問う。

本当は分かっていた……けれど、目の前にいる存在を〝人〟だと認めたくなかった。

「もう……忘れたの？」

わずかにくぐもった聞き覚えのある少女の声が響き、頭部に巻き付けていた無数の茨が解けて死人のような青白い顔を表に晒す。

明らかに異常だった。その姿も、異様な戦闘力も……。

どうやってそれを手に入れたのか？　どうしてここまでの事ができるのか？

「ありがとう、お爺さん。もういいわ」

その微笑みと、その言葉の意味を理解したエルグリムの中で何かが切れた。

「……キェエエエエエエエエッ!!」

エルグリムが怪鳥の如き声をあげて、無数の【氷槍】を撃ち出した。

瞬時に残り二人の戦士も複数の暗器を撃ち出すように攻めに出る。

「アハ……♪」

カルラは人が不安になるような満面の笑みを浮かべて、まだわずかに残っていた炭化したドレスを引きちぎりながら前に出る。

これまでカルラは前線に出ても、近接主体の敵の前に出ようとはしなかった。だが今は自ら前に出ると迫り来る氷の槍を素手で掴み取り、叩き付けるように他の氷と暗器を吹き飛ばした。

【魔力値：計測不能】【体力値：1／52】
【総合戦闘力：1711（特殊戦闘力：4906）】

「おのれ、化け物めっ！　【火炎槍（ファイアジャベリン）】――っ！」

高弟の一人が悲鳴のような叫びをあげて【火炎槍（ファイアジャベリン）】を撃ち放つ。

「――【竜砲（ファイアブレス）】――」

それをカルラが【竜砲（ファイアブレス）】で応酬する。だが、前にエルグリムが【雷撃（ディグヴォルト）】を【氷槍（アイスランス）】で相殺したように、火魔術を火魔術で防ぐことはできない。

二つの火魔術はぶつかり合い、わずかに勢いを減じながらも互いを襲い、顔を引きつらせた戦士の半身を炭にした。

「アハハハハハッ！」

だがカルラは【火炎槍（ファイアジャベリン）】の炎に焼かれながら、高らかに嗤う。

【魔力値：計測不能】【体力値：2／52】
【総合戦闘力：1711（特殊戦闘力：4906）】

「おぬし……何故、そこまで出来る……」

「なんのことかしら？」

エルグリムが苦痛の表情で問いかけ、カルラが揶揄するように首を傾げる。

生命力のことなら特に手品のような種はない。幼い頃から死と隣り合わせの身体だったカルラは、常に自分の魔術で体力を回復していなければ死んでいた。

その過程で体力が0になることもあったが、死の苦痛さえ覚悟していれば、その程度で気を失いそのまま死ぬこともなかった。

そして、何故そこまで〝強く〟あれるということなら――。

「あの子と最高の舞台で殺し合うために、私が〝最強〟を求めるのは間違っているのかしら？」

そして強くなった。異常なほどに。異様なほどに。

高まったその力は【魂の茨(ソウルソーン)】の本質さえ我が物として真の力を引き出した。

「…………」

エルグリムはカルラが言うその〝人物〟が、あの桃色髪の少女だと理由もなく理解する。

かつての弟子であり、すべてをそぎ落として『戦鬼』と恐れられた者の技を使う、桃色髪の少女。

なぜ、人族の娘がその技を使えるのか？　戦場で死んだはずのあれがまだ生きているのか？

もしあの少女が、エルグリムのすべてを受け継がせた『戦鬼』の縁者で、その少女が魔族の敵に回るというのなら……。

「ならば、あの娘は、儂の手で殺してやらんといかんなぁ……」

「ふふふ……」

エルグリムの真意は分からない。だが、自分を殺してくれる想い人を殺すというエルグリムに、カルラから満面の笑みと共に禍々しい殺気が放たれた。

「――死ね――」

エルグリムが枯れた身体から命を絞り出し、両手に複数の【火球（ファイアボール）】を作り出す。

カルラもそれに呼応するように両手を上げて膨大な火属性の魔素を練りあげる。

通常一つすら困難なレベル5の火魔術を五つも生み出し、制御しきれぬ魔力に自分さえ焼かれながらもエルグリムが火球をカルラに定める。

このまま相打ちになれば、レベル4の火魔術にさえ耐えたカルラでもただでは済まない。しかしカルラは、どれほど高度な魔術を組み上げているのかまだ形にさえなっていないのに対し、エルグリムは一つの高度な魔術を組み上げるのではなく、通常の魔術を五つにすることで構成速度と威力そのものを上げていた。

それは正に数百年を研鑽（けんさん）した魔導氏族の長と言えるほどの巧みの技であった。

「このまま燃え尽きるがいいっ！」

魔導氏族の悲願、人族への……聖教会への恨みを晴らす。

聖教会は新たな教えを新天地で広げるためだけに闇エルフを貶め、人類全体の敵とした。そのせいで大勢の仲間が死んだ。父も、母も、兄妹も、友も、妻も、子も、師も、弟子も、そのすべてがエルグリムを置いて死んでいった。

その悲願を……その恨みを、単なる己の〝糧〟として消費しようとしたこの女を、生かしておくことはできなかった。

「――――【火球（ファイアボール）】――――ッ!!」

エルグリムの火魔術がカルラより先に発動した。もしかすれば生き残った配下もいるかもしれない。その中には百年以上育て上げてきた弟子もいるが、今はカルラを殺すことを優先した。

魔術は魔力制御と魔力量によって威力が変わる。魔族王にも匹敵するエルグリムの魔術は狭いダンジョンの中で猛威を振るい、五つの火球は余すことなく周囲を焼き尽くす。

極度の高温と酸欠。ダンジョンは環境を保とうとする性質があり、地獄のようなこの状況も長くは続かないが、それでも術者であるエルグリムにさえも重大なダメージを与えた。

それでも……弟子たちを失っても、カルラを殺せるのなら必要な犠牲……そう思った瞬間、目の前の炎が〝黒く〟揺らめいた。

「なにっ⁉」

全身を余すことなく黒い茨に覆われた、暗黒の人型。

少女の形をしただけの〝バケモノ〟は炎の中で嗤い、発動しようとする魔術の放つ膨大すぎる魔力が高温の炎を退けていた。

『――――【炎の嵐（ファイアストーム）】――――』

その瞬間、カルラを中心に極炎が暴風の如く荒れ狂う。

この千年以上、人類が行使することのなかったレベル7の火魔術が猛威を振るい、暴虐の炎はエルグリムごと魔力を帯びたダンジョンの壁や床さえも溶かし、エルグリムの放った炎さえも上回る規模でダンジョンを蹂躙する。

そして……。

「……逃げられちゃったかしら……まぁいいわ」

大気が揺らめく高温の中で黒い茨に覆われたまま、落ちていた炭化した腕を踏み潰したカルラは不意に首を傾げて片手を頬に当てる。

この高温で焼け残るはずがない。おそらくあの高齢の魔術師は転移系か呪術かカルラの知らない手段を以てこの場を逃れた可能性があった。

「こふ……あはははははっははは っ」

全身を覆っていた【魂の茨(ソウルソーン)】の茨を解除したカルラの口から、咳と共に吐血と笑い声が漏れる。

激しく咳き込み、大量の血を吐き、それでも笑い続けたカルラは死体のような顔色で虚空に微笑んだ。

これで戦う準備ができた。今もこの過酷な戦場で強くなり続けている少女の前に、ようやく胸を張って会いに行くことができる。これでようやく炎に包まれるクレイデール王国という最高の舞台で殺し合う下地ができた。

カルラはこれも解析して身につけた【影収納(ストレージ)】から取り出した外套を素肌に纏うと、素足のままダンジョンの奥へと歩き出した。

「ねぇ……早く強くなって……殺しにきて……アリア」

▼カルラ・レスター・種族：人族♀・ランク5 △1UP
【魔力値：218／590】△40UP 【体力値：27／52】▽1down
【筋力：7（9）】【耐久：3（4）】【敏捷：14（18）】△2UP 【器用：10】△1UP
《体術レベル3》△1UP
《光魔法レベル4》△1UP 《闇魔法レベル4》《水魔法レベル4》《火魔法レベル5》△1UP
《風魔法レベル4》《土魔法レベル4》《無属性魔法レベル5》△3UP
《生活魔法×6》《魔力制御レベル5》△1UP 《威圧レベル5》△1UP 《探知レベル2》
《異常耐性レベル2》《毒耐性レベル3》△2UP
《簡易鑑定》
【総合戦闘力：1711（魔術攻撃力：2566）】△642UP
【魂の茨(ソウルソーン)】

【総合戦闘力：1711（特殊戦闘力：4906）】
【加護(ギフト)：魂の茨(Soul Thorn) Exchange/Life Time】

選定の儀──魔将軍

「ちっ……何体目だよ」

魔鋼の両手斧を振るって血糊を飛ばしたジェーシャは、今叩き潰したばかりのランク3の魔物、雷虎を忌々しげに見下ろしながら吐き捨てる。

「今はアリアが敵の目を引きつけてくれているんだ。その間に俺たちは出来るだけ先に進むと決めただろ？　ジェーシャ」

同じように魔剣である短剣の血糊を拭っていたカミールが諫めると、カドリとイゼルが肯定するように頷き、ジェーシャは露骨に溜息を漏らした。

「……せめて、こいつらの肉が旨ければやる気も出るんだが」

「違いない」

〝選定の儀〟が始まってもう一週間以上経過していた。

その中でカミールたち一行は全参加者から最優先で狙われる立場にあるが、現在まで戦ったのは魔導氏族の襲撃者だけで、まだ他氏族の戦士とは出会ってさえいない。

それというのも、支援してくれる氏族がいないカミールたちは、他氏族とは違う攻略を行っていたからだ。カミールたちは敵の情報を集める斥候部隊や補給部隊もいない。砦にいる幾つかの氏族の者が王子であるカミールに物資を提供してくれたが、力関係の違いから直接手助けしてくれる者はいなかった。

武器や防具の破損を気にしながら、食料さえもダンジョンの魔物に頼らざるを得ないカミールたちが、正面から戦って他氏族に勝つのは難しい。

だからこそ彼らは、これまですべて『敵氏族の戦士を倒して』決着していた歴代の〝選定の儀〟のやり方ではなく、本来の決着である『ダンジョンの最奥から証を得る』方法で〝選定の儀〟の勝利を目指した。

だがそれも平坦な道ではない。砦地下のダンジョンは他のどのダンジョンよりも複雑な迷宮と化しており、先に進めば確かに他氏族との戦闘は避けられるが、その分、絶え間ない魔物の襲撃があった。

幸いなことにランクの高い魔物ほど出現する数は少なくなるので、カミールやジェーシャでもなんとか撃退できていたが、一週間以上のダンジョン探索で肉体以上に精神面での疲労が一同の顔に表れ始めている。

魔物の肉は栄養価こそ高いがとにかく固い。少量ならともかくそれをメインの食材として一週間以上過ごすことは、野営に慣れているジェーシャですら思わず愚痴を漏らすほどだった。

それでも一人でランク4とランク5の戦士たちを足止めして、数を減らしているアリアと比べればまだマシだろうか。カミールもジェーシャも冒険者で魔物と戦うことは慣れていても、人同士の戦いは本職でない。

「……何か来ます」

先頭で斥候をしていたイゼルの声音に何か切迫したものを感じて、ジェーシャが武器を構えて前に出る。

「さすがにすべて避けては通れねぇか……」

人と魔物は気配が違う。正確に言えば、魔物は憎しみで人間を襲わない。人を殺すためだけに人を襲うのは人間だけだ。

カドリとイゼルを後ろに下がらせ、カミールが前に出てジェーシャの隣で武器を構えると、通路の先にある暗がりから数名の人影が現れた。

それは……。

「カミール王子……貴様か。あの女はどこだ？」

魔鉄の鎖帷子に魔鋼の部分鎧を身につけた女戦士……魔族軍将軍アイシェが威圧するように睨み付ける。

アイシェたちがここにいるのは、〝選定の儀〟の局面が進み、各氏族の戦士たちの戦いもダンジョンの奥へと戦場を移しはじめたからだ。連れていた戦士は、他氏族との戦闘があったのか数こそ半数に減っていた。ここまでくれば氏族の支援も届かないが、逆に言えばこの場に残った戦士たちは、激しい戦いに生き残った真の強者と言えるだろう。

「……それを聞いてどうするつもりだ？」

そこにジェーシャが、カミールに向けられた視線を遮るように前に出る。

戦士として雇われたからには、ジェーシャは雇い主であるカミールを護るのが仕事だが、それ以上にアリア以外眼中にないようなアイシェの態度が、戦士としてのジェーシャを苛つかせた。

「退け、ドワーフ女。戦士の戦いから逃げ回っていた腰抜けが」

「はあ？　周りの男どもに護ってもらっていたお嬢ちゃん将軍が、よく吠えやがる」

アイシェの侮蔑にジェーシャが嘲るように煽り返す。

自分たちごと侮蔑されたと感じたアイシェの部下たちから怒気と共に殺気が溢れ、それを剣の一振りで抑えたアイシェが牙を剥き出すような獰猛な笑みを浮かべた。

「ほざいたな、蛮族崩れの小娘が」

「はっ、確かにてめぇに比べたら小娘だよ。百歳超えの年寄りは大変だなぁ？」

二人の間で殺気が火花を散らし、同時に具足に包まれた足を石床を踏み砕くような勢いで踏み出した。

「くたばれ」

「お前がなっ！」

ガキィイイインッ!!

アイシェの剣とジェーシャの両手斧がぶつかり合い、ダンジョンの大気を震わせる。

「ジェーシャ！」

始まってしまった戦闘にカミールが思わず声をあげた。

戦闘は避けられなかったとしても、会話の流れ次第では決闘のようなことも出来たはずだが、もうこうなってしまえばどちらかが殲滅するまで終わらない。

アリアがいない状態での総力戦は避けたかったが、カミールは即座に意識を切り替え、ジェーシャを取り囲もうとしていた戦士の足下に鎖分銅を投げつけた。

「ぬぅ⁉」

長剣を構えた戦士がとっさに気づいて飛び避けようとするが、躱しきれずに片足に鎖が絡みついた瞬間を狙ってカミールが魔剣で斬りつける。

ギンッ、と体勢を崩しながらもその戦士が長剣で受ける。受けられたカミールは鎖を強く引いてさらに体勢を崩そうとするが、それに気づいたもう一人のフルプレートの重戦士が盾を構えて突っ込んできた。

「――っ！」

「やらせんぞ！」

どちらもカミールと同じランク4の強敵。特に重戦士のほうはカミールの短剣で相手をするのは分が悪いと、カミールは突っ込んできた重戦士の盾を蹴るようにしてその反動で飛び離れ、そちらにいた長剣の戦士に向けて魔剣を振りかぶる。

「――【解……】」

「ハアッ‼」

カミールが魔剣の力を解放しようとするが、横手から異様に長い槍を振るうもう一人の戦士に割り込まれた。まるで鞭のように長槍をしならせ、縦横無尽に襲いかかる突きと斬撃に肩や腕を浅く切られたカミールは、攻めきれず下がるように距離を取る。

「……くっ」

「それが例の魔剣か……。気をつけろ」

今の魔族王が愛した人族の娘を護るために与えた魔剣は、カミールにとって母の形見であると同時に、人族を厭う者にとっては忌まわしい代物だ。

長槍の戦士が油断なくカミールの魔剣に目を向けながらそう言うと、長剣の戦士と重戦士が無言のまま頷いてカミールを取り囲む。

この場のアイシェの戦士は四人。全員がランク4の上位でカミールの戦闘力を超えている。

そのうちの一人はカドリとイゼルが抑えてくれているが、こちらの援護を期待するのは酷というものだ。ジェーシャにしても格上であるランク5のアイシェを一人で受け持っているのだから、それだけで上出来だ。

戦闘力で劣るカミールを三人で取り囲みながらも、戦士たちが慎重に行動しているのはカミールの魔剣のせいだ。アリアの【鉄の薔薇(アイアンローズ)】同様、油断をすれば一気に戦況を覆される恐れがある。だがそれは、現状でカミールの魔剣でしか対抗する手段がないことを意味していた。

「……っ」

カミールとしても簡単に魔剣は使えなくなった。発動に魔力を消費する。ランク5の戦技を使えば身体に反動もある。相手が魔剣の力を警戒している状況では油断させることも難しい。

ガン！　ガンッ!!

無言で睨み合うカミールたちとは対照的に、アイシェとジェーシャは渾身の力で魔鋼の武器をぶつけ合っていた。さすがのアイシェもランク4のドワーフ重戦士をたやすく葬ることはできない。だがジェーシャもランク5の戦士を倒すには決め手がない。

頑強なドワーフだからこそジェーシャも耐えられている。もし相手が逆ならカミールは長くは耐えられなかったはずだ。しかし、アイシェを倒すのにはカミールの魔剣のような決め手が必要だった。

それを横目にカミールと戦士たちは互いに隙を窺う。だがそのとき、研ぎ澄ました彼らの神経を逆なでするように、ひときわ激しい打撃音が響いた。

ガキイイインッ!!

「交代だっ！」

「──っ!?」

機を窺っていたのはカミールたちだけではなかった。突然彼らの間に割り込んできたジェーシャが、長剣の戦士に向けて振り返るように斧をぶつけて吹き飛ばす。

「ふざけた真似をっ！」

前振りもないジェーシャの唐突な行動に、アイシェはそれを隙と見てジェーシャの無防備な背に剣を突き出した。

ガキンッ!!

だが、それと入れ替わるようにカミールが剣を構えたアイシェの目前に飛び込み、とっさに示し合わせたように武器をぶつけ合うことで衝突を回避した二人は、体勢を崩しながらもなし崩し的に刃を向けながら距離を取るしかなかった。

偶然かそれとも最初から狙っていたのか、大将二人をぶつけ合い、それを邪魔させないように残りの体力など考えずに斧を振り回して暴れ回るジェーシャが、カミールにニヤリと笑みを向ける。

ジェーシャの戦闘スタイルでは、カミールのように同格の敵を複数相手にはできないが、耐えることはできる。だからこそジェーシャはアイシェを挑発するように立ち回り、唐突に入れ替わることで自分たちに必要な〝時間〟を手に入れた。

「――【解封(リリース)】――っ！」

それを瞬時に理解したカミールが、距離を置いた即座に魔剣の能力を解放する。互いに体勢を崩していても重装備のアイシェと比べて、軽装備のカミールはわずかだが先に動くことができた。

「――【兇刃の舞(ダンシングリパー)】――っ!!」

短剣術5レベルの戦技、【兇刃の舞(ダンシングリパー)】が発動し、左右の刃から繰り出された、暴風の如く荒れ狂う怒濤の八連撃がアイシェを襲う。

アイシェもそれまで重戦士であるジェーシャとの戦いをしていたせいで、筋力重視から速度重視の戦闘に切り替えられていない。

「ハァアアアアッ!!」

それでも、ランク5は伊達ではない。アイシェは片手剣と盾を振るい八連撃に対処してみせる。

しかし、さしものアイシェでも戦技の攻撃をすべていなすことができずに、半分の攻撃をその身で受けていた。

『アイシェ様っ！』

その光景にアイシェの戦士たちが思わず声をあげ、それを見たジェーシャがかすかに笑う。人間が5レベルの戦技を受けて無事でいられるはずがない。誰もがそう常識から考えたが――。

「……軽いわ！」

「ぐあ⁉」

その呟き声が聞こえた瞬間、カミールの顔面がアイシェの盾で殴られた。

吹き飛ばされてよろめくカミールと対照的にアイシェは悠然と盾を構え、唇の端から零れた血を舐め取って吐き捨てると、蔑むように彼を見る。

「それで本気か？　それとも貴様の限界か？　どうやらその魔剣の力を完全に引き出せてはいないようだな。並の連中なら倒せたのだろうが……そんな借り物の技で私が倒せるかぁああっ‼」

アイシェも確実にダメージは受けている。躱せないと察してそのまま防御姿勢で受けたが、それでも本物の戦技ならアイシェはこの場に立ってはいなかっただろう。

今は身体のダメージよりも、アイシェはそんな半端な技で自分を倒そうとしたカミールに怒りを覚えた。力はなくても手本となる技があるのなら、命懸けで修行をすればそれに近づくこともできたはずだ。

アイシェはそうしてきた。消えた〝姉〟の面影を追って、その技を命懸けで自分の身体に刻み込んだアイシェは、怒りのまま力任せに剣を振るって再度カミールを吹き飛ばす。

「ぐっ……」

「貴様に本物の【戦技】を見せてやる」

アイシェが盾を前に突き出し、右手の片手剣を後方に大きく振りかぶる。それを見てジェーシャやカドリたちが慌てて動き出すが、今度はそれをアイシェの戦士たちが押し止めた。

「──【鋭斬剣(ボーパルブレイド)】──っ！」

レベル5の剣術戦技から繰り出された五連撃の剣閃がカミールを襲う。

アイシェと違い盾もなく、革鎧しか着ていないカミールに防ぐ術はない。そのまま粉々に切り裂かれるはずのカミールがそれでも受け止めようと魔剣を構えた、そのとき──。

「なにっ！」

突然カミールの身体が横に弾き飛ばされ、アイシェの放った斬撃はダンジョンの床と壁だけを傷つけた。

何が起きたのか？　カミールが自力で躱せる状態ではなかった。その原因を探るべくアイシェが周囲の気配を探った瞬間、突然巨大な気配が高い天井に開いた通路から落ちてきた。

『ガァアアアアアアアアアアアアアアアアアアアアアッ!!』

戦士たちさえ身を震わせるような獣の咆哮。その闇が具現化したような巨大な獣は、霞むような速さで壁や天井を駆け、アイシェの戦士たちをなぎ倒す。

「――――っ！」

だがアイシェは、目の前に現れた〝獣〟ではなく、背後の感じた〝気配〟にただならぬものを感じてとっさに剣を振るっていた。

だが、その気配の主は横薙ぎに振られたレベル5の剣閃を屈むように避け、それどころか瞬時に繰り出されたアイシェの盾の打撃さえも半歩下がって回避してみせる。

「なんだと⁉」

その〝敵〟の身体能力はアイシェどころかジェーシャにさえ劣る。だが、当たらない。

外套を纏った女らしき人物は、まるでアイシェの〝癖〟を知っているかのように繰り出される攻撃を避け続け、それでもアイシェが虚を衝くように突き出した刃も、その〝敵〟に素手で刃の腹を押すように逸らされた。

「そ、その技は⁉」

一度だけ見たことがある。たとえ実力的に可能だとしても、迫り来る刃に対して臆することなく素手で逸らすことなど容易くできるものではない。肉体の技ではなく、精神の技……。ただ、それを出来る者をアイシェは一人だけ知っていた。

「……結局、お前は戦いの場に出てきちまったのかい」

驚愕するアイシェの前で、外套の女が静かにフードを下ろして素顔を見せる。

「姉……さん？」

アイシェは精神的な衝撃に目を見開き、そんな数十年ぶりに再会した妹にセレジュラが優しげに目を細めた。

「そんな……生きて……」

「随分と強くなったね。こうして見るだけでも分かるよ……相当な無茶をしてきたんだね」

「本当に……本当に姉さんなの？」

姉は死んでいないと信じながらも、心の奥底でその死を受け入れていたアイシェの声が震える。

「ああ、私だよ……アイシェ」

セレジュラがこれまで離れていた十数年の時を詰めるかのように一歩前に出ると、アイシェも感極まった表情で前に出ようとして、その足を不意に止めた。

「なぜ……どうして、私の前から消えたの？」

アイシェも姉に駆け寄り抱きしめたかった。昔のように抱きしめてほしかった。でも、姉妹が数十年離れていた時間は、妹の精神を拗らせるには十分すぎた。

〝姉を失う原因〟となった人族国家への憎しみはアイシェの力の根源だった。

姉は人族に殺されたと思っていた。生存を信じながらもエルグリムによって姉の死をすり込まれた。もしそれが間違いだというのなら、今までの自分の人生はなんだったのか？

人族の血を引くカミールやアリアに個人的な恨みはなくても、人族国家を滅ぼす戦争を起こすことはアイシェの生き方そのものになっていた。

いまさらそれが間違いなど認められない。たとえそれが『心から愛した大事な姉』であっても、その存在を疑ってしまうほどに……。

そんな妹の姿にセレジュラが悲痛な表情を浮かべる。

「……事情はここに来るまでに聞いた。さっきの子が魔族王の子だろ？　将軍となったお前が護るべき存在じゃないのかい？」

「私が……護るのは『魔族国』だ。魔族国を護るために人族の国家を滅ぼすんだっ！　本当に姉さんだと言うのなら、一緒に魔族国へ帰ろう！　姉さんを失わせた奴らは、全部私が殺すからっ！」

セレジュラの最後の記憶にあったアイシェは、大人ではなかったが子どもでもなかった。

セレジュラはただ生きるために命令に従い、空虚なまま戦場で人を殺し続けた。今更それを後悔などしていない。でも、あの時代は魔族王の命令に逆らうことなど許されるわけもなく、あのまま戦い続けていれば愛する妹も自分と同じ空虚な心のまま戦場に駆り出されることになっただろう。

だからセレジュラは姿を消した。全部が妹のためだと言うつもりはない。だが、アイシェがセレジュラを戦場に縛る呪縛であり、セレジュラがアイシェを戦いに駆り立てるしがらみだったのも事実だ。

だからこそセレジュラは、自分がいなければ妹もしがらみのない真っ当な道を選べるのではないかと、愚かにも自分勝手な願いをしてしまった。

「私が愚かだったのかね……」

「何を言っているの？　〝姉さん〟なら私の言っていることが分かるはずだよね？　人族は悪い奴

ら帰に緒一らなんさ姉……たっなく強にうよいなわ失をんさ姉と度二うもは、私らかだ？よだら

う……本物の姉さんなら一緒に人族国家を滅ぼそうっ！」

「アイシェ……」

愛する妹の言葉にセレジュラは何かに耐えるように口元を歪ませる。言葉を交わし合っていても声が届いていない。これが安易な方法を選んだセレジュラの罪。あのとき苦労すると分かっていても、妹を連れて逃げていればこうはならなかったのだろうか……。

当時もそれを考えなかったわけではない。けれど一人でさえ生きることが難しい逃亡生活を考えれば、アイシェ一人を魔族国へ残したのは仕方のないことだった。

少なくとも死ぬことはない。少なくとも信用できる人物に預けたはずだ。だがアイシェは姉を失ったことで人族国家への憎しみを募らせ、手段が目的へと成り下がってしまった。

「アイシェ……お前がもう戦うことはないんだよ。もう人族との戦争は終わっているんだ。私も人族を恨んじゃいない。お前も自分の人生を……」

「……あの女のせい？」

セレジュラの諭すような言葉を、その異様な声音が遮る。

「あの桃色髪の女……姉さんの技を使う人族の小娘。姉さんが教えた？　ううん、違うよね？　私だって教わってないから。あんな人族の女が姉さんの技を使えるなんて、おかしいじゃない。きっと姉さんを騙して技を奪ったのね」

「アイシェ！」

「違う……違う、違う、違うっ！　〝姉さん〟はそんなこと言わない。姉さんなら、私の言うことを否定なんてしない。姉さんなら敵の人族なんかに技を教えるわけがない！　私の姉さんをどこにやったの!?　お前なんて〝姉さん〟じゃない！　お前を倒して、桃色髪の女を殺して、本物の姉さんを取り戻す!!」

「――っ！」

ガキィイイインッ！

突如襲いかかったアイシェの刃を、セレジュラの鉈がかろうじて受け止める。

アイシェの中で凝り固まった情念は、過去の思い出と自分の憎しみを一つにして、死んだはずの〝姉〟を神格化させ、〝偶像〟の姉以外を認められないほどに歪んでしまった。

彼女の部下たちがそれを聞いていればアイシェを止めていたかもしれない。だが、周囲にいた配下の者たちは、そんな歪んでしまった姉妹のやり取りを見ることもできなかった。

アイシェ旗下である魔族軍の戦士とカミールたちは、漆黒の幻獣クァールの猛攻を受けていた。

『ガァアアアアアアアアアアアアアアアアアアッ!!』

ネロが戦う理由はない。最初に魔族軍を襲撃したのは、セレジュラに頼まれたからでも、魔族や人族との争いに介入したのでもない。

理由はただ一つ……カミールたちから『アリアの匂いがした』――ただそれだけだ。

アリアが存在している。少なくともこの者たちの近くにいた。どれがアリアの味方か分からない。

匂いの強いほうが味方とは限らない。だが、アリアの味方なら簡単には死なないだろうと考え、高位の幻獣である傲慢さで戦いを止めるために、その場のすべてに牙を向けた。

ネロにとってアリア以外の生物は、所詮は〝その他〟でしかなかったのだ。

「クァール⁉」

「幻獣が何故ここに⁉」

アイシェ配下の戦士たちは、吹き飛ばされながらも体勢を立て直してネロに武器を向けた。

それはカミールたちも同じだった。突如乱入してきた強大な幻獣は、魔族の戦士を襲いはしたが味方とは思えなかった。しかし、カミールたちは味方ではなくても何故か殺気のない幻獣を攻撃することを一瞬躊躇した。その一瞬の〝戸惑い〟が生死を分けた。

カドリやイゼルといったクァールの威圧だけで動けなくなった者がいたことで、彼らを護ることを優先した結果だが、それは殺気のないアリアに手を出した者がことごとく殺されるのを見た、無意識の経験則だった。

「うぉおおおおおおおおおおお‼」

同じように恐れはしても、それを勇気に変えて攻撃してしまった長槍の戦士が放った一撃は、《斬撃刺突耐性》を持つネロの毛皮で弾かれ、一瞬唖然として動きを止めた瞬間、本気の攻撃を受けたネロの反撃で首をへし折られた。

「ちっ……」

ジェーシャは魔族の戦士たちに注意を払いながらも、乱入者の威容に舌打ちをして息を呑む。暴虐を感じさせる咆吼と、その巨体から放たれる鉛を呑み込まされたような威圧感は、その場にいたすべての者を萎縮させた。

冒険者ギルドの長を務めていたジェーシャはその存在を知っていた。推定ランク5上位――年を経た個体ならギルドの難易度でランク6にも達する、幻獣クァール。

通常のダンジョンなら最下層の階層主でも通じる強大な幻獣が、どうしてこの場に現れたのか分からない。あれほど強かった長槍の戦士が一撃で殺されたことで、正直逃げ出したかった。

「くそったれ！」

それでも、ドワーフの戦士としての矜持がジェーシャをその場に踏み留まらせ、さらに一歩足を前に踏み出させた。

『ガァア！』

そのわずかな気配を察し、ネロは耳の脇から生えた鞭のような触覚から雷撃の火花を散らしながらジェーシャへ襲いかかる。

バチ――ッ！

「――っ」

それをとっさに割り込んだカミールが魔力を帯びた魔剣で受け止め、衝撃で痺れた腕に顔を顰めながらも必死にネロを睨み付ける。

まともに対峙するだけでカミールの顔に脂汗が浮かび、顎から滴り落ちる。それを見てネロが微かに目を細めたそのとき、真横から人影が飛び込んできた。

「そいつに手を出すと死ぬよっ、あんたらは退きな！」

戦いで弾き飛ばされたのか、その人影はネロとカミールの間を飛び抜け、体術を使って曲芸のように着地すると、まるで邪魔だと言わんばかりにカミールたちを怒鳴りつけた。

『ガァ……』

その言葉にネロがジロリとセレジュラを睨み、硬直しているカミールとジェーシャを一瞥して、フン、と鼻を鳴らし、彼らから興味をなくしたように魔族の戦士たちへ向かっていった。


「逃がすかああああああああっ!!」

セレジュラが体術でダンジョン内を飛び回り、黒い片手剣を構えたアイシェが追撃する。

目の前の『姉の形をした偽者』を倒して『本物の姉を取り戻す』と、自分を肯定するためだけの〝戯れ言〟がアイシェの中で真実と虚の境を曖昧にしていた。

「――――っ！」

ガキィンッ!!

殺すほどの勢いで振り抜かれたアイシェの刃が、セレジュラの持つ鋼の鉈を刃毀(はこぼ)れさせる。

「アイシェ！　そんなことをしても……」

「煩い、煩いっ！　お前は消えろ！　あの女もどこだ！　絶対に殺してやる！」

セレジュラがアイシェに技を教えたことはない。それでも姉の真似をするアイシェを幼い頃から見て、その癖を知っていたからこそ、近接戦闘が3レベルしかないセレジュラでもランク5のアイシェの攻撃をいなせていた。

だが、アイシェの精神は常軌を逸しており、徐々にセレジュラの知るアイシェの剣技からかけ離れはじめ、その攻撃が徐々にセレジュラを追い詰める。

「あの子になんの恨みがある⁉」

「あれは危険だ！　魔族に災厄をもたらす者だ！　次は殺す！　今度こそ絶対に、私の手で殺してやる‼」

「――っ」

セレジュラはその言葉を聞いてアイシェがアリアと戦い、殺しきれなかったのだと察した。

愛弟子であるアリアと最愛の妹アイシェ。セレジュラはこの二人が殺し合うことを悲しみながらも、この可哀想な妹の凝り固まった心を、言葉では救えないことも理解してしまった。

自分は間違えた……。妹のことを第一に考えるのならなんとしてでも二人で生きる道を探すべきだった。あの死んでしまった馬鹿弟子も、真剣に道を示してやれば不幸な者を増やすこともなかったはずだ。だから……。

「……もう間違えないよ」

アイシェとアリア……二人の〝親代わり〟としてセレジュラも覚悟を決める。

ガキン――ッ！

ついにアイシェの猛攻に耐えきれずにセレジュラの鉈が折れた。

「――っ⁉」

だが、その瞬間に下がったのはアイシェだった。セレジュラの取り出した奇妙な武器に刀身を絡め取られ、とっさに引き抜いた瞬間にその〝刃〟がアイシェを襲う。

唸りをあげる〝異形の鎖〟——小さな暗器の刃を魔鋼の輪で繋ぎ合わせた〝武器〟を鞭のように振るい、《操糸》で使う蛇のように蠢く刃は、躱したはずのアイシェの肩をも斬り裂いた。

「アイシェ……」

闇魔法の幻術を組み合わせた〝虚〟で、戦場の数多の命を奪った『戦鬼』の武器を解き放つ。

「お前は私が止めてやる」

生き別れた姉妹が殺し合うその向こうで——。

「距離を持って囲め！」

「あの触覚は範囲もあるぞっ」

「俺が仕掛けるっ！」

長槍の戦士を倒され、残り三人の戦士たちがネロの周りを取り囲む。

ランク4の戦士が三人もいればランク5の魔物と戦える。だが、相手がランク5の上位になる知性ある魔物であれば侮ることは死に繋がることを知っていた。

「うぉおおおおおっ！」

重戦士が盾を構え、叫びをあげてネロの注意を引く。それに一瞬ネロが反応を見せた瞬間、長剣と片手斧の二人の戦士が同時に飛びかかる。

『ガアアアアアアア！』

「ぐっ！」

即座に反応したネロの触覚と片手斧がぶつかり、電撃に焼かれた片手斧の戦士が呻きを漏らす。

「――【石弾】――」

ネロが追撃をする前に重戦士が魔術を放ち、撃ち出された石弾を飛び避けたネロに、待ち受けていた長剣の戦士が渾身の一撃を振り下ろす。

ガキィインッ！

金属を打ち鳴らすような音が響き、ネロと長剣の戦士が同時に距離を取る。

『グルルゥ……』

低く唸るネロの触覚にわずかに切れ目が入っていた。

《斬撃刺突耐性》を持つネロの毛皮は並大抵の武器では傷つかない。ネロの武器である触覚は金属繊維で出来た鞭のような強度を持つ。その触覚を傷つけた戦士をネロが睨むと、渾身の一撃でわずかな傷しか付けられなかった長剣の戦士も「バケモノが……」と吐き捨てた。

「目か腹を狙え！」

「ならば……【炎付与】――っ」

片手斧の戦士から魔術の炎が飛び出し、付与された男たちの武器から炎が噴き上がる。

本来は再生力の高い魔物や不死属性の魔物相手に使う魔術で、攻撃力自体は大きく変わらないが、《斬撃刺突耐性》で武器を弾くのなら有効だと考えた。

それを見て重戦士も捨て身の覚悟を決め、自らに【岩肌(ロックスキン)】を唱える。

『ガァアアアアアッ!!』

「うぉおおおおおおおっ！」

威嚇するように吠えたネロに片手斧の戦士が斬りかかり、その斧を受けずにネロの触覚が横から弾くが、わずかに毛が焦げるような臭いが広がった。

その横から盾を構えたまま重戦士がネロに体当たりをして重量物のぶつかり合う音が響き、ネロの爪がその盾に亀裂を入れる。

「今だ!!」

重戦士は怯むことなく、組み付くようにネロの動きを封じようと試みた。

「たあああああああああ!!」

それを待っていたように長剣の戦士が飛び出し、炎をあげる一撃をネロの正面に突き出した。この中で長剣の戦士が最大の攻撃力を誇り、片手斧の戦士も重戦士も最初から彼に攻撃をさせる隙を作るために動いていた。

『ガァアアアアアアアアアアアアアア!!』

その瞬間、ネロの二本の触覚から広範囲の電撃が放たれる。

ネロの電撃は体内の魔力を使い肉体そのものから放つもので、放電として使えば威力は落ちる。

だが、クァールの電撃は本来直接攻撃に使うものではない。

「なっ!?」

剣から炎が失われて長剣の戦士が驚愕する。

クァールは電磁波のようなものを放ち魔術を阻害する。一度放たれた魔術であったとしても、それを持続させる魔術構成を術者の精神が担っている状況なら、阻害することは可能だった。

だが、ネロはどうして最初から使わなかったのか？　強者であろうと戦いに絶対はない。そのために幾つも罠を張り、奥の手を用意しておくことをネロは〝相棒〟から学んだ。

それと――。

「――【鉄砕（アイアンブレイク）】――っ！」

「がっ⁉」

鉄肌を消されたその一瞬の隙を狙ったジェーシャの両手斧が重戦士を背後から斬り裂く。魔術の鎧で意識をネロに集中していた重戦士は、鎧ごと断ち割られて血飛沫の中で崩れ落ちた。

ネロは油断をしない。人間が極限状態で放つ命の輝きを知っている。ネロは彼らの隙を狙うジェーシャに気づき、自らを囮として攻撃をさせる隙を作ったのだ。

「――【兇刃の舞（ダンシングリパー）】――っ‼」

次の瞬間に放たれたカミールの戦技が、唖然として固まっていた片手斧の戦士を引き裂く。

カミールたちもクァールと共闘をしようと考えたわけではない。脅威度が幻獣より低いとカミールたちから注意を逸らしてしまった、戦士たちの油断を衝いたのだ。

『ガァアアッ！』

それと同時にネロも長剣の戦士を爪で引き裂いてとどめを刺す。

血煙の中で返り血に染まるネロの姿に、カミールとジェーシャが緊張で顔をこわばらせ、ネロはまたフンと興味なさげに鼻を鳴らして、まだ戦い続けるセレジュラのほうへと意識を向けた。

「「ハァアアアアアアアアアアア!!」」

セレジュラとアイシェが激しく刃を交わし合う。

近接戦でランク5を誇るアイシェの剣技でも、近接スキルランク3しかないセレジュラを捉えられず、魔術を併用した曲芸じみた体術とそれに特化された〝異形の鎖〟でアイシェを翻弄した。

「おのれっ!」

アイシェが盾を使って複数の暗器を金属の輪で繋げた鎖を受け止め、雷光の如く鋭い一撃を鎖に打ち込み斬り裂いた。

「なにっ⁉」

だが、その切り落とされた部分をセレジュラは掴み取って投擲し、アイシェは即座にそれを剣と盾で弾き飛ばす。

セレジュラの〝異形の鎖〟は多少切り落とされても威力は下がらない。それでも長さを補うように複数の暗器を取り出したセレジュラの攻撃にアイシェが堪らず下がると、次の瞬間にはその暗器が〝異形の鎖〟に補充されてアイシェを圧倒する。

これが戦場で数多の敵や味方から恐れられた『戦鬼』の技と武器だ。

一人で敵陣に切り込み、一人で戦い続けるために刃毀れした武器を捨て、敵の武器を奪い取り、死体から武器を拾い、繋ぎ合わせて一つの技で扱うことで強敵たちを討ち取った。

「……もう使うつもりはなかったんだけどね」

暗殺から足を洗い、ようやく静かな生活をできるようになってから一度も使ったことはなく、愛弟子であるアリアにさえ見せたことはなかった。

セレジュラがアリアのペンデュラムに興味を覚えてその製作に手を貸したのは、極限の戦いの中で自分と同じような手段に辿り着いたアリアに共感を覚えたからだ。

この殺しのための武器を再び手に取った理由はただ一つ、一度は手を離してしまった妹を〝姉として叱ってやる〟ため、圧倒できる力が必要だった。

「嘘だ、嘘だ、嘘だ、違う、違う、違う!! 私が負けるはずがない、姉さんのために強くなった私が負けるなんてあるものかぁあっ！ 消えろぉおおおおおおおおおおおっ!!」

愛する〝姉〟とは認めないセレジュラに追い詰められたアイシェは、身体強化を自身の限界以上に解き放ち、レベル5の戦技を愛しき姉へ振るうべく魔鋼の剣を振りかぶる。

通常【戦技】は、高威力は出せても隙が大きくなるため使いどころが重要になる技だ。

とどめを刺す。確実に当たる。そのような状況以外では使うべきではない。それでもアイシェは自爆も自傷も恐れず、すべてを捨てて姉の虚像を消し去ろうと足掻いた。

それを見てセレジュラは隙だらけの戦技を回避しようともせず、真正面から向き合った。

「――【聖炎（ホーリーフレイム）】――」

レベル5の火魔術【聖炎（ホーリーフレイム）】――邪悪な生命力を焼き尽くす聖なる炎は、光魔術との複合魔術であり、その難易度とは裏腹に威力としてはレベル４の魔術に劣る。

操糸スキルは戦闘技術ではなく一般技能であり、たとえ鞭のような武器でも戦技は存在しない。

けれどもセレジュラは、それを可能とする〝魔導技術〟があった。

「――【鋭斬剣（ボーパルブレイド）】――ッ！」

アイシェが自らの防御を無視して渾身の戦技を撃ち放つ。

対してセレジュラの【聖炎（ホーリーフレイム）】は、特性として魔力に干渉することが可能ではあるが、それ自体では敵の放つ魔術をわずかに減退させる程度の効果しかない。だが――。

「――【炎撃（ブレイズ）】――」

セレジュラがそれを唱えた瞬間、燃えさかる【聖炎（ホーリーフレイム）】がセレジュラの身体に纏い付く。

既存の魔術を身に纏うセレジュラの『オリジナル魔法』の構成は、同じく魔術と近接を併用するアリアにも伝えられているが、今のアリアでは魔術構成の複雑さから扱えるものではなかった。

現状、この技を扱えるのはセレジュラのみ。これは高レベルの戦技が使えないセレジュラの奥の手であり、聖なる炎を纏った異形の鎖の一撃は――。

バキィイイイイイイイインッ!!

アイシェの放った【鋭斬剣（ボーパルブレイド）】の威力と相殺し、見事その攻撃を防ぎきった。

「ば、馬鹿な……」

渾身の戦技を無効化され、戦技を放った後の硬直をしたままアイシェが唖然とした声を漏らす。

無理をして戦技を放ち動けないアイシェは、そのまま攻撃されれば受けるしかない。時間にして一秒にも満たない時間だが達人同士の戦いでは致命的な隙となる。

「……ッ」

突如セレジュラが口から血を零して膝をつく。

元々、四属性持ちで無理ができない身体だが、戦鬼として戦場で戦い続けた結果、その内部は本人が思う以上に傷ついていた。

それでも、一戦程度なら身体が持ってくれるかと考えていたが、本気を出した以上にランク5であるアイシェとの戦いはセレジュラの身体に予想以上の負担を強いた。

「は、ははは……、やはり私が偽物に負けるわけがないっ！」

すでに精神の常軌を逸しているアイシェは、血を吐いて膝をつく姉の姿を理性で理解することもできずに再び剣を振りかぶる。

「アイシェ……」

セレジュラが全盛期ならアイシェは勝てなかった。

アイシェの精神がまともだったら偶然に頼らなくても勝てたかもしれない。

本来の〝乙女ゲームの歴史〟なら、セレジュラとアイシェがヒロインに協力して、魔族と和平を結ぶために共に戦う未来もあり得た。

あり得なかった未来を述べても意味はない。今の結果がすべて……だが、セレジュラもアリア同様、本来持ち得なかった〝力〟があった。

「……【鉄の薔薇（アイアンローズ）】……」

石床に膝をついたセレジュラから魔力の光が粒子のように迸り、その姿がかき消えると同時に剣を振りかぶっていたアイシェを切り裂き、彼女の持つ魔剣が限界を超えたようにへし折れた。

「な……」

折れた剣を振り上げたまま茫然自失となったアイシェがよろよろと後ずさる。

本来の使い手であるアリアのように、精霊に愛された『桃色髪』を持たないセレジュラは、わずか数秒で魔力のほぼすべてを消費して再び膝をついてしまう。

「アイシェ……っ」

「ねえ……さん」

セレジュラの声にアイシェの瞳にわずかだが理性が戻る。だが、肉体的なダメージよりも精神的なダメージが大きく、目眩がしたようによろめいたアイシェは……。

「うぁあああああああああああ!!」

突然、泣き出すように叫びを上げて、アイシェが折れた剣を振り上げた。

まだ戦おうとしたのか、それとも自分のしたことを後悔して短絡的に自害をしようとしたのか、それは分からない。

ドンッ!

「――――ッ!」

だが、その振り上げた剣がどこかへ振り下ろされる寸前、ネロの体当たりを受けたアイシェの身体がダンジョンの脇道……複雑に入り組んだ通路に空いた深い穴に呑み込まれ、アイシェは一瞬泣き顔で姉を見て……そのまま深い闇へと落ちていった。

「……ネロ」

『ガア』

セレジュラの睨むような視線にネロは〝言葉〟で返さず、ただ一言唸るだけだった。

ただアリアの敵を排除しただけなのか、それともセレジュラを救おうとしてくれたのか……。

「…………」

傷ついてはいてもアイシェなら生きている可能性はあるだろう。溜息を吐いたセレジュラは【影収納（ストレージ）】から出したポーションを飲み干すと、無理をした身体で立ち上がる。

「……このざまじゃ、あの子の所へ行っても役に立たないねぇ……」

そんなセレジュラにネロがこれからどうするのか問うような視線を向けると、セレジュラは自分たちを警戒するように距離を置くカミールたちを肩越しに振り返る。

「私は、あの子らについてダンジョンの最奥を目指すよ。そのほうがあの子に会える気がするからね。……あんたは先に一人であの子の所へ行きな」

『グルルゥ……』

ネロはそっと目を細め、セレジュラとカミールたちを瞳に映す。

ネロとセレジュラは同行者であって仲間ではない。だがネロは、おそらく〝相棒〟の知り合いであろうカミールたちにも笑うように軽く牙を剥き、疾風のような速さでダンジョンの闇の中へと消えていった。

それを見送り、一瞬だけアイシェが落ちた穴へ目を向けたセレジュラは、また溜息を吐いてネロには言わなかった言葉をそっと呟いた。

「もう一人の〝バカ娘〟を頼んだよ……ネロ」

選定の儀――三つ巴の戦い

「……なんだ？」

豪魔氏族の戦士の一人が微かな違和感にダンジョンの天井を見上げた。

「シャオ殿、何かありましたか？」

「……いや」

部下の一人の言葉に、シャオは何かに警戒しながらもゆっくりとかぶりを振る。

豪魔氏族は戦士の民だ。強さを尊ぶ魔族の中で最もそれを体現し、信仰の如く強さのみを信じて己を鍛えあげている。

だがそれ故の弊害もある。この〝選定の儀〟に選ばれた戦士たちの多くは、元は併合された小さな氏族の民であり、その一人であるシャオは自分を打ち破って上と認めたダウヒールの命令に従ってはいても、常に下克上を狙っていた。

この〝選定の儀〟においても、各々の戦士たちはダウヒールと行動を共にせず、ダンジョン内で合流した自分の部下のみを引き連れ、あわよくばダウヒールを倒して自分が魔族王となることを目論んでいた。

ただの戦士ならバラバラに動いては他氏族の格好の的となるだけだろう。だが、豪魔氏族だけはそれが許される。戦士本人の強さもあるが、引き連れた同氏族の家族ともいえる部下たちとの絆や、氏族全体の練度の高さが戦士単位の少数行動を可能にした。

彼らを襲っても並の戦士や襲撃部隊程度では返り討ちになる。それが分かっているからこそ他氏族の襲撃部隊も慎重になっていたのだが、それを気にもとめない者もいた。

「シャオ殿、あれを！」

年嵩の配下の一人が通路の前方に倒れた人影を見つけた。

「どこの氏族だ？　妖魔か？　それとも軍の連中か？」

「おそらくは妖魔氏族かと。ですが、これは……」

あまりの血臭に歴戦の豪魔氏族の者たちでも顔を顰める。

倒れていた者たちは全員が闇エルフで、見える範囲にいるのは六人ほどだが、全員が急所を一突きで殺されているか、まるで毒でも盛られたように苦悶の表情で事切れていた。

「シャオ様、この男はまだ息があるようですっ」

死体を検分していた若い魔族が、奥に倒れていた男を見つけて声をあげる。

「うむ……」

それを聞いたシャオは殺され方の割に血が流れすぎていることや、まだこの近くに敵がいることを考え、生き残りに自ら問い糾そうと前に出たところ、老戦士が笑いながらそれを止めた。

「お任せくだされ、シャオ殿！　人族との戦争からこの手の拷問は得意でしてなっ」

おそらくは四百年以上生きている、シャオが子どもの頃から戦争に駆り出されていた老戦士の言葉にシャオは溜息を吐くように笑みを零す。

「やり過ぎるなよ」

「お任せあれ！」

老戦士は自分が生きている間に〝選定の儀〟が始まったことで、大氏族長ダウヒールではなく、自らの長であるシャオを魔族王にしようと必要以上に張り切っていた。

シャオは先ほど感じた、大気に薄くのばした殺意のような〝嫌な予感〟を考えすぎだと思い直し、信頼する配下に任せることにした。

「ひゃははっ、おとなしく喋れば、楽に殺してやらんでもないぞっ！」

「――――」

どう見ても死体にしか見えなかったが、その蛮声に微かに蠢いたことで生きていることを確信した老戦士が魔族の抉られた傷跡を踏んだ瞬間――。

ボンッ！　と傷口が爆ぜ、砕けた武器の破片のような物が飛び散った。

「――ぎゃあああああああ!?」

間近で顔面に破片を浴びた老戦士は即死して崩れ落ち、もう一人の近くにいた配下が顔面や手足に破片を受けて悲鳴をあげた。

シャオや他の配下がそれに反応しようとした瞬間、ひときわ大きな死体の陰から飛び出した細身の人影が放った矢が、駆け寄ろうとしていた配下の目から脳まで貫通する。

一瞬で起きた惨劇とその人影にシャオが目を見開く。

「貴様は⁉」

それは〝選定の儀〟の顔合わせで見た桃色髪の少女だった。少女は最初の一撃で一人を殺し、そのまま悲鳴をあげている男の咽を黒いナイフで斬り裂いた。そこでようやく我に返ったシャオが、怒りの形相で薙刀のような片刃の槍を振りかぶる。

「おのれ、小娘ぇぇええ‼」

シャオが感じた〝嫌な予感〟は正しかった。だが、長期間に及んだ陽の差し込まないダンジョン探索はシャオが感じている以上に精神を摩耗させ、判断力を鈍らせていた。

シャオの戦闘力は１３００で、いかにランク５に近いランク４の上位だとしても、奇襲に対処できる冷静さを欠けば戦力は激減する。まだ余裕のある序盤であったなら、シャオも罠を仕掛けられる可能性をもっと警戒しただろう。だが、もう遅い。

「――【幻痛(ペイン)】――」

「ぐぁあああああ⁉」

「なんだとっ⁉」

少女の放った見知らぬ魔術は、シャオではなく背後にいたまだ若い男を狙ったものだった。

即死のような魔術ではない。だが、奇襲をされ、家族に等しい者たちを殺され、たった一人残された配下を狙われたシャオはまずいと思いながらも、一瞬だけ意識をそちらに向けてしまった。

「――っ！」

その一瞬でシャオは少女の姿を見失う。次の瞬間、身を摺り合わせるほどの距離まで接近されたと気配で察したシャオは、胸元に飛び込んできた〝影〟を直感だけで薙ぎ払う。

「――が⁉」

槍で打ち払われた【幻影（シャドウ）】が砕け散り、背後から黒いナイフで首を切り裂かれたシャオは、何もできないままダンジョンで命を散らしたのだった。

＊＊＊

「――【浄化（クリーン）】――」

ランク4の戦士を倒し、最後に【幻痛（ペイン）】で無力化した魔族を倒した私は、罠に使っていた敵の血糊を消して息を吐く。

長丁場になる戦いでまともに戦うつもりはない。だが冒険者ではなく、まともに戦う兵士である彼らはそろそろ精神が疲弊して注意力が散漫になっていると考え、罠を仕掛けた。

あの破裂した〝罠〟は、戦いで砕けた武器の破片と【流風（ウィンド）】を、小さな闇魔術の閉鎖空間に圧縮したものだ。圧縮に時間はかかるが、相手が油断をしているなら充分な殺傷力がある。

敵の死体に仕掛けて糸で死体を動かしたが……参考にしたあの女のいた世界の罠は凶悪だな。

「……次だ」

吸血姫シェヘラザードを倒した私は、あれからダンジョンの奥へと潜って、遭遇する少数の敵を狙って排除を繰り返していた。これまでに五人の戦士と三つの襲撃部隊を潰しはしたが、遭遇する敵も減ってきたので戦局は終盤に来ていると感じた。

少量の塩と栄養補給の丸薬を口に含み、【流水（ウォータ）】を使って水分を補給する。二週間程度ならまともな食事もいらない。睡眠も小まめに取っていれば熟睡する必要もない。

他の人たちにとっては違うかもしれないけど、私にとってはこれまでの延長でしかない。でも、さすがに物資は尽きはじめている。クロスボウの矢は残り数本。投げナイフも敵の暗器を奪ってはいるけど、投げて回収できなかったものも多い。

残っているポーション類も、体力回復ポーションと魔力回復ポーションが一つずつだけで、毒はもうほとんど残っていなかった。

あと少し……。カミールたちが無事にダンジョン最奥に辿り着くまで、私は敵の目を引きつけておけばいい。かなり分の悪い賭けだが、今の私たちが勝つにはそれしか方法はなかった。

……けれど。

「……出てこい」

そろそろ遊撃（ゲリラ）戦も限界か。私がそう声を漏らすと、私を取り囲むように気配が感じられ、通路の奥から強烈な威圧感を放つ巨躯が姿を見せる。

「ようやく見つけたぞ、小娘。我らの手の者を殺していたのはお前だな？」

「ダウヒール……」

▼ダウヒール　種族：闇エルフ♂・ランク5
【魔力値：255／280】【体力値：485／513】
【総合戦闘力：2172（身体強化中：2688）】

豪魔氏族長、ランク5上位の戦士ダウヒール。魔力値による戦闘継続力だけでなく、おそらくは同ランクの魔物にさえ匹敵するステータスを持った強戦士だ。

私が彼を呼び捨てたことで周囲を取り囲んだ者たちがいきり立ち、片手を振ってそれを止めさせたダウヒールは、背にある巨大な剣を抜こうともせずニヤリと笑う。

「約束通り、手合わせをしてもらおうか、小娘。我らの戦士を倒せるのなら、良い戦いができると期待するぞ」

「この人たちはあなたの部下？」

ダウヒールの言葉に通路で倒れている戦士たちを示すと、彼は残念そうな顔をしながらも微かに口元の端を上げる。

「シャオか……奴も良い戦士ではあったが、立場にこだわりすぎて最近は戦士としての向上心が足りていなかった。まあ、最後に役に立ってくれたのだから良しとしよう」

「そう……」

こいつは、ダウヒールが私を見つけるための〝釣り餌〟だったか。

「貴様も不憫な奴よ。まともな雇い主に付けば、その実力も発揮できたであろう？」

「今更、鞍替えする理由もないな」

「殿下が人族の血を引いているからか？　我ら豪魔氏族は強き者に寛容だぞ」

「表面の強さしか見えない男に用はない」

私の物言いにまた周囲から殺気が膨れ上がり、今度はダウヒールもそれを止めることなく声に出して笑ってみせた。

「ハハハッ、あの殿下がそれほどの器か？　それは貴様の強さをもって確かめさせてもらおう」

「やってみろ」

本気か冗談か分からない問答が終わるその瞬間に、抜く手が霞むほどの速さで大剣を引き抜いたダウヒールが一瞬で飛び込み剣を振るう。身構えていた私がそれを飛び避けると、振り抜かれた歪な大剣が強固なダンジョンの壁をも斬り裂いた。

「……魔剣か」

「いかにも！」

強さを補強するカミールの短剣と違い、ダウヒールの大剣は戦士が使う本物の魔剣だ。あんなのと斬り合いなんてできない。そう判断した私が距離を取るためにさらに下がろうとすると、傍観していた戦士の一人が襲いかかってきた。

戦士が振るう曲剣と黒いダガーがぶつかり火花を散らす。体格の差で私を撥ね飛ばした戦士が追撃の蹴りを放ち、私もそれに合わせるように踵で受け止めた蹴りを踏み台として飛び越える。

だがその瞬間にダウヒールが私に追いつき、大剣を振り下ろした。

「逃がしはせんぞ！」

「くっ」

風圧で髪が数本切られながらも躱した大剣がダンジョンの床を砕く。私がそのまま横に転がり避けると、先ほどの戦士が元の位置に戻る。

……なるほど。彼らのいう『戦士の戦い』をするために、私の戦法を封じてきたか。

「……ふぅ」

溜まった熱を冷ますように息を吐いて、そっとナイフを構え直した私に何を感じたのか、ダウヒールが追撃を止めて微かに片眉を上げる。

ダウヒールは強い。でも、無敵ではない。戦闘力はただの目安で絶対ではない。どれだけ耐久値が高くても肌が鋼鉄になるわけではなく、どれだけ体力値が高くても心臓を刺せば人は死ぬ。

お前が戦士としての強さに拘るのなら、私は生きるための強さで戦う。

「……面白い」

ダウヒールが微かに呟いて大剣を上段に構えた。大剣の大きさと重さを最大限に発揮する必殺の構えだ。だが、その反面、敵に躱されると致命的な隙が生じる、生か死かの一撃となるが、それをダウヒールは知っているからこそ、自分の力を信じて私を挑発するようにその構えを見せた。

緊張感がその場を満たし、落ちた針の音さえ響くような静寂の中で、歴戦の戦士たちさえ息を呑む気配が伝わってくる。

「「…………」」

つま先で床を食むようにじりじりと距離を詰め、その間合いが大剣の範囲に入ろうとしたそのとき、唐突に極彩色のような異様な魔力がその場を吹き抜けた。

「こんな所で、あなたたちだけで愉しんでいるなんて、ずるいわ。……私も交ぜておくれ」

数名の戦士を引き連れ突如現れた、豪奢な衣装を纏った闇エルフの美女が、真っ赤な唇を舐めるように妖艶に微笑んだ。

妖魔氏族長、シャルルシャン。呪術を扱う妖魔氏族の族長でランク5上位の戦士が、ここで乱入してくるか……。

「娘御よ。其方(そなた)、我らが手の者を随分と殺してくれたようね。まるで血の跡で私を誘っているのかと思ったわ」

「…………」

殺した跡を追われたか。ダンジョン内では魔物が死体の処理をしてくれるとはいえ、限界もある。

▼シャルルシャン　種族：闇エルフ♀・ランク5
【魔力値：354／380】【体力値：184／210】
【総合戦闘力：1611（身体強化中：2097）】

「貴様か……。我が戦いの邪魔をするのなら貴様から殺すぞ」

大剣を構えたまま、私との戦闘を仕切り直すようにダウヒールが一歩下がって、視線と共に威圧を放つ。……共闘するつもりはないということか。

「私はそれでもかまわぬが……。それではその娘御に利するだけの結果になりそうね」

シャルルシャンはダウヒールの放つ威圧と殺気の中でも顔色一つ変えず、視線だけを私へ向ける。

……読まれているな。豪魔と妖魔で乱戦になれば私にも勝利の目が見えてくると考えていたけど、シャルルシャンは逃がしてくれる気はなさそうだ。

「あくまで邪魔をするか。だが、どちらにしても貴様とは元より競い合う敵同士よ。貴様も小娘もその首を取って、殊勲とさせてもらおう」

「出来るのかしら？　お前に。よいでしょう。それは我らも同じこと。貴様らに殺された我が戦士の分も含めて、娘御と同様に相手をしてあげましょう」

二人の言葉が終わると同時に、豪魔妖魔双方の戦士たちから殺気が迸る。

結局は乱戦だが、私へ向けられている殺気はいささかも衰えていない。

豪魔氏族にしてみれば、私は族長の手前今まで手を出せなかった相手であり、妖魔氏族にしても戦士たちは仲間を殺された恨みもあるだろう。しかも今の私は彼らにとって殊勲の一つのようで、下手をすれば競い合って私を狙ってくる可能性もある。

どちらが先に動くか……。

「では……行くぞ！」

石床を蹴るようにして最初に飛び出したダウヒールが狙ったのは私だった。

私との決着を優先したのか、それとも私の命をシャルルシャンに取られることを嫌忌したのか分からないが、初めから身構えていた私は仰け反るようにして背転しながら、翻したスカートの隙間からナイフを抜いて投擲する。

「舐めるなっ！」

ダウヒールはナイフを避けることすらせず額の鉢金で受け止め、速度を緩めず突っ込んできた。

横薙ぎに振るわれる剛剣の一閃。掠めるだけでも死が見えるその剣の軌道を、私は飛び越えるように宙へ飛ぶ。

「ぬおぉおおおおおおお!!」

ダウヒールは雄叫びをあげ、腕の毛細血管から血を吹き出すように筋肉を盛り上げ、無理矢理剣の軌道を直角に振り上げた。

そんなバケモノじみた力業を私は宙を蹴り上げる動作でかろうじて回避すると、そのまま宙で振り抜いた分銅型のペンデュラムをダウヒールへ振り下ろす。

ガキンッ！

ペンデュラムが首を逸らしたダウヒールの鉢金を弾き飛ばし、微かな鮮血が舞う中で牙を剥き出すように笑うダウヒールの筋肉と気迫が再び膨れ上がる。

「――『腐れ落ちよ』――」

そこに割り込むような涼やかな声――。

「「――っ！」」

様々な属性が歪に入り混じった極彩色の魔力が迫り、それを〝視た〟私は刃鎌型のペンデュラムを壁に投げつけ、自分の身体を引きつけるように回避した。

ダウヒールも直感でそれを躱すが、私の逃亡を防いでいた豪魔戦士の一人が全身に〝呪術〟を浴びて、悲鳴をあげる間もなく腐り果てる。

「よく躱した」

「シャルルシャンっ!!」

彼女の上から下を讃えるような物言いにダウヒールが吠えると、妖魔戦士と睨み合っていた豪魔戦士が一斉にシャルルシャンへ向かい、それを妖魔戦士が迎え撃つ。

「人族の女っ！」

私もそれを見ている暇はない。私のほうへ向かってきた妖魔戦士が、両手で魔術を用いて生み出した炎と氷の槍を同時に撃ち出した。

「――【魔盾（シールド）】――っ！」

瞬時に生み出した魔盾で炎を防ぐが、氷の物理干渉力が合わさり魔盾を砕く。

「仲間の仇だ！」

そう叫んだ妖魔戦士が両手を突き出し、カルラの得意とする【竜砲（ファイアブレス）】を放とうとする。仲間の仇……理解はできるがお前に倒されてやるつもりはない。

その向こうでは――。

「邪魔だ、ダウヒールっ！」

「その言葉、そのまま貴様に返すぞ、シャルルシャンっ！」

私の視界の隅では、ダウヒールとシャルルシャンが刃を交えていた。

大剣を振るい恐るべき速さで肉薄するダウヒール。だが、シャルルシャンもダウヒールの間合いに入ろうとはせず、魔族と関わったグレイブが使っていた〝鋼の糸〟を使って応戦する。

「――【竜砲（ファイアブレス）】――ッ！」

妖魔氏族の戦士から放射状の炎が撃ち出され、私は魔盾を用いて受けるのではなく受け流し、大半の威力をこちらへ背を向けていたダウヒールへ逸らした。

「ぬっ！」

ダウヒールはとっさに大剣の魔力で炎を打ち払う。そのままの勢いで突っ込んできたダウヒールはそれを放った妖魔戦士を、肩から腰にかけて一撃で両断した。

私は避けきれなかった炎を床で転がるように消してダウヒールに身構えると、横手から殺気が膨れ上がる。

「者ども、下がれぇえっ!!」

配下を殺されたシャルルシャンが眉尾をつり上げ、小さなナイフを自分の手の平に突き刺した。

その声を聞いた瞬間に妖魔戦士たちが飛び下がり、私はその行動を見て自傷することで発動させていた〝呪術〟を思い出した。

「――『滅びよ』――っ！」

〝血〟と〝自傷〟を媒介として、シャルルシャンの呪術が発動した。血煙のような真っ赤な霧が広がり、私は目に映るドブ色の魔力を〝猛毒〟だと判断した。

これを受けたらまずい。対価と発動速度から判断して即死するほどの毒ではないのだろうが、体力値が減っている今の私が受ければ致命傷になりかねない。

それはダウヒールも理解したのだろう。彼は配下たちを庇うように前に出て、大剣を背後へ大きく振りかぶる。

「――【地獄斬(ヘルスラッシュ)】――ッ!!」

レベル5の大剣戦技、【地獄斬(ヘルスラッシュ)】の四倍撃が放たれた。

「――くっ」

大剣の戦技、呪術の毒、どちらへ避けてもどちらかに巻き込まれる位置にいた私は、瞬時の判断が迫られる。どちらがマシか。どちらでも同じだ。

一瞬でそう決めた私が、避けるのではなく戦技を放って隙ができるダウヒールに向けて踏み出そうとした寸前、ダンジョン内に……懐かしい〝獣〟の咆吼が響いた。

『ガァアアアアアアアアアアアアアアアアアアアッ!!』

雷の紫光を纏う漆黒の影。暴風の如く疾走するその獣は、呪術と戦技が吹き荒れるただ中に飛び込み、その中にいた私は体当たりを受け、吹き飛ばされた。

でも、お前なら分かるでしょ？

とっさに身体を浮かして、城壁から飛び降りたような衝撃を両足の裏で受けるように飛ばされた私は、予測通りの地点に着地した〝獣〟の背に受け止められるように舞い降りる。

「……ネロ」

『ガァ』

私がその名を呼ぶと巨大な漆黒の幻獣――クァールのネロが、私を瞳に映して微かに口の端を笑うように上げる。そんなランク5上位である幻獣の出現にダウヒールは眉間に皺を寄せ、シャルルシャンは目を見開いたまま警戒していた。

……お前が来てくれたの？ すでに懐かしさも感じるし、素直に嬉しい。

でも私たちの間に多くを語る意味はなく、ただ私はネロの背中に軽く指先で触れた。

「行ける？」

〈――是――〉

反撃だ。ネロが黒い疾風のように飛び出し、その触覚と私の左腕が絡み合う。

突然現れた幻獣に戦士たちが浮き足立ち、正面にいた運のない豪魔戦士の一人をネロが砲弾のように弾き飛ばすと、即座に我に返ったダウヒールが切り込んできた。

「獣風情がっ！」

ダウヒールならネロとも渡り合えるだろう。だが、戦技を放ったばかりで次の戦技をすぐに撃てないダウヒールの選択肢は狭められている。

「なにっ!?」

「ハァアアア！」

ネロが急制動をかけたことで投げ出された私がダウヒールに迫り、彼も即座に応戦するが戦技を使えないのなら大きく避ける必要はない。

刃を掠めるように避けると、大剣の魔力でスカートに新たな裂け目が増える。その裂け目からダウヒールに蹴りを放ち、ダウヒールがそれを肘で受け止め、それを軸として回転しながら黒いダガーで顔面を狙うが、彼はとっさに腕で受けた。

「小娘ぇええっ!!」

力に力で対抗しない。魔術に魔術でぶつからない。

力と速度に勝るネロがシャルルシャンを攻撃して、私は真正面からダウヒールと対峙する。

「おのれ、獣が！」

シャルルシャンがネロに鋼の糸を放ち、ネロの毛皮で弾かれる。

ネロの触覚から雷の火花が散ってシャルルシャンの呪術を阻害すると、彼女は再び手の平を傷つけ、奥の手であろう肉体強化をするべく瞳を竜のように変えた。

そして戦闘狂のダウヒールも堪えきれないように笑みを浮かべ、力任せに振り回された腕にダガーの切っ先を引き抜かれた私は、大剣の間合いを取られる前にさらに前に出て、短剣の戦技を放とうとした。だがそのとき――。

「「「――――」」」

突然、ダウヒールやシャルルシャン、それだけではなく私やネロの足元にも魔法陣が出現して、その光が私たちを包み込む。

これは……転移魔法陣⁉

《――このダンジョンの最奥へ辿り着いた者が現れました。古の〝願い〟により、資格ある者たちを召喚します――》

願いの果てに

(ここは……どこ？)

戦いの最中、突然現れた転移魔法陣で飛ばされた私は、気づけば薄暗い建物の中にいた。

ここは明らかにダンジョンではない。石の床に石の壁……でも、材質自体が仄かな光を放つダンジョンは完全な闇にはならないが、ここには自然な暗闇が広がっていた。

ダンジョンの上にある魔族砦でもない。あの場所はダンジョンの一部として窓の類いはなく、この場所はわずかな風の流れ……外気と微かな自然光が感じられる。

どこか知らない城か砦だろうか。魔物の気配はなく人の気配すら感じない。……いや、強い力を一つだけ感じる。でも、魔物のような魔力の強さに反して、その生命力は驚くほど希薄だった。

以前戦った水精霊のような弱った精神生命体だろうか。この場所で感じられる気配は、その一つだけ……。私はそっとナイフから血糊を拭い、【浄化(クリーン)】で血の臭いを消してから、隠密を使ってその気配に近づいていった。

本当なら自分から危険に近づくべきではない。でも、私を転移魔法陣で飛ばした者――その時に聞こえた〝声〟がダンジョンの精霊であるのなら、この気配の主に会うことは意味のあることなのだと思えた。

建物の中には、明らかに人が生きている生活臭が残っている。でも……私は、その中に生活臭を上回る〝死臭〟を感じて警戒を強くした。

その先には……。

「……こんな夜更けに何者だ？」

その〝人物〟はひときわ広い部屋の中、大きく開け放たれたテラスで、月の光に照らされながら一人、椅子に背を預けて目を閉じていた。

銀色の長い髪を夜風に靡かせたその闇エルフの美丈夫は、恐ろしく強大な魔力を持ちながら、恐ろしく儚げな……覇気のない暗い瞳を開いて、闇に隠れた私へ向ける。

「……あなたこそ、ここで何をしているの？」

私がそう問い返すと、彼は少しだけ驚いたように目を見開く。

「まるで迷い人のようなことを言う……。どうやら、私の命を取りに来た輩ではなさそうだな」

「死にかけを殺しに来るほど暇じゃない」

「そうか……」

彼は私の言葉に自嘲気味に薄く笑うと、テラスの椅子に崩れ落ちるように腰を下ろして、溜息のように言葉を零す。

「盗人なら勝手に好きな物を持っていけ。最低限の者しか残していないが、見つかると面倒なことになるぞ……ごふ」

彼はテーブルにあった酒のような杯を呷ると、血を吐くように咽せる。

彼は何者なのか……？　ある程度の察しはつくけど、ダンジョンの精霊がどうしてその人物の所へ私を飛ばしたのか？

「死にたいの？」

彼からは生きる意志のようなものが感じられなかった。孤独……絶望……負の感情が彼の心を絡め取り、自ら死を望んでいるように見える。まるですべてを諦めた世捨て人のような印象の彼だったが、なんの気まぐれか私のような者の問いに返してくれた。

「死にたい……か。確かにそうかもしれない。妻が……愛した女性（ひと）が死んだとき、私の心もおそらくは死んだのだ」

カラン……。

また杯を呷ろうとして手を滑らし、転がる杯を目で追いながら、彼は諦めたように深く背中を椅子に預ける。

「妻が……彼女だけが私のすべてだった。最初はただの執着だった。だが、彼女はそんな愚かな私の心を救い、希望を与え、愛してくれた」

「……なら、その人の想いはすべて無駄だったわけだ」

「なに……？」

生命力が消えそうな彼から、私の言葉にわずかな怒気が迸る。

でも、怒りを感じているのは私のほうだ。私のお父さんもお母さんも私を護るために死んでいった。幼い頃はただ悲しいだけだった。どうして私一人を置いていったのかと泣いたこともあった。でも……今はその想いも理解できる。

「死にたいと願うのは、お前の中に何も残らなかったからでしょう？」

「何を知ったようなことを……っ！」

怒気が溢れ、一般人ならそれだけで気死するような殺気が私へ吹きつける。私も自分の中に生まれた彼への怒りでそれを受けとめ、暗闇から彼を睨みながら一歩前に出た。

「お前の事情など知らない。でもその人はお前を恨んで死んだの？　その人はお前に何も残してはくれなかったの？」

「それは……」

私の言葉に彼の怒りがわずかに揺れる。私のような子どもに、お前の悲しみを理解することはできない。でも、残された者が、救われた命を捨てようとしていることが許せなかった。

「私がこの地へ連れてこなければ、彼女が死ぬことはなかった！　皆にもいずれ分かってもらえると思っていた……。私のように、人族とも手を取り合えると知ってほしかった！　だが、彼女は人族を良く思わない者たちの手にかかって死んでしまった。私は護れなかった……っ」

「……お前は彼女の覚悟を馬鹿にしている」

「なんだと……」

人族と争う魔族に嫁いでいった人族の女性……。そんな人がお花畑にいるような気持ちで敵地に来るものか。会ったことのない人だけど、何故かその気持ちが少しだけ理解できた。

命を懸けるのに理屈はいらない。彼女はすべてを理解した上で、大切な人の心に寄り添うためにこの地へ来たのだと、私にはそう思えた。

「お前が死にたいのなら勝手にしろ。でも、自殺の理由に他人を使うな。私は、私を生かしてくれた人たちの想いに報いるため、死ぬまで抗い続ける道を選ぶ」

「お前は……」

闇の中から姿を見せた私に、彼が大きく目を見張る。

「その髪は……そうか」

彼は月の光に照らされた私の髪を見て、顔を手で覆うように黙り込む。そして夜空に浮かぶ月がわずかに傾くほどの時間をかけて、再び口を開いた。

「……彼女が……お前を寄越してくれたのか？」

「なんの話？」

「いや……忘れてくれ。彼女もそうやって叱ってくれたのを思い出しただけだ……」

「そう……」

彼の中に、私の言葉が本当に届いたのか分からない。それで彼がどのような答えを見つけたのか知るよしもないが、それでも顔を上げた彼の瞳には、わずかだけど意思の光が戻っていた。

彼は泣きそうな瞳で月を見上げる。その霞む月の光が、一瞬、抱きしめるように彼を包み込んだのは気のせいだろうか……。

独りよがりな私見だが、言いたいことだけは伝えた。ダンジョンの精霊が私をここへ飛ばして、何をさせたかったのか分からないけど――

「――っ⁉」

「なんだっ」

突然転移魔法陣が私の足元だけでなく彼の足元にも浮かび、私は無駄だと思いながらも、いいように弄ばれる憤りを込めて、とっさに引き抜いたナイフを空間そのものに投げつけた。

キィイイイイインッ!!

耳鳴りのような音が響いて、真っ白な空間にナイフが弾かれる。

「……またか」

気づけば今度は何もない真っ白な霧の中にいた。

私をあの男の許へ飛ばし、再び転移陣を用いてまで呼び寄せた理由はなんなのか？

《――それは〝願い〟があるから――》

ナイフが弾かれた辺りから聞こえてきた、女性のようなその〝声〟に私は再びナイフを投げつけようとして途中で止める。

どうせ無駄か……。私は、思考さえ読んだようなこの〝気配〟を知っている。

「……迷宮（ダンジョン）の精霊か」

《――あなたたち人の子は、そう呼んでいます――》

前に会ったときは曖昧だったが、今ならその力の差を理解できる。この声がダンジョンの精霊なら、私たちを呼んだ意味もある程度は察しがつく……が。

「私に叶えてもらう願いはない」

ダンジョンの精霊に望む〝願い〟はない。そう言葉にすると精霊から頷くような気配……いや、イメージが伝わってくる。

《――あなたはそうでしょう。我らが愛した『月の薔薇（メルローズ）』……それと同じ色の髪を持つ人の子よ。あなたは、強き願いはあっても他者の力に頼らない。最下層へ到着した、あの黒髪の娘のように――》

「…………」

最下層へ辿り着いたのは……そうか。

「なら、どうして私を呼んだの？　私を彼……死にかけた〝魔族王〟の許へ飛ばして、何をさせようとしたの？」

おそらくあの人物こそが、カミールの父であり死の淵にいるという魔族王その人なのだろう。そもそも最下層にさえ辿り着いていない私が、ここへ呼ばれる理由もないはずだ。しかもこの精霊は直接ここへ私を呼ぶことすらせずに、最初に魔族王のいる場所へ飛ばした。

《──人の子よ。あなたの疑問に答えるには、まず〝闇妖精〟たちのことを知らなくてはいけません──》

「闇妖精……闇エルフ（ダーク）のこと？」

《──そうです。彼らの今の苦悩は、遙か昔、一人の王が願ったことから始まりました──》

精霊は人である私でも分かるように話し始める。

元々この世界に『闇エルフ』と呼ばれる存在はいなかった。存在していたのは森林に住む白い肌を持つ〝森エルフ〟と、山奥に住み赤銅色の肌を持つ〝鉄エルフ〟だった。

森エルフが森林を住処とすることで火を厭い、人族が住む場所から離れていったのとは対照的に、山で鉱山から鉄を得ていた鉄エルフたちは火を得意とし、岩ドワーフにも劣らない技術を持って魔鉄の武器を作り、積極的に人族と交流していた。

だが、鉱物は鉄エルフだけでなく人族やドワーフも必要としており、鉄エルフの強さからそれらの独占を恐れた人族とドワーフは、安価な鉄製品を求める獣人族をも巻き込み、鉄エルフと対立することになった。

多くの種族と争うことになった鉄エルフは次第に追い詰められ、当時の王は高位の精霊に救いを求めた。

《――それが本当に精霊かどうかは分かりません。どのような契約が行われたのかも分かりません。けれど、その結果、鉄妖精たちの滅びは免れましたが、その対価として肌の色を闇の如く〝黒〟に変えることになりました――》

高位の存在に救いを求めた結果、鉄エルフは赤銅色の肌を黒く変えられた。

けれど悪意で変えられたのでも騙されたのでもない。精霊は私たちとは違う価値観を持った存在だ。おそらくその対価は、精霊にとって事前に伝えておくほどの重要なことではなかったのだ。

結果的に鉄エルフは救われた。でも、どれほどの契約がされたらそうなるのか、世界中の鉄エルフは、その日を境に全員が『闇エルフ』となり、そのせいでこのサース大陸の闇エルフたちは、他の大陸からやってきた聖教会によって〝邪〟と断じられたのだ。

聖教会の教えでは、闇エルフは邪神に魂を売ったから肌が黒くなったとされている。当たらずとも遠からずだが、闇エルフを邪と定めたのは人族の政治的な思惑があったのだろう。

《――〝我〟がこのダンジョンの精霊として、最初に出会ったのが、人に逐われてこの地まで流れてきた闇妖精の、最初の王となった者でした。けれどその者は、〝我〟に【加護】を願うのではなく、種族の存続を願った――》

少し思い出して桃色がかった金髪に指で触れると、また頷くような気配が伝わってくる。

《――あなたの髪と同じです。ですがその願いは曖昧なもので、あなたのような一族の恩恵を与えることはできませんでした。故に〝我〟は、闇妖精とそれに関わる者が最下層へ辿り着いたとき、その願いを叶えてきました。けれど、此度の到達者に〝願い〟はなく、〝私〟は契約を果たすために願いの強き者を呼び寄せた――》

初代の魔族王以外にも人知れず辿り着いた者はいたのだろう。でも、到達者に願いがなかったせいで、代わりに私たちが呼ばれることになったらしい。

曖昧な選別だが、精霊はそれで初代魔族王との〝約束〟を果たしたと考えている。ダウヒールとシャルルシャンが呼ばれたのもそれだろう。彼らは氏族の長であり、民の存続のために願う理由がある。いつの間にかそれが〝選定の儀〟の証と混同されたのだろう。

その配下たちが呼ばれなかったのは、願う意志の差か、勝つことに重きを置いていたせいだろうか。それでも、願いのない私が呼ばれた理由にはならない。

《――闇妖精たちはあれほど争っていたにも拘わらず、同じ願いを持つ者が複数存在しました。その願いのために人の子よ、〝あなた〟の存在が必要だった――》

「……なぜ?」

魔族王に何かをすることが〝誰か〟の願いだった?

《――あの人が〝生きる〟ことで、いくつかの〝願い〟が叶えられました。けれど、その願いが叶えられることで、一人の願いが消えて、小さな願いが強くなった。その闇妖精は、あなたの存在そのものを求めています――》

〝私〟を求める？　私と決着を付けたい〝誰か〟がいるというの？

それは誰？　おそらく師匠であろう人の影を追っていたエルグリム？　それともアイシェ？

それと……。

「どうして私が魔族王に会う必要があったの？」

《……それは……あなたが〝月の薔薇(メルローズ)〟だから――》

そのとき、ダンジョンの精霊が姿を見せた。

会話をしていて少しだけ覚えた違和感。精霊は過去のことを他人事のように話して、会話の途中で一人称すら変わっていた。

《――ありがとう。あの人を救ってくれて――》

「……月の薔薇(メルローズ)……」

ダンジョンの精霊は、少しだけ赤みがかった〝桃色がかった金髪〟の女性の姿をしていた。

この人が……魔族王の愛した女性。たぶんだけど……魔族に殺された彼女は家族のことが心残りでこの地に留まり、ダンジョンの精霊に取り込まれたのかもしれない。

だから〝私〟が必要だった。同じ〝桃色がかった金髪(メルローズ)〟である私が……。

《――もう一つだけ、ごめんなさい。お願い……私の子を……救って――》

「――っ」

その瞬間、精霊の気配が消えて、その代わり背後の空間に新たな気配を察した私は、とっさにナイフを構えて振り返る。

「……あ、アリア?」

「カミール……」

混乱したように辺りを見回し、私を見つけて名を呼んだのは、ダンジョンの上層で分かれ、最奥を目指していたはずのカミールだった。

「本当にアリアなのか? どうしてお前がここに? いや……ここはどこだ?」

「落ち着け、カミール。私たちはダンジョンの精霊に呼ばれたらしい」

どこに敵がいるのかと警戒を続けるカミールに、私は数歩離れたまま声だけをかけた。

数日ぶりに見るカミールは、外套や革鎧に返り血がこびり付き、以前にはあった気の緩みのようなものが無くなっていた。おそらくこのダンジョンでの戦いは彼を否応なく成長させることになったのだろう。

「ここが精霊のいる空間……。では、ここに精霊がいるのか?」

「いた。だが、お前と入れ替わるようにして気配が消えた。……どこかからこちらを見ているか、それとも〝誰か〟の願いを叶えているのかもしれない」

でも……今のダンジョンの精霊が太古の精霊と融合した魔族王の妻なら、彼女が〝子〟と呼ぶのはカミールのことだろう。

その彼を〝救う〟とはどういう意味か?

「……願いか」

私の言葉を反復するように呟いたカミールは、乾いた血がこびり付いた自分の手をじっと見る。

「……ダンジョンの奥へと向かっていたとき、突然足元に魔法陣が浮かんで、俺たちはどこかへ飛ばされた。そこは祭壇のようなものがあった広い部屋で、俺以外にも誰かいたことを確認した瞬間、〝父上〟の声が聞こえた……」

魔族王か……。私と会話したあと、彼もどこかへ飛ばされたように見えたけど……時間の流れがずれているのか？　呼ばれたのはほぼ同時でも、ここにいる間は時の流れが外とは違うのかもしれない。……あまり長居するべきではないな。

「頭の中に直接響いた父上の声は、一言……『死ぬのはやめだ』と言ったんだ。なあ、ふざけているだろ？　あの人が生きるのを諦めたから、過激派が勝手に動き始めて、戦争なんて始めて……人が何千人も死んだのに……」

「そうだね」

彼のしたことは、王という立場のある人間がやることではない。

愛する人が死んだ悲しみを感情で考えるな、というのは無理な話でも、それを割り切れる人間こそが〝王〟だと、私はエレーナから学んだ。

「それでも戦争を起こそうとした連中は、〝願い〟があるかぎり、きっとどこかで同じことをするだろう。カミールの父親も、ただ気まぐれで心変わりを起こしたわけじゃない」

私がそう言うと、カミールは苦虫を噛んだかのように口元を歪ませる。

「ああ……知っていたさ。いや、気づかされた……か。俺の心の中に……カドリやイゼルだけでなく、シャルルシャンやダウヒール、その他の戦士に選ばれた闇エルフたちの中にも、その〝願い〟があった。みんな、心の片隅で父上が生きてくれることを願っていたんだ……」

エルグリムやアイシェのような戦争強硬派は別にして、仲間や魔族のことを考えていた者たちは、心のどこかで魔族王が再び導いてくれることを望んでいた。

ダウヒールやシャルルシャンが〝選定の儀〟に参加したのも、積極的に戦争を起こしたいのではなく、氏族が生き残る術を模索した結果なのだと私には思えた。

「それで、カミールはこれからどうするつもり?」

私の問いかけの意味に気づいてカミールが伏せていた顔を上げる。

カミールが〝選定の儀〟に参加したのは、王になりたかったのではなく生きるためだ。

魔族王が復帰しても、人族に恨みを抱く者も、カミールの存在を良く思わない者もまだいるはずだ。でも、今までのように他国に潜伏して逃げ回るほど、絶望的な状況ではなくなった。

カミールならカルファーン帝国でもどこでも、闇エルフに偏見が薄い土地なら冒険者ができるだろう。仕事に就くのでも身分ならロンが用意してくれるはずだ。

もうカミールは自由なのだ。誰かに救われる必要もない。

「……俺は、自分が王になれるなんて考えたことはなかった。母上を殺した奴らがいる魔族を率いていけるなんて思えなかった。でも、この戦いで魔族の恨みの深さを知れたことで、魔族のことを少しだけ理解できた気がした」

そう言うとカミールは遠くを見るように上を向く。

「恨むのにも理由がある。でも、恨みだけでなく、生きることに必死で足掻いている人もいた。みんな必死なだけだった。俺たちと同じだったんだ。だから俺は……魔族国に帰るよ。亡くなった人のためにも、父上の仕事を手伝って、前にロンと話したように魔族と人族が共存できる道を探してみる」

「わかった」

それも茨の道に思えるが、彼がそう決めたのなら私に何も言うことはない。

「アリア……」

でも、カミールは私から目を離さず真っ直ぐな瞳を向けて、私の名を呼んだ。

「俺と……来ないか？」

「…………」

私が無言のままその言葉の意味を考えていると、私の視線に耐えきれなくなったようにカミールが言葉を続ける。

「……情けない男と思ってもらって構わない。魔族の王子として生きる覚悟は決めた。だが、俺にはお前が必要なんだと気づけたんだっ。俺はお前がっ――」

「私はエレーナの許へ帰る」

低く呟いた私の声にカミールの言葉が止まる。

私はエレーナを護ると決めた。彼女の所へ帰る。師匠の家に帰る。

カミールの言葉の意味を誤認しているわけじゃない。男女にはそういう感情があることはあの女の〝知識〟でも知っている。

でも、それを抜きにしても、私がカミールと共に歩むことはない。

「そう……か」

目を瞑ったカミールは鉛の塊でも呑み込んだような重い息を吐き、目を開いた彼の瞳はさっきとは違った強い光があった。

「アリア……勝負をしてくれ」

「勝負？」

その言葉の意味を図りかねてそう問い返すと、カミールは魔剣の短剣ではなく、予備のダガーを抜き放つ。

「恥の上塗りになるが、今の俺にはそれが必要なんだ。でも……俺が勝ったら、お前がなんと言おうと連れて帰る」

「…………」

その感情は理解できないが、ケジメを付けたいと願う気持ちは理解できた。

私には私の〝願い〟がある。精霊に願うのではなく自分の力で叶えたい想いがある。

私が勝負を受ける理由はない。でも……私を連れて帰ると挑む彼の想いはただの我が儘だが、私には少しだけ好ましく思えた。

これが精霊の……彼女が求めたこと？

息子の想いにケジメを付けさせるのが彼にとっての〝救い〟になるの？

それなら……。

「本気で来い、カミール」

「アリア……」

黒いナイフと黒いダガーを抜いて、全身から〝威〟を放つ私にカミールは何を見たのか、息を呑み、予備のダガーを戻して二本の魔剣を引き抜いた。

「……これを抜いたら手加減はできないぞ」

「安心して」

彼の魔剣は、レベル5の戦技を封じていると聞いている。それを本気で放てば私が死ぬ可能性もあるはずだ。

私は感情を心の奥底に沈めて、一歩前に踏み出した。

「私も本気でやるから」

「――っ！」

彼女の望み通り、私も本気で叩きのめしてケジメを付けてあげる。

私たちは十歩ほどの距離を置いて、あの女の〝知識〟で知った西部劇の決闘のように互いに得物を構えて対峙する。

カミールからは以前あった甘さや心の弱さが消えて、今までにない強い気迫が感じられた。あれなら借り物の戦技でも十全に振るえるようになっているだろう。

爪先でにじり寄るようにじりじりと距離を詰め、互いに放つ威圧が場を満たし、私が微かに目を細めて、カミールの頬に流れた一筋の汗が顎から落ちた瞬間、私たちは同時に地を蹴った。

「――【解封(リリース)】――」

「――【鉄の薔薇(アイアンローズ)】――」

桃色がかった金の髪が灼けるような灰鉄色に変わる。光の粒子が銀の翼のように飛び散り、それと同時にカミールが持つ二つの魔剣から強い魔力の光が放たれた。

「――【兇刃の舞(ダンシングリパー)】――ッ！」

カミールから短剣技レベル5の【戦技】、左右から放たれる怒濤の八連撃が迫り来る。

逃げ場のない八つの斬撃を通常手段で躱す術はない。他の戦技でもそうだが、戦技を受けて立つにはそれ以上の力で覆すしかない。

ガキンッ!!

「――っ！」

初撃をダガーで弾いた私にカミールが目を見開く。

鉄の薔薇を使っても【兇刃の舞(ダンシングリパー)】を見てから躱すことも受けることも難しい。だから私は受けるのではなく、目で見るよりも肌で感じる感覚だけで軌道を読み、最高速度で打ち返す。

「ア・レ【迅く(はや)】ッ！」

速度を増した斬撃をこちらから攻めるようにカミールの斬撃とぶつけ合う。

カミールが相打ち目的なら、いくつかの斬撃は互いの身体を貫いていただろう。だがこれは命の奪い合いではなく、戦士同士の意地を懸けた戦いだ。

打ち合う速度が増して、私の放った斬撃をカミールが斬撃で受けとめる。必勝の戦技を放ったはずが、逆に私から攻められることになったカミールは、退くことをせずにそのまま前に出た。

「うぉおおおおおおおお!!」

カミールが叫びをあげ、繰り出された連撃が、軌道を読み続けた私の精神をすり減らす。だが、削れているのはカミールも同じだ。戦技を一度終わらせ、一旦間を置けば、戦技の速度に合わせてダメージのある私はすぐに動けない。でもカミールは戦技を一度で終わらせるのではなく、そのまま連撃を繰り返し、無理をする彼の腕から血飛沫が舞い始めた。

ただの勝利よりも、男の意地を取るか、カミール。

「ハァアッ!」

動きが分かる。太刀筋が見える。初めて見る戦技……でも、その刃の軌跡は、私がシェヘラザードを倒したとき、とっさに放った〝技〟に似ていた。

気迫を込めて最大筋力で放つ左右の一撃が、血まみれの腕で戦技を使い続けるカミールの魔剣を受けとめる。彼の腕は血塗れでもう戦技は振るえない。だからこそこれで決着をつける。

私はカミールの魔剣を抑えたまま一歩前に踏み出し、身を擦り合わせるほどの間近から、渾身の頭突きを彼の眉間に叩き込んだ。

ガンッ!

「ぐぁあっ!」

衝撃に弾かれ、仰向けに倒れたカミールの胸を踏みつけ、黒いダガーの切っ先を彼に向ける。

「納得した？」

「……ああ」

勝負は決まった。ダガーを仕舞って再び差し出した手で立たせたカミールの顔は、悔しそうにしながらも少しだけ晴れやかだった。

納得できたのならそれでいい。そのための勝負だ。彼女にも文句は言わせない。

それに……私が話すことでもないけど、カミールと同じ闇エルフと人族のハーフエルフである少女、イゼルがお前を見る視線が、主を見る視線と少しだけ違うことに、落ち着けば気づくこともあるだろう。

どうやら精霊（彼女）は息子の願いが叶わずとも納得はしてくれたようだ。私の体力やカミールの腕が癒やされ、空間に歪みが生まれてカミールの姿がこの場から消える。

私の足元にも空間の歪みができて、カミールたちの所へ飛ばされるのかと考えたそのとき、ふいに彼女の声が響いた。

《――この場に干渉する者がいます――》

目の前の霧のような白い景色が変わり、傾いた月が見える夜空が私の視界に飛び込んできた。

ここはどこ？　ダンジョンの中ではない？　彼女は、あの空間に誰かが干渉したと言っていた。

超常の存在である精霊が住む空間に、そんなことが出来る者がいるのなら……。

涼しい風が私の頬を撫で、それ以外は空と石の床しか見えない〝ここ〟はどこかと、辺りを見回す私の背後から楽しげな少女の声がかけられた。

「ダンジョンの〝最奥〟へようこそ、アリア」

「カルラ……」

やはり〝居た〟か。ダンジョンでもこの子の存在は感じていた。

真新しい白いドレスを纏った、死体のような肌色と黒髪が愉しげに揺れる。

彼女がここにいる理由は何か？　どうせ碌な理由ではないが、精霊の空間に干渉したのはカルラということなのだろう。

「……最奥？」

ダンジョンの最奥は最下層ではなかったの？　カミールは広い場所に祭壇があったと言っていた。以前に私やエレーナが潜ったダンジョンにも最下層に祭壇があり、私はそこから精霊のいる空間へと呼ばれた。

私の口から思わず漏れた疑問に、カルラの黒髪が笑うように微かに揺れる。

「そうよ、アリア。ここがダンジョンの〝最奥〟よ。確かに誰も辿り着けなかったはずだわ。だって、本当の最奥は魔族砦の〝上〟にあったのだから」

「……どういうこと？」

カルラは「ただの推測よ？」と言って彼女の考察を話してくれた。

まず、カミールが見たという最下層は最奥ではなくただの『控え室』で、祭壇も本物ではなくただの転移装置でしかなかった。

「そして、本当の〝望み〟を叶えるには、この場所へ来ないといけなかったの」

ダンジョンの精霊は〝望み〟という形で【加護(ギフト)】を与える。だが、この最奥へ最初に辿り着いた初代魔族王が望んだのは〝願い〟だった。

そんな曖昧な〝願い〟という〝望み〟を叶えるため、このダンジョンは〝願い〟を叶えるためのダンジョンへ変化した。おそらくは最奥には辿り着けなくても、初代魔族王の『魔族の存続』という〝望み〟に沿うかぎり、最下層に辿り着いた者の〝願い〟を叶えてきたのだろう。

魔族に寄り添い願いを叶える。だから〝彼女〟が精霊と一体化することになった。

そして魔族のための〝願い〟ではなく、初代魔族王のように〝望み〟を叶えるには、自力でここへ辿り着かなくてはいけなくなる。その叶えた〝望み〟が〝選定の儀〟の『証』なのだろう。

新たな魔族王として、魔族の新たな生き方を決めるための〝望み〟なのだ。

カルラが最下層を『控え室』と評したのは、本来は辿り着いた〝資格〟ある者一人が最奥へと向かい、資格のない者たちはその場に残されるからだと彼女は言った。

「カルラはどうやってここへ入った？」

「外なのに〝入る〟というのもおかしな話ね。資格というのは、たぶん、〝覚悟〟……かしら？でも私には精霊に叶えてもらう〝望み〟も〝願い〟もないから、祭壇を壊そうと魔力をぶつけたらここへ飛ばされちゃった」

「…………」

〝覚悟〟があり魔力が満たされたことで転移が発動したのだろう。……出鱈目な奴。ある意味カルラらしいけど。

「本当に〝望み〟はない？」

私がそう問うと、カルラは隈の浮いた紫色の瞳に、真っ直ぐに見つめる私を映す。

「無いわ」

お茶のおかわりを断るような軽さで、精霊の褒美を切り捨てた。

「ここに来たとき、精霊らしき声が聞こえたの。望む願いを叶えましょう……って。でも、これ以上の【加護（ギフト）】なんていらないし、身体を癒やして弱くなるなんて望んでないの。それよりもアリア……面白いと思わない？」

「何が？」

いつものことだが、カルラとの会話はコロコロと話題が変わる。でも、そんな私の素っ気ない返事にも、カルラは楽しげに両手を広げて石床の上をくるくると回る。

「いつもながら冷淡で、あなたらしいわ。魔族ったら、ダンジョンの最奥を目指すために管理しようとして、ダンジョンの中をぐちゃぐちゃにした結果、誰も辿り着けないこんな場所に〝最奥〟が出来たのよ？」

確かにあの魔族砦は、外に出る扉はあっても、屋上へ出る階段はどこにもなかった。たぶん、通常手段では辿り着けないように空間が歪んでいるのだろう。

カルラがここを〝外〟ではなく〝最奥〟と呼ぶのは、この場があまりにも濃度の高い純粋な魔素で満ちていたからだ。精霊力に満ちているのだから、神々しいと言い換えてもいいが、この濃さでは魔力に慣れていない者なら、酔ったような気持ち悪さを感じそうだ。

精霊の空間に直接繋がっているからだろうか。確かにこの場所なら、カルラの魔力でゴリ押しすれば空間に干渉もできるだろう。

今のカルラには、それだけの〝力〟がある。

「アリアは、まだ変わらないの？」

私の心の声が聞こえたかのように、不意にカルラがそんな言葉を投げかける。

カルラは変わった。肉体の脆弱さとは裏腹に禍々しいまでの力に満ちていた。カルラはついに強者しか辿り着けない〝ランク５〟という領域に足を踏み入れたのだ。

「あなたなら、この戦いで高みに至ると考えていたのだけど、私の見通しが甘かったのかしら？それともアリア……少し甘くなった？」

カルラから感じる気配が徐々に威圧へと変わり、溢れ出る魔力が飽和してカルラの波打つ黒髪が翼のように広がっていく。

「……ここで、殺しちゃおうかしら？」

ついに留まりきれなくなった膨大な魔力が殺気と共に吹き荒れた。

「――【鉄の薔薇(アイアンローズ)】――っ！」

「――【魂の茨(ソウルソーン)】――」

同時に力を解放し、私の桃色髪が灼けた鉄のような灰鉄色へ変わり、カルラの蒼白い肌に黒い茨が絡みつく。

▼アリア（アーリシア）　種族：人族♀・ランク4
【魔力値：338／340】【体力値：267／270】
【総合戦闘力：1497（特殊身体強化中：2797）】
【戦技：鉄の薔薇(Iron Rose) /Limit 338 Second】

スカートを翻し、抜き手も見せずに投擲ナイフを抜き放つ。それと同時に飛びだした私は斬撃型のペンデュラムをカルラに振り下ろすが、カルラは全身から魔力を爆発させるように噴き出し、その反動で飛び下がりながらも風の魔術でナイフを吹き飛ばす。

「――【空弾(エアブリット)】――」

カルラの唇が呪文を奏でた瞬間、私の周囲に数十もの風色の魔素が出現した。ランク2の魔物すら一撃で葬る風の弾丸が、私の逃げ場をなくすように全方位から降りそそぐ。

「――【魔盾(シールド)】――」

戦技中の魔術は魔力の消費は大きいが出し惜しみはできない。

曲芸のように回転しながら風の弾丸を躱し、避けきれなかったものは【魔盾(シールド)】を一瞬だけ展開して受け流しながら、その反動を使って前に出た私は踵の刃でカルラに蹴りつける。

カルラはまたも魔力を噴き出して宙に舞うように空へ回避する。私は即座に両腕を振りかぶり、威力ではなく速度重視で【影収納(ストレージ)】から複数の暗器を投擲した。

「──【風幕(エアカーテン)】──」

速度重視の投擲は矢逸らしの呪文で弾かれる。

「──【灯火(ライト)】──っ！」

同時に私は、宙に浮いたカルラに向けて最大光度にした【灯火(ライト)】を瞬かせた。視界を塞がれたカルラの影が私を探すように揺れる。私はその瞬間に宙へ舞い、風の防御を撃ち抜くように分銅型のペンデュラムを振り下ろす。

ガンッ！

「……【岩肌(ロックスキン)】……」

分銅の一撃は、カルラが使った【岩肌(ロックスキン)】の鎧によって弾かれた。そのカルラの背後から、飛び出した私を待ち構えていたように影に隠していた氷の槍が滲み出る。

「──【氷槍(アイスランス)】──」

「ア・レ【迅く】ッ！」

人の限界速度を超え、数十もの【氷槍(アイスランス)】の合間を縫うように駆け抜け、黒いナイフをカルラの喉へ振り抜いた瞬間、カルラの全身すべてが〝黒の茨〟に覆われ、禍々しい魔物のような姿へ変貌した。

▼カルラ・レスター　種族：人族♀・ランク5
【魔力値：∞／590】【体力値：45／52】
【総合戦闘力：1711（特殊戦闘力：4906）】

ギィンッ!!

「アハ♪」

黒く染まったカルラの腕がナイフの刃を弾き、高速で振り抜かれた黒い拳が手甲で防いだ私を身体ごと吹き飛ばす。私は飛ばされながらも軽業のように床に手をつき、転がるように回避する。その瞬間に追撃してきたカルラの蹴りが、私がいた石の床を蹴り砕いた。

ギリギリの攻防の中、私とカルラは思考加速の緩やかに破片が飛び散る中で、互いに向けて同時に指先を向けた。

「「──【幻痛(ペイン)】──っ！」」

同時に放った同じ魔術。だが、カルラの【幻痛(ペイン)】を受けた私は、死の苦痛ともいうべき〝痛み〟に襲われ、その瞬間にカルラに蹴り飛ばされた。

ズサァアッ！

「くっ……」

「ごほ……それで終わり？」

倒れた私に、茨を解きながら口から血を零したカルラが手の平の炎を向ける。

だが、一瞬でその炎を消し去ったカルラは、白いドレスを汚す口元の血を拭いもせずにあっさりと踵を返した。

「楽しかったわ、アリア。次は、もう少し遊べるようになっていると嬉しいわ」

「………」

屈託のない童女のような笑顔を浮かべたカルラは、明日また会う友人に別れの挨拶でもするようにそう言って、軽く手を振り【空間転移】で消えていった。

「……これが、カルラの〝痛み〟か」

常にあの苦痛の中で生きているのだとしたら、カルラの世界への憎しみは死よりも大きなものなのかもしれない。

私は仰向けに倒れたまま夜空の星へ手を伸ばす。……遠いな。あれがランク5のカルラか。しかも使ったのがレベル3以下の魔術のみとは、随分と手加減してくれたようだ。

甘くなった……か。確かにそう言われても仕方ない。

私はエレーナとの〝誓い〟のため、カルラとの〝約束〟のために、身体と心を削るようにしてでも〝強さ〟を求めなければいけなかった。

でも私は、エレーナの許へ帰還すること。カミールの命を守ること。なにより、『生きること』を優先してしまった結果、未だに求めた力を得られてはいなかった。

それが死さえ乗り越えたカルラとの差となったのだ。

あれに勝つのか……しんどいな。今のままでは勝てない。でも……。

「〝約束〟は覚えているから……カルラ」

私は空に伸ばした手をぎゅっと握りしめた。

《──終わりましたか──》

「……ああ」

身を起こした私に再び精霊の気配が現れ、語りかけてきた。

「……あれが、カルラの〝望み〟？」

《──そうです。干渉はされましたが、あの者の前にあなたを飛ばしたのは、あの者があなたを望んでいたからです──》

最初の言葉で理解した。願いも望みもないカルラが、精霊の空間に干渉するほど望んだ私を送ることで、それを〝望み〟の代わりにしたのだろう。

私を巻き込むなと言いたいところだが、〝彼女〟と融合してまともな会話ができるようになったとしても、やはり根本的には〝精霊〟だということか……。

《──人の子よ。あなたにはご迷惑をかけました。そのお詫びとして、この場に辿り着いたあなた

の〝願い〟ではなく〝望み〟を叶えましょう――》

「……私に叶えてもらう〝望み〟はない」

望みか……。エレーナは〝癒やし〟を望み、その対価として火の属性を失った。カルラは寿命を対価に〝力〟を得た。初代の魔族王は種族の存続を望んだ対価として何を支払ったのだろうか。

私に望むものはない。加護で強くなろうとも思わない。でも、私の最終的な望みは、死を望むカルラと違い、『自分として生きる』ためだということを思い出した。

今のままじゃ駄目だった。

カルラ……私は〝私〟のまま強くなるよ。

そんな私がカルラのために……たった今、強くなることとは別の〝望み〟ができた。

「私が……〝あの子〟の代わりに望んでもいい？」

＊＊＊

「アリア！」

精霊から受け取った〝物〟を【影収納（ストレージ）】へ仕舞い、私がまた精霊に飛ばされると今度は祭壇のある広間のような場所で、安堵した顔のカミールに迎えられた。

「アリア、どこに行っていたんだっ!?」

「また精霊の気まぐれだ。気にしても仕方ない」

「……そうか？」

カルラとの戦闘での殺気がまだ少し漏れていたのか、カミールは少し引いていた。

「ここが最下層……？」

「俺はそう聞いた」

辺りを見渡せば、カミールと同じく魔族王の声が聞こえたのだろう。戦いは止めたようだが剣呑な雰囲気で牽制し合っているダウヒールとシャルルシャンの姿が見えた。

互いに配下を殺されているのだから、こんな結末に納得はできないだろう。しかも彼らの誰でもないカルラが辿り着いたからという半端な決着だ。

でも、この戦いは無駄じゃない。彼らが命懸けで戦い、命を散らすほどの〝願い〟があったからこそ、〝彼女〟が精霊として『魔族王を救う』という願いを叶えてあげることができた。

それが魔族王の延命という結果になり、魔族王の子であるカミールも人間的に成長し、結果的には魔族という種の存続へと繋がった。

そして……。

「アリア、あの人が俺たちに力を貸してくれた。……知り合いなんだろ？」

「……うん」

こちらに向かってくる幾つかの人影。ジェーシャ、カドリ、イゼル、ネロ……。

「……師匠（セレジュラ）……」

「ちゃんと生きていたね……無愛想弟子（アリア）」

ネロだけじゃなく師匠も来てくれた。あまり戦える身体じゃないのに……。

ネロは私と共に戦うためにここまで来てくれた。

そして師匠は、私を理解してカミールたちを護ってくれた。

『ガァ……』

「ふてくされるんじゃないよ」

せっかく会えたのにすぐに離れてしまったネロが不満げに唸ると、若干疲れが残る顔で師匠が苦笑する。

一瞬、ここにいる誰もの心が弛緩したそのとき――。


『――ガアッ!!』

「――っ!」

ネロが吠えた瞬間、幾つもの針のような刃が私たちに向けて雨のように降りそそぎ、それを私とネロが師匠を庇うようにナイフと触覚で弾き飛ばす。

「くっ」

「師匠!」

でも、一本の針が師匠の肩を貫き、毒を受けたのか苦悶の表情で膝をつく。

そして――。

「……アリア」

私たちに気を取られたカミールが、背後から〝何者〟かに、折れた剣のような刃で腹を刺し貫かれていた。

「カミール様ぁあああっ！」

何者かに腹を刺されたカミールが血を吐きながら崩れ落ち、イゼルの悲鳴がダンジョンに響く。

ジェーシャとカドリが武器を構え、離れていたダウヒールたちもその異様な〝殺気〟に身構えた。

「アイシェっ‼」

毒針を受けて膝をついた師匠が、カミールの背後にいた人物を見て声を張り上げる。

アイシェ？　あれも〝願い〟の強さから精霊に呼ばれていたのは理解できるが、その様子が異常だった。目が充血したように真っ赤に染まり、まるで錯乱したように唸りをあげて、師匠とその側にいる私へ憎悪に染まった瞳を向けていた。

アイシェの全身を取り巻くあの異様な魔素は……。

「お前、まさか……」

師匠もそれに気づいて呻くように声を漏らした。

「あああああああああああああっ‼」

突然悲鳴のような叫びをあげたアイシェが、何かに耐えるように再び折れた剣を倒れたカミールに振り上げる。

「――っ！」

ガキィンッ！

身構えていた私が飛び出し、全速で繰り出したブーツの刃と折れた剣がぶつかり火花を散らし、

〝私〟という存在を確認した瞬間にアイシェの目が赤く輝いた。

「お前が……お前がぁあああああああっ‼」

「――――っ⁉」

振り下ろす途中という半端な体勢で受けたにも拘わらず、アイシェは片腕の膂力のみで私を身体ごと弾き飛ばす。

私は飛ばされながらも宙を蹴る動作で体勢を変え、分銅型のペンデュラムを振り下ろすが、アイシェはそれを片腕で受け止め、腕の骨を砕かれながらもさらに折れた剣を振るってきた。

ギィンッ！

「っ！」

私もとっさにダガーで受けるが以前とは違うその威力に再び吹き飛ばされる。

それでもアイシェをカミールから引き離すことはできた。この異様な力……正気じゃない。視線だけをカドリに向けると彼はそれを瞬時に理解してカミールの回収に動き出す。

分銅を受けてへし折れたアイシェの腕が瞬く間に再生する。それだけではなくアイシェの背後に発生した〝闇〟から先ほども受けた毒針が無数に放たれた。

『ガァアアアアアアアアアアアアアアッ！』

私とアイシェの間に割って入ったネロの毛皮が針を弾き、鋭く鞭のように放った触覚が剣で受けたアイシェを退がらせる。

アイシェが闇魔術を使った？　そうだとして闇魔術に毒針を放つ技はない。

「人族の娘！　其奴、〝呪術〟を使っておるぞ！」

背後から呪術師シャルルシャンの声が響く。あの魔素の色はやはりそうか。

だが、呪術師でもないアイシェがどうやって呪術を使っているのか？　妖魔氏族が使っていた強化系の呪術のようだが、初めから身体に仕込んでいた？　妖魔氏族のシャルルシャンではなく魔族の中であの〝毒針〟や〝呪術〟を使える者は誰か？

「そこっ！」

私はアイシェではなく彼女の背後にある〝暗闇〟へとナイフを投げつける。

ギンッ！

「――っ！」

投擲ナイフが弾かれ、闇から放たれた尋常ではない殺気と威圧感に私たちだけでなく、ダウヒールやシャルルシャンでさえも警戒して飛び退いた。

――……許さんぞ……――

――……許さない……――

聞こえてきた二つの声……。嗄れた老人と若い女の声が怨嗟を響かせると、この世のものではない、おぞましい影が出現した。

「なんだ、あれは……」

剛の者であるダウヒールさえも緊張した掠れた声で呟く。

手足がねじれた少女らしき形をした焼死体……それがまた黒焦げの生首らしきものを抱え、真っ黒な焼死体と生首が二つの声で怨嗟を放っていた。その声は……。

「エルグリム……」

焦げた生首からの声を聞いた師匠がそう呟く。その声に氏族長だけでなくカドリやイゼルも目を剥いて凝視する。ならそれを抱える焼死体は誰か？　でも私はその声を知っている。

「……シェヘラザード」

吸血氏族長、吸血姫シェヘラザード……。魔石を砕いても滅びず、炎で焼いて階下に叩き落とすしかなかった妄執の怪物。

それがどうしてエルグリムの首を持ち、こんな姿でまた現れたのか？

「皆、気をつけよ！　そやつは〝リッチ〟になっておる！」

シャルルシャンが全員に注意を促す。リッチ……不死の魔物か。

▼リッチ（シェヘラザード・エルグリム）　不死者ランク6
【魔力値：――／――】【体力値：――／――】
【総合戦闘力：3275】

瀕死になったエルグリムが同じく瀕死になったシェヘラザードに呪術を施したのか、それとも滅びかけたシェヘラザードが、死にかけのエルグリムを取り込むことで不死者として進化したのか。

どちらにしても、もう魔族ではない、妄執の亡霊となったシェヘラザードとエルグリムはもはやこちら側の存在ではなくなった。

「無愛想弟子……こいつは任せてくれるか」

リッチの相手をしようとした私を解毒し終えた師匠が止める。

「……その身体で戦えるの？」

「リッチは物理攻撃が効きにくく、あんたとは相性が悪い。それにかつての師を倒してやるのも弟子の務めさ。その代わり、あの子を頼む……」

「師匠……」

私も状況を理解する。師匠が魔族国へ残してきた家族というのがアイシェなのだろう。でも師匠の今の身体では呪術で操られたアイシェを止めることができない。その決着を弟子である私に任せて、師匠はかつての師であるエルグリムを倒すことを選んだ。

そんな師匠の横にジェーシャが並ぶように前に出て、ダウヒールやシャルルシャンもかつての仲間である氏族長を倒すべく自分の武器を握る。

カドリとイゼルは私へ頷き、倒れたカミールをできるだけ戦場から離そうとしていた。

それなら私のやることは一つだ。

「ネロ、交代だ」

ガキィイインッ!!

全力の身体強化で飛び込んだ私のナイフが、ネロが抑えてくれていたアイシェの折れた剣とぶつかり火花を散らす。

「ネロは師匠を守って……」

『……ガァ』

ネロは不満そうにしながらも敵を私に譲ってくれた。ネロもアイシェが師匠の縁者だと気づいていたのだろう。でも、ネロの爪ではここまで呪術で強化されたアイシェを殺さずに制圧することは難しく、私の願いを聞いて師匠を守るべく後ろに下がる。

▼アイシェ　種族：闇エルフ♀・ランク5
【魔力値：――／290】【体力値：――／330】
【総合戦闘力：――（呪術強化中：3364）】
【状態：呪い】

「桃色髪の女ぁああああああああああっ!!」

私の姿を見留めたアイシェが、咽が張り裂けるような憎しみの叫びをあげた。

師匠もできるなら自分の手でアイシェを救いたかったはずだ。でも、今の師匠にアイシェを止める力はない。だから師匠からすべてを受け継いだ〝私〟が戦う。

「ハァアアアアアアアアアッ！」

風切り音が唸るほどの斬撃をアイシェが振るい、私は幾つかの【影攫い（シャドウスナッチ）】をばら撒きながらそれをギリギリで回避すると、それを隙とみたアイシェが飛びつくように襲いかかってくる。

私とアイシェでは戦闘力に倍近い開きがある。シェヘラザードとエルグリムの命を使ったその力は、たとえ【鉄の薔薇（アイアンローズ）】を使ったとしても互角にはならない。でも――。

ガンッ！

「うがぁ⁉」

私は即座に【影攫い（シャドウスナッチ）】から分銅型のペンデュラムを放ち、足先で糸を絡め取るように蹴りつけ、アイシェの側頭部へ分銅を叩きつけた。

力に力で対抗する必要はない。私はこれまでのすべてを込めて技と心で対抗する。

互いに弾き飛ばすように距離を取り、再び武器を構える。正気を失っていても私から何かを感じたのか、アイシェは獣のような唸りをあげながら警戒するように血走った目で睨めつける。

私は退くつもりはない。師匠のためにも。アイシェ……お前のためにも。

「来い……アイシェ」

ダンッ！

同時に石の床を蹴るようにして矢の如く飛び出し、すれ違い、交差するように互いの刃が相手の肩を浅く斬り裂く。アイシェの剣が折れているのでギリギリだが戦える。それでも、すべてのステータスで劣っている私は一瞬の隙が致命傷になるだろう。

肩から飛び散った鮮血が地に落ちる前に反転して、私たちは再び攻撃を繰り返す。

盾を無くしたアイシェが両手を使って渾身の力で振るう一撃を私は仰け反るように躱し、その瞬間に糸を蹴って軌道を変えた斬撃型のペンデュラムがアイシェの脇腹を斬り裂いた。

「あああああああああっ！」

それでもアイシェは構うことなく力任せに剣を振るう。振るわれる剣先が魔力と剣圧によって不可視の刃となり、私の頬を切り、肩を裂き、手甲に深い傷を刻みつける。

このままでは押し負ける。私は揺らぎそうになる精神を心の奥底に沈め、全身から無駄な属性魔素を取り去り、魔力の純度を高めた。

純度を高めた無属性の魔素は私の身体能力を高めてくれる。そのまま腕だけではなく足を使って四つのペンデュラムを操り、攻撃を躱しながら反撃を始める。

これほど戦闘力に差があり、アイシェが正気だったら、私はその攻撃を捌ききれなかった。ついに旋回する斬撃型と刃鎌型のペンデュラムがアイシェを掠め、それに一瞬気を取られた彼女の背後から、旋回する分銅型のペンデュラムを叩きつけた。

ガキィンッ！

「――っ！」

振り下ろされたペンデュラムをアイシェが腕で受け止める。手甲が砕けて血と肉が飛び散るが、その血は瞬く間に止まり、肉が収縮して傷が治り始めた。

いくら呪術でも傷の治りが早すぎる。何かあるのかと考えたそのとき――。

――殺せ、殺せ！　人族の女を殺せ――！


師匠たちと戦っていたシェヘラザードが怨嗟の叫びをあげた。

その瞬間、アイシェの瞳がまた赤く輝くと、感じていたアイシェの生命力が減少するのと同時に、その力が増大していくのを感じた。これは……。

「シェヘラザードの呪いか……」

呪術ではなく吸血鬼の呪い……。おそらくシェヘラザードは自分と同じ〝私〟に憎悪を抱く瀕死のアイシェを見つけ、その憎悪を媒介として自分の吸血鬼としての力を付与したのだろう。

でも、アイシェから感じる気配は吸血鬼のものではない。吸血鬼にすることは無理だったのか、呪いとは別の呪術として、アイシェを人のままその生命力を消費する形で実現させたのだろう。

あくまで私の推測でしかない。でも、その推測が正しければ、このまま戦い続ければアイシェは確実に死ぬ。きっと私を道連れにして。


――そうだ、殺せ！　魔族のために人族を許すな！　アイシェぇぇぇぇ……セレジュラぁあああああああ……――


エルグリムの焦げた生首が叫びと共に【火球（ファイアボール）】を撃ち放つ。

それをシャルルシャンや師匠が防ぎ、ダウヒールとジェーシャが武器を振るう。

シェヘラザードの恨みは理解できる。でも、エルグリムはどうしてそんな憎悪に染まり、シェヘラザードと同化して魔物と化してまで戦うのか。

エルグリムは彼なりに魔族のことを第一に考えていた。憎しみだけじゃない……エルグリムもシェヘラザードもアイシェも、その裏に深い愛情があったからこそ、憎しみの炎はたとえ死んだとしても消えなかった。

「エルグリム……」

エルグリムの本心を聞いた師匠の掠れた声が私にも届く。

師匠を鍛え上げ、終わりのない戦場へと送った畏敬と怒りの入り交じる師父……エルグリム。

戦いに巻き込むことを厭い、結果的に見放してしまった妹……アイシェ。

私には彼らの覚悟を受け止めることはできない。でも……。

「アイシェは私が止める」

ここで憎しみという因縁の茨を断つ。

私が飛び出すと傷を再生していたアイシェが再び動き出した。

『アアアアアアアアアアアアアアアアッ！』

アイシェが叫びをあげ、それに呼応するようにシェヘラザードとエルグリムが叫ぶ。

アイシェが砕けた手甲を引き千切るように投げつけてくる。私は師匠が編んでくれたショールを広げて受け止めながらアイシェの視界を塞ぐと、宙に放り投げた黒いダガーを分銅型のペンデュラムで絡み取り、二つの重さでアイシェに叩き付けた。

バキィンッ!!

その一撃で限界に達したアイシェの剣が根元から折れる。だが、剣を失ったアイシェは戦士として武器を求め、〝何か〟に気づいて落ちていた〝それ〟を拾い上げた。

「――【解封(リリース)】――ッ！」

アイシェが掴んだのはカミールが落としていた彼の〝魔剣〟だった。

短剣である二本の魔剣を扱えるほど、アイシェに《短剣術》スキルがあるか分からない。だが、あの魔剣にはそれを補う能力がある。

たとえ正気を失っていても戦士としての本能がアイシェにそれを使わせ、左右の腕がそれぞれ魔剣を振りかぶる。

「――【兇刃の舞(ダンシングリパー)】――ッ！」

アイシェが叫びをあげ、短剣技レベル5の戦技【兇刃の舞(ダンシングリパー)】が発動した。

左右から繰り出される怒濤の八連撃。カミールとは比べものにならない。今のアイシェなら私を一瞬で粉々にできるほどの威力があるはずだ。だけど……っ！

私は黒いダガーを引き戻して黒いナイフと共に両手に構える。

「――アリアっ！」

師匠の声が聞こえた。視界の端ではダウヒールがシェヘラザードを切り裂き、師匠の持った鎖状の武器がエルグリムの生首を断ち割ってとどめを刺していた。

師匠がこちらへ飛び出そうとするのが見えて、私は視線でそれを止める。

大丈夫。私は死なない。アイシェも止めてみせる。

この戦技は見た。この身にも受けた。思い出せ、その動きを。刃の軌道を。目を凝らせ、私はこの技を知っているっ！

思い出せ。カミールとの戦いを。カルラとの戦いを。

私はここで高みに昇る。出来なければ死ぬだけだ。それでも私は――

〝生きる〟――ッ!!


「――【兇刃の舞（ダンシングリパー）】――っ!!」


私の両腕から迸る魔力が二つの姉妹武器に伝わり、まるで最初から一つだったように八連の斬撃を繰り出した。

ギンッ！　キンッ！　ギィンッ！

刃を刃が迎撃する。私の力を超える威力の斬撃を受け流し、複数の斬撃を一振りで流し、速度を増した私の斬撃音が一つに重なり――

キィイイインッ!!

黒いナイフの一撃が二本の魔剣を盾にしたアイシェごと吹き飛ばす。

その瞬間、アイシェの身体から血の霧のような女の姿が浮かび、私は最後の一閃で、彼女の――

シェヘラザードの怨念を切り裂いた。

『――――ッ!!』

血の霧から声にならない断末魔が響く。エルグリムとシェヘラザードは倒した。でも――。

「……ぐっ……」

アイシェはまだ意識があった。相殺し合った【兇刃の舞】のダメージよりも、呪術を受けていたせいで身体がボロボロになっているのだろう。

アイシェの身体からシェヘラザードの怨念は消え、呪術の魔素も消えている。呻いていたアイシェの瞳に徐々に理性の光が戻ると、信じられないものを見るように私を見た。

「……貴様……情けを……かけるつもりか……」

今までにやったことを覚えているのか、憑き物が落ちたようなアイシェの瞳が、何かに耐えるように揺れていた。

「……勘違いをするな」

私は殺気で威圧しながらも黒いダガーとナイフを仕舞い、落ちていたショールを巻いて彼女に背を向ける。

「お前が死ねば悲しむ人がいる。……それだけだ」

▼アリア（アーリシア）　種族：人族♀・ランク5　△1UP
【魔力値：69／350】△10UP　【体力値：97／280】△10UP

【筋力：11（16）】△1UP　【耐久：10（15）】【敏捷：18（27）】△1UP　【器用：9】
《短剣術レベル5》△1UP　《体術レベル5》《投擲レベル4》
《弓術レベル2》《防御レベル4》《操糸レベル5》△1UP
《光魔法レベル4》《闇魔法レベル4》《無属性魔法レベル5》
《生活魔法×6》《魔力制御レベル5》《威圧レベル5》
《隠密レベル4》《暗視レベル2》《探知レベル5》△1UP
《毒耐性レベル3》《異常耐性レベル4》△1UP
《簡易鑑定》
【総合戦闘力：2110（身体強化中：2709）】△544UP

帰る場所

戦いが終わり、腹を刺されたカミールも命を取り留めた。師匠は腹を貫通するほどの重傷でも完璧な応急処置を施してくれていた。

この傷ならカミールは即死していてもおかしくはなかった。経験の浅い治癒術士なら内臓を再生しきれずにそのまま死んでいた可能性もある。彼が助かったのは、師匠が戦場で何人もの治療をしてきた経験と、カミール自身の体力値が高かったおかげだ。

カミールの治療を私と交代した師匠は、自分の治療も適当に済ませて、今はアイシェの側で彼女に語りかけている。

数十年ぶりの姉妹の会話だ。私が口を挟むことではない。その結果……師匠が魔族国に戻ることになっても、師匠との別れはあの〝家〟を離れるたびに済ませてある。

……気を逸らしている場合じゃないな。まずはカミールの治療に集中しよう。

私は【触診（フィール）】を使って内臓の様子を確かめ、内臓の傷を細かく特定してその都度【治癒（キュア）】をかけて再生していく。

「カミール様……」

その横ではイゼルがずっとカミールに寄り添い、その命を繋ぎ止めるように手を握り続けていた。

私は魔力回復ポーションを飲み干し、【治癒（キュア）】を続けて半刻もすると、ようやくカミールの顔色が戻り、うっすらと目を開いた。

「……ア……リア……?」

私の顔を見てカミールがそう呟いた。どうやらあの女の〝知識〟にあったような、重傷による意識の混濁や記憶の欠如もなさそうだ。

「俺は……」

少しだけ現状が理解できていなかったカミールは、すぐに刺されたことを思い出したのか、顔を険しくしてすぐに起き上がろうとする。

「カミール様っ、いけません！」

「イゼル……？」

身を起こそうとしたカミールをイゼルが止める。カミールは泣きそうな顔の彼女を見つめ、その向こうにジェーシャやカドリ、そして、そんな様子を無言で見つめる二人の氏族長に気づいた。

「……ダウヒール、シャルルシャン」

「カミール殿……。我らは王の意向に従うことを決めた。それでも我らは、人族に向ける矛は収めても奴らを信用することはない。その血を引く殿下のこれからを、我らが常に見ていると思え」

「其方が茨の道を歩むのなら止めはせぬ。だが、我ら魔族は強さこそ誉れ。我らに認めさせたいのなら、その強さを示しなさい。あの娘御は一つ高みにあがりましたよ」

「分かった……肝に銘じる」

噛みしめるようにそう言ったカミールは、シャルルシャンの言葉と視線を追い、鑑定した私の戦闘力に目を見張る。

「アリア……俺は……」

私との戦いを思い出しているのか、それともこれからのことを案じているのか、私には分からない。でも……。

「カミール、お前はもう少し周りを見ろ」

「え……」

カミールが私の言葉に思わず視線を巡らすと、イゼルが回収した彼の魔剣をつらそうな表情で差し出している姿が彼の瞳に映る。

彼女の想いが伝わったのか知ることはできない。でも、カミールは深く息を吐くと、イゼルが持っていた魔剣をそっと彼女の手に握らせた。

「カミール様……」

「これはお前が使ってくれ。それは父上が母上に与えた物だが、俺はもう母に頼らなくてもその強さを手に入れてみせる。……イゼル、ついてきてくれるか？」

「……はいっ！」

イゼルもカミールと同じ人族に片親を持つハーフエルフだ。ずっとカミールに付き添ってきた彼女なら彼と同じ道も共に歩んでいけるだろう。

いつの間にか最下層の祭壇に、前のダンジョンと同じように外へと続く光のゲートが開き、ダウヒールとシャルルシャンはそこから外へと消えていった。

全員ここへ飛ばされた私たちと違って、彼らはまだダンジョン内にいる戦士や氏族の者たちの救出に向かったのだ。

『ガァ……』

「うん」

私は寝そべっていたネロに近づき、その背を借りて身体を休める。ジェーシャは私に何か言いたそうな顔をしていたが、私はネロが睨みを利かして誰も近寄らせないのをいいことに、そのまま睡魔に身を任せた。

そして……。

「無愛想弟子（アリア）」

「……終わったの？　師匠（セレジュラ）」

名を呼ばれて微睡みから目を覚ます。妹のアイシェと話し合っていた師匠は若干疲れた顔をしていたが、その顔に迷いは見えなかった。

「ああ、終わったよ。迷惑をかけたね……」

「ううん。師匠もネロも来てくれたから」

「そうか」

私の頭を師匠が軽く撫で……そっと私を抱きしめる。

その抱擁に私はずっと昔……母が抱きしめてくれたことを思い出し、私の手もそっと師匠の身体を抱き返す。それから自然と離れた私と師匠は開いたままの光のゲートへと歩き出した。

「……いいの？」

「ああ……」

私の視界の端で、アイシェはこちらに目を向けることなく、ボロボロになった自分の装備を整えていた。その横顔には苦悩が見てとれたが、それでも私は、彼女がずっと自分自身を縛っていたものから解き放たれたような空気を感じていた。

「アイシェももう大人だ。あの子にはあの子の人生があり、過去の人間である私はいないほうがいい。アイシェはこれから軍を纏めて、人族を討つためではなく、その力を魔族のために人生を使うそうだ。私も今更、魔族国に戻るつもりなんてないよ」

「そう……」

アイシェは自分の憎しみに巻き込んで沢山の人を死なせてきた。彼女はこれから贖罪のために生きることを選んだのだ。

「闇エルフの人生は長い、生きていればまた会えるさ。それに……」

足を止めた師匠は一瞬だけアイシェを見て……それから私に視線を移す。

「私たちの帰る場所は、あの森の〝家〟だろ？」

「……うん」

闇エルフは五百年以上生きる。師匠はその中の百年を私のために使ってくれるらしい。

私がアイシェと会うことはもうないだろう。一度は殺し合った間柄だが憎しみはない。語るべき言葉は剣で交えた。私たちは道を違える……ただそれだけのことだ。

それはカミールたちとも同じことだ。同じ大陸にいてもクレイデールと魔族国の距離は果てしなく遠い。でも、たとえ彼らと二度と会うことが叶わなくても、私たちは自分が選んだ茨の道を歩み続ける同志だと知っている。

「アリア……世話になった」

「気にしないで。カミール」

特別な別れの言葉もなく、ただ道ばたで別れるように私たちは背を向ける。

カミールならやれるはずだ。

そして私も、クレイデール王国へ戻る。

エレーナを護るために。そして……〝あの子〟を殺してあげるために。

「……それで、ここからどうやって戻るんだ？」

私たちが魔族砦から逃げるように離れたあと、私たちに同行していたジェーシャが、どこか諦めたような微妙な顔をする。

ドワーフであるジェーシャは魔族国に食客として迎えられる話もあった。〝選定の儀〟でカミールを護りきった彼女のことはアイシェや他の氏族長も認めていて、カミールも有能な戦士は欲しかったようだが、ジェーシャは砂漠の地へ戻る道を選んだ。

でも、ほとんどの住民が離れたカトラスの町を復興させるのは難しく、ジェーシャは私たちと同行してカルファーン帝国を目指すと言っていた。どうやらジェーシャはカミールからロン宛ての書簡を預かっているらしく、カルファーン帝国で貴族であるロンに雇ってもらうつもりらしい。

彼女の先ほどの問いかけは、そのカルファーン帝国に向かうのはいいが、それをどうするのかと訊ねたものだったようだが、師匠と私は一瞬顔を見合わせて口を揃えて答える。

「「レースヴェールを抜けていく」」

「やっぱりかっ!?」

『ガァ……』

愕然とするジェーシャにネロが呆れたように唸り声をあげた。

魔族砦からカトラス方面に向かうには二つのルートがある。一つは、古代遺跡レースヴェールを避けて砂漠を進むルートだが、遮蔽物のない砂漠を渡るにはそれなりの装備と準備が必要で、これから準備をしたとしても数ヶ月はかかる。

もう一つは、古代遺跡レースヴェールを突破するルートで、通常なら二週間で踏破できる。危険な魔物も多いが、上手く倒せば食料になり、ポーションの材料も自生している。朽ちかけた建物などは身を隠せて休む場所にもなるだろう。

ここへ来るとき師匠とネロは、危険な道をかなり強引に渡ってきたらしい。でも、今回それは使えない。師匠が言うには、本来そのルートは時間を短縮するための特に危険なルートで、そのときも魔物との戦闘を避けたうえでネロの走力がなければ相当に危険だった。

『ガァ……』

「分かっている」

私は文句がありそうなネロの背を撫でる。

さすがのネロでも三人を背に乗せて高速移動はできない。それ以前に師匠を背に乗せていることさえ驚きなのだ。そんなネロがジェーシャを自分の背に乗せるはずがない。

そもそも、まだ本調子でない師匠を抱えて無茶はできない。だから常識的な無茶として、古代遺跡レースヴェールの中央突破を選んだ。

今回は盾役のできるジェーシャがいる。彼女が師匠の護りにつけばネロと私も全力を出せるので、突破自体の危険度も下がる。中央突破という無茶はするが、私たちの脚なら通常二週間と言われる行程は半分くらいに短縮できるだろう。

古代遺跡を突破できればカルファーン帝国までさほど脅威はないはずだ。でも、魔族の〝戦鬼〟である師匠と幻獣であるネロは帝国領に入れないので、カトラス辺りで別れることになる。

私もせっかく迎えに来てくれた師匠やネロと一緒に帰りたい思いはある。でも、私は出来る限り早くエレーナの許に戻ることを選んだ。

「……まぁ、仕方ないか。準備もできずに飛び出してきたわけだしなぁ」

ジェーシャのぼやきに師匠が溜息を吐くように話を合わせる。

「そうだねぇ……。氏族の長連中はともかく、私のこともまだ生きていると知られたら、裏切り者だと言って、襲ってくる連中もいるかもしれないしね」

〝選定の儀〟の勝者である私たちが逃げるように魔族砦を後にしたのは、あんな半端な決着を許容できない連中が襲ってくる可能性があったからだ。アイシェたちと和解できても好戦派の一部は報復に動き出すかもしれない。

アイシェがせっかく再会できた姉と別れて残ったのは、軍部を抑える意味もあったのだ。

「それでさ……アリア」

移動を初めて少しして、ジェーシャが意を決したように声をかけてきた。

「うん？」

「お前、ランク5になったのか？」

「うん」

ジェーシャが何度も私を見ていたのはそれか。

私はようやくランク5になり、戦闘力で幻獣のネロに追いついた。ネロは追いつかれて何故か機嫌を良くしていたが、ジェーシャからすれば、この間まで同格だった相手に先を越されたようにも感じたのだろう。

上がったのは《短剣術》だが、ダンジョンでの暗殺戦で《探知》もレベル5になっている。《異常耐性》まで上がったのは、この砂漠に来てからの戦いがそれだけ過酷だったからだろうか。

「……『うん』、って軽いね、無愛想弟子。師匠の戦闘力を追い抜かしたんだから、素直に喜びなっ」

呆れたような顔で師匠はそう言うけれど、私は静かに首を振る。

「ダメ。まだ足りない」

そう呟いた私に師匠とジェーシャが呆れた顔をした。でも、私が〝あの子〟に勝つためにはもう一つ〝何か〟が必要だと感じていた。

頭の中にイメージはある。それを具体化するために師匠の知恵が必要になる。

「師匠……考えている技がある」

私がそう言って軽く概要を説明すると、それを聞いた師匠が目を大きく見開いた。

私たち四人がレースヴェールに入ってから十日が過ぎた。

ここまではかなり順調に進んでいる。中心部に近づくほど強力な魔物が現れるが、ランクの高い魔物ほど個体数は少なく、それほど脅威でもなかった。

それでも種族として群れを作る強力な魔物も存在する。

「――【兇刃の舞（ダンシングリパー）】――っ！」

『グォオオオオオオオオオオオオッ！』

オーガの上位種らしきランク5の魔物が複数のオーガを率いて現れた。

兇刃（きょうじん）の八連撃がオーガの上位種を襲い、その身体を切り刻む。上位種はとっさに魔物素材で作った歪な大剣で急所を外す。だが――。

『ガァアアアアアアアアアアアアアアア！』

下がった瞬間、ネロの爪で首を切り飛ばされてあっさりと命を散らし、その断末魔を聞いた配下のオーガたちは蜘蛛の子を散らすように逃走した。

ランク5の魔物でも私とネロでやれば怖い敵ではない。油断できる相手でもないが、私とネロが前に出て、ジェーシャが師匠を護り、師匠の魔術で牽制すれば複数の相手でも対応できた。

「無愛想弟子、ジェーシャ、ちゃんと魔術構成も意識して動きな」

「了解、師匠」

古代遺跡を突破するのと平行して、師匠による魔術の修行も始めている。

この状況で何故そんなことを始めたのかと言うと、私がランク5になったこと。そして《魔術制御》と《無属性魔法》スキルがレベル5になったことで、《光魔法》と《闇魔法》をレベル5にする下地ができたと師匠が判断したからだ。

もちろん簡単なことではない。だからまず魔術を行使するよりも、レベル5に必要な単音節を繰り返して〝光〟と〝闇〟のレベル5の魔術を身体に馴染ませることから始めていた。

まだ発動することは困難だが少しずつものにできていると実感している。

とりあえず、ここまでは順調だ。でも……。

「……まずいな」

「ああ」

オーガを叩き潰して前に出てきたジェーシャの言葉に私も頷いた。

私たちが使っている中央の道は遺跡の中でも危険だが、強い魔物がいる反面、魔物との遭遇率は低いルートでもあった。師匠もそれが分かっているからこそ、ここを選んだ。

だが、中心部に近づいて遭遇する魔物の数が多くなっている。オーガのような群れで動く魔物もいるが、そのオーガも〝向こう側から追い立てられた〟ように感じられた。

まるで、カトラス方面にいる強大な存在が、こちらに向かっているかのように……。


「来たようだね……」

〈――是――〉

それから数日して……遥か前方に土煙が舞っているのが見えた。それからすぐに巨大なものが蠢くような地響きも感じて、師匠とネロが警戒する。

複数の鎧竜の群れ。その上に乗る黒い鎧を着た者たちは……。

「魔族軍の連中だ！」

ジェーシャがそう叫んで両手斧を構える。彼らが戦争の終わりを知り、ただ引き揚げてきたのではないことは肌に感じる刺すような殺気で理解できた。

私たちの背後から追ってくる敵がないことから、アイシェは砦の軍部を上手く抑えられているのだろう。でも、抑えきれなかった一部が何かしらの連絡手段でカトラスの駐在軍へ知らせた。

アイシェに心酔する魔族軍は彼女が砦に戻るとき共に撤退をしているが、それでもカトラスを確保しておくために軍の一部は自発的に残っていた。

数自体は五十人もいないはずだ。だが、問題はその数じゃない。

アイシェに付いてこなかった軍部……アイシェの〝選定の儀〟よりも人族への憎しみを優先した連中だ。穏便に済むはずがない。

そして……その軍の背後に見える砂塵の中に浮かぶ、その巨大な〝影〟を私は知っている。

「……地竜（ドラゴン）……」

『ゴァアアアアアアアアアアアアアアアアアアアアアアアアアアアアアアアッ!!』

憎しみの黒き竜

〈――不遜――〉

暗闇の中で縛られた意識の中で、その存在が初めて〝言語〟としたのがその言葉だった。

その存在は、この世に生まれ出でたその時から〝強者〟だった。親は知らない。存在したその瞬間から強者である彼らは、脆弱な生物と同じように親が子を育てる必要がないからだ。

たとえ幼体でも、鋼よりも強固な卵殻を破って生まれてくる存在が弱いはずがない。その存在は初めて自分の脚で立ち上がった瞬間から大地を駆け、飢えを満たすためだけに目の前にいた獲物へと襲いかかり、運のない魔物の血肉を貪った。

幼体から成体になるのもさほど時間はかからなかった。食らえば食らった分だけ身体も大きくなり、気がつけばその周辺でその存在と戦えるような者はいなくなっていた。

そうして最初の脱皮を果たして成体となったその存在は、自分の中に知性が育ち始めていることを知った。

幻獣のような高次元の生物は、血の中に歴代の〝経験〟を残し、成体となって血液から魔石が生成されると、そこから〝知恵〟と〝自我〟を得る。

自分は『幻獣』と呼ばれる生物で、最強の存在である。そのような知識も自らの血によって知ったその存在は、下等な獣のようにただ貪り食らうそれまでの振る舞いを止め、魔素を取り込むことによって、より高みの存在に至ることを模索し始めた。

それからどれだけの時が過ぎたのだろう。何万回と太陽が昇り、月を仰ぎ見て、稀に戯れで生き物の血肉を貪る日々を送っていたその存在の前に、ある日、矮小な生物が姿を見せた。

その小さな生物のことは知っていた。魔物たちが『人』と呼ぶ生物で、力は弱いが小賢しい知恵を用いて魔物や動物を狩っていた。

何度か戯れに〝人〟を食らったこともある。個体により〝鉄の殻〟で身を護り、長い〝鉄の爪〟を振るう者もいたが、その存在からすれば肉も少なく、魔物ほど属性魔素も得られない、食らうのも面倒なだけの生物だった。

〝人〟にも種類があり、数だけが多い『平原人』や、耳の長い『森人』、肉の硬い『洞窟人』などに分かれていた。その中でも『闇人』どもはその存在の住処にまで訪れ、鉄の殻や爪を持っていない若い個体を差し出してきた。

その他にも瓶に満たされた芳醇な香りを放つ液体もあり、闇人たちの行動に興味を引かれたその存在は、それらがこちらを崇めているのだと推測した。

そういった経験は初めてではない。食らう価値のないゴブリンやコボルトなどを戯れで見逃すと、その後にそのような行動を取る群れがいたからだ。

だが……その存在は、脆弱な〝人〟という種の底知れない〝悪意〟を知らなかった。


忌まわしきあの日……その存在は捕らえられ、身も心も縛られた。

闇人が差し出してきた肉や酒に呪術的な媒体が仕込まれていた。そしてあろうことか、闇人どもは巣を漁り、脱皮をして脱ぎ捨てた爪や牙を媒体として〝呪術〟を使い、十年もの時をかけてその存在を隷属化したのだ。

常に霞のかかった夢を見ているような意識の中で、闇人どもの手先として敵を打ち倒した。

常に鉱石を食わせられ、闇人はその存在が長年模索し続けた己の進化の道を、勝手に翼のない土属性の宝石竜に決めようとまでした。

高等な幻獣であるその存在を家畜のように扱い、戯れに種の違う〝人〟どもを生きたまま食わされ、それらの悲鳴と苦痛と呪詛を、血肉と共に食らいながら、その存在は〝人〟どもが使う言語を理解して思考する。

〈――不遜――〉

〝矮小な餌にすぎないものが何様のつもりだ。必ずや、この呪縛の鎖を引き千切り、この大陸に生きるすべての〝人〟どもを焼き尽くし、貪り食らってくれよう〟

〝泣き叫べ、苦しみ悶えろ……。我が怒りを思い知れ〟

＊＊＊

「――地竜っ！」

地竜の咆吼が聞こえ、仲間を殺されたジェーシャが牙を剥き出すように歯を食い縛り、目の色を怒りに染める。

魔族軍は約五十。だが、それらすべてよりもたった一体の地竜の威圧があきらかに上回っていた。

どうするか……。今なら撤退をすれば逃げ切れるかもしれない。でも、どこまで退けば諦める？ 退きすぎればアイシェに抑えられていた好戦派が再び動き出すかもしれない。そして、ここを避けて別ルートを通ったとしても、それがさらなる脅威を呼び込むこともある。

「無愛想弟子（アリア）。お前が決めな」

「…………」

師匠が決定権を私に託した。一番、進まなければいけない理由があるのは私だからだ。だから師匠もそれに付き合うと言ってくれた。どれを選んでもデメリットはある。それでも地竜と正面から戦うよりも賢い選択だろう。でも……。

「進もう」

退いても事態が好転するとは限らない。それで好戦派が動き出せばアイシェやカミールのやろうとしていることが無駄になる。

「よし！　さすがアリアだ！」

それに、私の言葉で嬉々として両手斧を構えたジェーシャは、退くと決めても一人で残ったはずだ。ジェーシャの側近で地竜との戦いで彼女を庇って散った老ドワーフのジルガンは、幼い頃からジェーシャの世話役だったと聞いている。その仇を討とうと前に踏み出したジェーシャを誰が止められるというのか。

そんな私とジェーシャを呆れたように見て師匠が肩を竦め、ネロは自分と同じ幻獣種である地竜を見据えて一歩前に踏み出した。

私も負けるつもりで戦う気はない。

「来るよ！」

師匠の警告と同時に、まだ離れた位置にいた魔族軍から数十もの矢と火の魔術が放たれた。

あきらかに偶然出会った不審者にするような攻撃ではない。砦の好戦派から連絡を受けた連中は私たちが古代遺跡を通ると考え、待ち伏せできる中央ルートを選んだのだ。

「――【大旋風(タイフーン)】――」

すかさず前に出た師匠がレベル5の風魔術を放って、矢と火魔術を吹き散らす。

砂塵を巻き上げ吹き荒れる暴風に魔族軍を乗せた鎧竜が浮き足立ったその瞬間、その背後から膨大な熱量が放たれた。

『ゴォオオオオオオオオオオオオオオオオッ!!』

地竜から放たれた火球のブレスが【大旋風(タイフーン)】を構成する魔力ごと打ち破り、私たちの頭上を飛び越え、退路を断つように後方で爆炎を撒き散らす。

「最初から逃がすつもりはないらしいぜ！」

「らしいな」

師匠の護りをジェーシャに任せて私とネロが飛び出した。あのブレスを遠距離から使われたら私たちでは為す術はないが、乱戦になれば地竜はブレスを使えないはずだ。

そう考えて飛び出した私の背に師匠の声が届く。

「あれ‥‥はまだ使うんじゃないよ！」

「了解！」

▼地竜(ドラゴン)　種族：竜種・幻獣種ランク6

【魔力値：325／350】【体力値：788／820】
【総合戦闘力：4557】

近づくと見えてきた地竜の巨体と戦闘力に私は目を見張る。こうしてあらためて間近で見ると最強の幻獣と呼ばれるのも理解できる。

私はランク5になって戦闘力はかなり上がった。【鉄の薔薇(アイアンローズ)】を使えば一時的に竜種と戦えるようになるかもしれないが、私は地竜を倒す決め手を持っていなかった。

戦闘力の差ではない。技では補いきれない種族ステータスの差と、地竜の巨体そのものが問題だった。分厚い筋肉と骨に阻まれ、心臓にも脳にも、ナイフの間合いでは届かないのだ。

だから私の役目は、障害を排除して、誰かにとどめを刺させる隙を作ることにある。そのためにも、安易に時間制限のある【鉄の薔薇(アイアンローズ)】を使うことはできなかった。

キィンッ！

暴風からいち早く立ち直った魔族軍の矢をナイフで弾く。それに続いて複数の矢が放たれるが、私は速度を落とすことなく黒いナイフとダガーで切り飛ばす。

「あの女を近づけさせるな！」

「魔術で狙え！」

指揮官らしき男の声に魔族軍から火矢が降りそそぎ、一瞬だけ速度を落とした私の前にネロが躍り出た。

『ガァアアアアアアッ！』

ネロの耳から伸びた触覚が帯電して、鞭のように火矢を打ち払い、広範囲に放出された電気の火花が次の攻撃を放とうとしていた魔術を阻害する。

「ネロっ！」

私の声にネロが尾を掴んだ私を前方に投げ飛ばす。宙に舞う私に一瞬呆けていた弓兵が矢をつがえる前に、放った汎用型のペンデュラムが弓の弦ごと咽を斬り裂いた。

「おのれっ！」

接近していた兵士の一人が槍を突き出す。私は空中で爪先を使って切っ先を逸らし、同時に糸を蹴って軌道を変えた斬撃型のペンデュラムが兵士の顔面を掻き切った。

「ぐがっ!?」

そのまま顔面に着地して首をへし折った私を、即座に魔族軍の精鋭が取り囲む。

四方から繰り出される槍と斧の斬撃を仰け反るように躱した私は、逆立ちをするように放った回し蹴りで槍の柄と斧の腹を蹴りながら、爪先で糸を絡み取ったペンデュラムで周囲にいた兵士たちの首を斬り裂いていく。

「そいつは〝戦鬼〟と同等だと思えっ、不用意に近づくな！」

指揮官らしき壮年の闇エルフが魔族兵を下がらせ、怒りと憎悪に満ちた視線を私へ向ける。

「人族の女が！　人族の血が混ざった紛い物の王子が！　我らの怒りと憎しみを……人族を滅ぼす悲願を、諦めろと言われて諦められるものかっ!!」

指揮官が叫びをあげて手に持つ剣を振り下ろすように私へ向ける。

「貴様らの首を和平などとほざく連中に叩きつけて、現実を知らしめてくれる！　やれ！」

指揮官の声が響き、兵士が下がったその場所に影が差す。

「――っ！」

その瞬間、地響きを立てて飛び出してきた、地竜の巨大な爪が振り下ろされた。

『ガァアアアアアアアアアアアアア！』

とっさに飛び避けたが振り下ろされた衝撃で一瞬脚がもつれる。それを見た地竜が噛みつくように牙を振るい、その瞬間に飛び込んできた黒い影と衝突した。

ゴォオオン――!!

『グァアアアアアアアアアアア!!』

『ゴァアアアアアアアアアアアアアアアアアアアア!!』

重たい金属をぶつけ合うような轟音を立てて、ネロの身体と地竜の首が弾かれた。

その瞬間を狙ってスカートを翻しながら抜き放ったナイフを投げつける。だが、投擲ナイフはとっさに目を瞑った地竜の目蓋に弾かれた。

『ゴォオオ……』

「っ！」

地竜が攻撃をした私に視線を向ける。私はその瞳に寒気を覚えて即座に飛び離れると同時に、地竜の口内に巨大な炎が煌めいた。だが――。

「――止まれっ！」

『――――ッ！』

背後にいた魔族兵から止められた地竜が噛み砕くように炎を消した。

確かにあのままブレスを放てば周囲の魔族兵は全滅していただろう。私やネロでも避け切れていたか自信はない。

「ネロ、下がって！」

『ガア！』

私はそれ以上に、地竜の瞳に汚泥のように溜まっていく〝闇〟から離れるように飛び退いた。おそらくネロも同じものを見たはずだ。

その〝闇〟から、地竜の果てしない憎悪と憤怒を感じた。それを見た瞬間、背筋を奔る寒気を覚え、とっさに距離を取っていた。

最初の予定では、ネロと私で乱戦に持ち込んで地竜の攻撃を制限し、鉄の薔薇（アイアンローズ）で隙を作った後にネロかジェーシャでとどめを刺すことを考えていた。だからこそ、地竜の背後にいた獣使いたちに攻撃はしなかった。

……でも、その前提は〝今〟壊れた。

私が退いたことを見て魔族軍の指揮官が高らかに叫ぶ。

「行けっ、地竜よ！　我らの悲願、我らの憎しみと苦しみを人族に――」

――グシャ……ッ！

次の瞬間、振り下ろされた地竜の牙が、指揮官の上半身を血の詰まったずだ袋のように噛み砕く。

突然の出来事に魔族軍が硬直する。だが地竜が、それが現実だと知らしめるように上半身を食い千切り貪り食らう。

「……なっ⁉」

「竜が何故⁉」

「呪術を強化しろ、急げ‼」

その無情な現実に、魔物使いたちから狼狽した悲鳴が聞こえ、それを掻き消すように地の底から響くような〝声〟が、この大陸で使われる共用語で響いた。

《――不遜――》

ドォゴォオオオオオオオオンッ‼

その直後、地竜の巨大な尾が獣使いたちを一振りで叩き潰す。

地竜の灰色の瞳が血のように赤く染まり、濃緑色の鱗が欠け零れて……闇よりも暗い〝黒〟を覗かせた。

＊＊＊

〈――不遜――〉

その存在は、自分の中に〝怒り〟という下等な感情が渦巻くのを覚えた。

何故、下等な生物が〝我〟を支配する？

何故、〝我〟が矮小な生物の家畜にならないといけない？

日を追うごとに汚泥のように溜まっていく、どす黒い感情……。

竜種という幻獣としての種の意識は消え、負の感情に染まり芽生えた〝個〟の意識。

その存在の種は、成体となってから永い時をかけ、属性の魔素を得てそれぞれの属性に沿った個体へと進化して、明確な〝自我〟を形成していく。

それが種の在り方であり、誇りでもあった。だが、〝人〟という矮小で下劣な生物は、高等幻獣である〝我〟の誇りを穢し、尊厳を踏みにじった。そして、ただ一つ許されていた〝戦い〟にさえ干渉され、〝我〟はついに誇りを捨てて憎しみに身を任せた。

無理に鉱石を食わされ溜め込まされていた土属性の魔素が、『怒りの精霊（ヒューリー）』によって闇属性に染まっていく……。

古い鱗が剥がれ落ちる。鋼よりも強固な爪と牙が怒りに震えるように崩れ散る。

新たな鱗は闇の黒。その憎しみの深さを顕すように牙や爪までもが〝黒〟に染まり、その背にこれまで退化していた翼を、その巨体を覆うように大きく広げて大空へ羽ばたいた。

〈――死ね……死ね、死ね、死ね、死ね、死ね、死ね、死ね、死ねっ!!　〝人〟ども――!!〉

▼闇竜　種族：属性竜・幻獣種ランク7　△1UP
【魔力値：312／400】△50UP　【体力値：742／1035】△215UP
【総合戦闘力：7879】△3322UP

この世界のすべてを憎悪する〝闇竜〟から放たれた雷（いかづち）のブレスは、天の怒りの如く古代遺跡を撃ち抜いた。

＊＊＊

ドゴォオオオオオオオオオオオンッ!!


「くっ！」

大空に舞い上がった闇竜から放たれた雷のブレスが大地を穿ち、そこから飛び離れようとした私をネロの触覚が絡め取る。

「ネロ!!」

『ガァアアアアアアアアアアア!!』

ネロが全身を使って大地を蹴った瞬間、私たちの全身を巨大な衝撃が叩く。それでも膨大に舞う砂煙を突き抜けて後方へ下がると、ジェーシャと師匠の掠れるような声が耳に飛び込んできた。

「アリアっ！　ネロっ！」

「――【高回復(ハイヒール)】――っ！」

師匠の治癒魔術が私とネロを包み込む。火傷で赤くなっていた肌が再生されると同時に立ち上がった私は、私たちを庇うように飛び出していたジェーシャの横に並ぶように前に出た。

「アリアっ、行けるのか⁉」

「……大丈夫」

見た目よりも傷は深くない。ダメージが少なかったのは、触覚のような髭で電気を操るネロが、私が受ける電撃の大部分を放電してくれたからだ。

もう一度師匠から【高回復(ハイヒール)】を受けたネロが私の横に並び、その毛皮を撫でてネロが笑うように微かに咽を鳴らした瞬間、心臓を押しつぶすような怨嗟の声が響いた。

《――〝人〟どもよ……一匹たりとて逃がしはせんぞ――》

大空を舞う闇竜から咆吼ではなく、怨嗟に満ちたその憎悪の言葉が響く。

それを耳にしたジェーシャが微かに身を震わせ、視界の隅で師匠が顔を顰めるのを見て、私は以前に師匠から教わったことを思い出した。

この大陸にも数体だが属性竜が存在する。だが、そのほとんどは人間種の生息圏とは異なる場所に居を構え、こちらから踏み込まないかぎり敵対することはない。例外は気性が荒いと言われる火竜だが、竜の狩り場と呼ばれる大陸中央平原で自らが狩りをする際に、戯れで人族の商隊を襲う程度で済んでいた。

知性の高い属性竜は最強ではあっても、群れをなした人族と敵対すれば痛手を負うことを知っていた。……だが、属性竜の中でも『闇竜』だけは違う。

竜とは強くなるために進化する。そのために属性の魔素を食らい、火竜、氷竜、風竜や宝石竜などへと進化するが、激しい負の感情によって進化し、人間種への憎悪を抱く闇属性の闇竜は、人間の災厄となる〝人喰い魔竜〟と化す。

竜は基本的に人間種を敵として見ていない。竜の戦う相手は竜であり、闇属性は竜同士で戦うには不向きな属性だった。だが、同族を敵とせず、人間種を敵と定めた闇竜は執拗に〝人〟だけを狙い、討たれて死に絶えるまで幾つもの国を滅ぼしたという。

お伽噺で勇者と死闘を演じる『邪竜』とは、この闇竜から進化してランク8となった存在だった。

《――滅びよ――ッ!!》

砂漠の太陽を遮るように黒い翼を広げ、闇竜は生き残っていた魔族軍に襲いかかる。

大空から降りる。ただそれだけのことで周囲にあった古代遺跡の建物が崩壊し、大地が砕け、それに巻き込まれた魔族兵の血肉が飛び散った。

大空から一方的にブレスで攻撃するのではなく、己が爪で引き裂き、その牙にかけ、噛み潰すように貪り食らう様は、闇竜の憎しみの強さを感じさせた。

「――【祝福(ブレス)】――」

それを見た師匠がレベル4の光魔法を私たちに使う。【祝福(ブレス)】は物理と魔術の両方の耐性を少しだけ上げてくれる魔術だが、普通の敵相手にこれを使うくらいなら、その分を攻撃に回したほうがいい。でも、それを使うということは、わずかでも耐性を上げなければ生き残れない強敵なのだと理解した。

「アリアっ！　お前の魔力はすべて攻撃に回しなっ！　ネロはアリアと攻撃だ！　ジェーシャは、いつでも戦技を撃てるようにしておくんだよ！」

「応っ！」

なりふり構わず、最上級の魔力回復ポーションを飲みながら師匠が指示を出し、魔鋼の両手斧が軋みをあげるほど力を込めて、ジェーシャが叫び返す。

闇竜はこちらが逃げようとした瞬間に襲いかかってくるだろう。運良く逃げられたとしてもこいつは絶対に追ってくる。

その時には今よりも強くなっているはずだ。さらに進化して邪竜と化せば、この大陸の国家が幾つも滅びることになる。

「行こう、ネロ」

〈――了――〉

私たちは砂混じりの大地を蹴るようにして闇竜へと駆け出し、その後にジェーシャが続く。闇竜の戦闘力は今の状態でも私やネロの三倍近くある。でもこれを倒すには、進化したばかりで体力や戦闘力が万全じゃない今しかない。

私は自分の中にある魔力から不純物である属性を排除し、身体強化を敏捷値に割り振りながら矢のように飛び出した。流れる景色の中で魔族兵を襲う闇竜を見定め、一足飛びでその背に飛び乗りながら、黒いダガーの一撃を翼の付け根に叩き付ける。

ガキィンッ！

『グァアアアアア！』

筋肉を覆う鱗が欠けて、攻撃を受けたと察した闇竜が翼の一振りで私を弾き飛ばす。

「――っ！」

振り回された闇竜の爪が大地に亀裂を刻み、私は即座に刃鎌型のペンデュラムを翼に放って、振り子のように振り回されながら闇竜の頭部に回り込むと、それに気づいた闇竜が真っ赤な瞳に私を映して牙を剥いた。

『ガァアアアアアアアアアアアアアアアア!!』

ゴォオオオンッ!!

その瞬間、追いついてきたネロの一撃が、轟音を立てて闇竜の横面を張り飛ばす。

私の力ではたとえ【鉄の薔薇（アイアンローズ）】を使っても闇竜に深手を与えることは難しい。だからこそ私は自分を囮にして、ネロに攻撃を任せた。

その攻撃を受けた闇竜の目がぎょろりと動いてネロを睨めつける。オーガの首でも一撃で切り飛ばすネロの一撃を受けても、鱗が欠けただけで肉にまで攻撃が通っていない。でも――。

「――【闇の霧（ダークミスト）】――」

矛先をネロに向けた闇竜の頭部を黒い霧が覆い、再びペンデュラムの振り子で回り込んだ私の踵が、闇竜の眼球を蹴りつけた。

ガキンッ！

「――っ！」

『ゴァアアアアッ！』

闇竜が咆哮をあげて闇の霧を振り払う。微かに闇竜の目蓋に傷がついていたが、それだけだ。闇竜は自分の周囲を飛び回る虫を払うように爪を振るう。その隙を狙うようにネロが翼に牙を突き立てた。

《――矮小な虫けらどもが――ッ!!》

ドゴォオオオオオオオオオオンッ!!

闇竜が巨大な翼をはためかせて私たちを打ち払う。ただそれだけで地面がひび割れ、暴風が荒れ狂う。その中で闇竜は攻撃を仕掛けるネロではなく、目障りな私に狙いを定めた。

だが、それは望むところだ。私は闇竜の懐に潜り込むため接近戦を試みる。

「――【幻影（シャドウ）】――」

三体の幻影を作り出して私の動きをトレースさせると、闇竜の爪が私のスカートの裾と半歩遅れて付いていた幻影の一つを引き裂いた。

『ゴォアアア！』

怒りの咆哮をあげた闇竜が蛇のように首を振るい、その頭部で幻影ごと私を叩き潰そうとする。

「――【鎧砕（アーマーブレイク）】――」

ガキィイイインッ！

『ゴァアアアアアアアアアアアアアアアアアアア⁉』

その瞬間を見計らい、隙を窺い飛び込んできたジェーシャが撃ち放った戦技が、首の鱗を引き裂いて初めて闇竜の鮮血が飛び散った。

戦技なら闇竜の防御を貫ける。私が注意を引いて隙を作り、ネロがダメージを与え、ジェーシャが痛手を与えた。

▼闇竜　種族：属性竜・幻獣種ランク7
【魔力値：271／400】【体力値：692／1035】
【総合戦闘力：7879】

だが、まだだ。わずかに体力が削れただけだ。

何か〝決め手〟がいる……。

とどめを刺すための強力な〝一撃〟と、その隙を作るための〝技〟が。

――だが、そのとき。

「今だ、撃てぇええ!!」

生き残りの魔族たちから火魔術が放たれた。

「くっ！」

私やネロを巻き込むように放たれた攻撃を回避するため飛び離れた瞬間、闇竜がその瞳を憎悪に染めて大きく顎を開く。

「まずい！」

轟ッ――!!

闇竜から放たれた雷のブレスが生き残っていた魔族兵を薙ぎ払う。

「…………」

……余計なことをしてくれた。私とネロが一撃でも受ければ瀕死になると分かっていながら、それでも接近戦を仕掛けていたのは、闇竜にブレスを撃たせないためだった。

そして、魔族軍が全滅したことで、闇竜を大地に繋ぎ止めていた憎悪という〝枷〟がわずかに緩んだ。

《――不遜――》

そう呟いた闇竜が翼を使い、その巨体が徐々に大地から浮かび始める。

私たちがここで戦うことを決めた理由の一つは、闇竜が怒りと憎しみで我を忘れて魔族軍を食らうことに固執していたからだ。

闇竜が人族や亜人の国家を襲い始めれば、その数の多さから空で戦うことを選ぶはずだ。そうなれば私のような斥候職の冒険者が戦える相手ではなくなる。その闇竜を殺す最後の機会を、闇竜を生み出すきっかけとなった魔族軍が潰してしまった。

「――【大旋風（タイフーン）】――っ！」

溜めていた魔力を解き放った師匠の風魔術が、飛び立とうとする闇竜の邪魔をする。ジェーシャも土魔術の岩の弾丸を撃ち放つが、それでさえ闇竜の飛翔を完全に阻害することができず、ついに闇竜の黒い翼が大空で羽ばたいた。

でも……そのわずかな間は無駄ではなかった。

『ゴァアアアアアアアアアアアアアアアアアアアアアアッ!?』

突如、闇竜が体勢を崩して咆哮をあげる。師匠の風魔術に合わせるように巨大な竜巻が闇竜の巨体を包み込んでいた。

あれは風魔術の【竜巻（ハリケーン）】……？　いや、違う。私の目は竜巻の中に巨大な〝鳥〟の形をした魔素を視た。あれは……。

「風の上位精霊……？」

それだけでなく、その瞬間に飛来した矢のような物が闇竜の目元で爆発する。

「うぉおおおおおおおおっ!!」

そこからさらに、どこからか響いた雄叫びと共に投げ放たれた槍が、闇竜の翼の飛膜を打ち、ついにバランスを崩した闇竜が轟音を立てて地に墜ちた。

「――アリアっ!!」

懐かしさも感じる声が私を呼ぶ。

顔を上げた私の瞳に武器を構えた彼らの姿が飛び込んできた。

複数の槍を構えて狙いを定める、ドルトン。

風の精霊魔術の詠唱を続ける、ミラ。

炸裂矢をつがえて弓を構えた、ヴィーロ。

大剣を構えて私の名を呼んだ、フェルド。

「……みんなっ」

この砂漠に〝虹色の剣〟の仲間たちが来てくれた!

虚実

〝虹色の剣〟が来てくれた。どうしてこんな所にいるのか、そんなことはどうでもいい。クレイデール王国でも有数のランク5パーティーである〝虹色の剣〟が来てくれたことで、暗雲に満ちていた戦いにようやく光が見えてきた。

「――『大地の精霊よ、竜の動きを封じて』――！」

精霊魔術の使い手であるミラの声が響いて、大地に墜ちた闇竜に盛り上がった大地が絡みつく。

「フェルド！　足を止めるぞ！」

「おおおっ！」

ミラの精霊魔術と同時に、ランク5の戦士であるドルトンとフェルドが雄叫びをあげ、砲弾のように飛び出した。

『ゴァアアアアアアアアアアアアアアアッ!!』

大地に絡みつかれた闇竜が怒りの咆哮をあげて、枷を引き千切ろうと暴れ出す。

「無愛想弟子（アリア）っ、ネロっ、呆けているんじゃないよ！」

「了解、師匠（セレジュラ）！」

後方から師匠の叱咤が聞こえて、一瞬呆けていた私は気合いを入れ直して、ネロと二人で闇竜へ向かう。走りながらスカートを翻し、引き抜いた複数のナイフで闇竜の目を狙うが、それは一瞬早く気づいた闇竜の目蓋に弾かれた。

『ガァアアアアアアアアアアアアアア！』

でもその瞬間を狙ったネロの爪が闇竜の顔面を張り飛ばして、大きく弾かれた闇竜の頭部から幾つかの鱗の破片が飛び散った。

「うぉおおおおおおおおおっ！」

ガキィイイインッ！

『ゴァアアアアアアアァッ⁉』

次の瞬間、戦場に飛び込んできたフェルドが振るう大剣が、闇竜の角とぶつかり合って激しい音を響かせる。頭蓋骨と繋がる角を強打された闇竜がわずかによろめき、その隙を縫ってフェルドと合流した。

「アリア、話は後だ！　まずはこいつをなんとかするぞ！」

「わかったっ！」

フェルドと一瞬だけ視線を交わし、互いに頷いてさらなる攻撃を加えようとしたそのとき、闇竜を縛っていた大地がみしりと嫌な音を立てる。

ドゴォオオオオオオン！

「ぐおっ！」

「フェルドっ！」

闇竜が大地の枷を砕き飛ばして、先に攻撃をしていたネロを振り払い、自由を取り戻した闇竜の爪が間近まで迫っていたフェルドを弾き飛ばした。

ビギィイン――ッ！

フェルドがとっさに大剣を盾として受け止める。だが、魔鋼の大剣に亀裂を入れるほどの一撃を受けたフェルドも、弾かれた先で顔を顰めるように膝をつく。

「――【闇の霧（ダークミスト）】――っ」

それでも闇竜の攻撃は終わらない。フェルドに向かって飛び出そうとする闇竜の頭部に、私が放った闇の霧が纏わり付き、闇竜が長い尾を鞭のようにしならせながら前方をまとめて薙ぎ払う。

「うおおおおお!!」

そこにようやく追いついたドルトンが、ミスリルの全身鎧とハルバードを盾にして、靴底で大地を抉りながらもその一撃を受け止めた。

「ヴィーロ！　アリアっ！　斥候は闇竜を攪乱しろ！」

「了解」

「――仕方ねぇな！」

いつの間に来ていたのか、気配さえ感じなかった空間から滲み出たヴィーロが、滑るように横に移動しながら、流れるように連続で矢を放つ。

あれは確か、ヴィーロの奥の手だ。ダンジョンのミノタウロス戦で決定打を魔法のアイテムに頼るしかなかった彼は、その方向で攻撃力を得る手段を求めた。

それがあの炸裂矢だ。火属性の魔石を原料に使うその矢は相当に高価な物だが、ヴィーロはそれを惜しげもなく使い、闇竜の頭部周辺で爆発させる。

「――【狙撃(スナイパーショット)】――」

その隙とわずかに剥がれた鱗の隙間を狙うように、ミラの弓の戦技が突き刺さる。

「あれだけやってかすり傷だけかよ！」

「油断しないで、ヴィーロ！」

「やべっ」

闇竜がミラではなくうろちょろとするヴィーロに目を付けた。開いた顎の奥に雷のブレスを溜めて、それを放とうとしたそのとき、ニヤリと笑ったヴィーロと入れ替わるように、飛び込んできたフェルドの戦技が炸裂する。

「――【地裂斬(グランドスラッシュ)】――っ！」

『ガァアアアアアアアアッ‼』

真正面から放たれた両手剣の戦技が、闇竜の首筋を斬り裂き、咆吼をあげた闇竜からブレスの光が掻き消えた。

フェルドが飛ばされていた方角に師匠の姿が見えたので、回復役をしてくれたのだろう。

『ガァアアアアアアアアアアアアアアア‼』

『ゴォアアアアアアアアアアアアアアア‼』

それを好機とみたネロが闇竜の背に襲いかかり、それを振りほどこうと暴れ始めた闇竜の巨体が大地を剥がすように抉り取る。

「全員、離れろ！」

ヴィーロの声が聞こえて私とフェルドが距離を取る。だが、その二体が暴れる先に、戦闘に踏み込めなかったジェーシャの姿があった。

「――ッ！」

ジェーシャが歯を食いしばり、斧を握りしめる。ジェーシャは同胞の仇である闇竜から逃げたくない。でも、それに固執するあまり、戦う者を選別するという『竜の咆吼』を間近で受けたジェーシャは硬直し、引くタイミングを逸してしまった。

「どぉりゃあああああああああっ!!」

だが、そこに割り込んだドルトンが体当たりでジェーシャを弾き飛ばし、闇竜の巨体を受け止めずに受け流した。

「ちっ、アリア、回復だ！」

「了解」

ドルトンの指示を受けた私が彼に【高回復（ハイヒール）】を使うと、同時にドルトンもポーション瓶を噛み砕くように飲み干しながら、尻餅をついたジェーシャをギロリと睨めつける。

「小娘っ!!　〝戦士〟なら気合いを入れろ!!」

「は、はいっ！」

ジェーシャが同族であるドルトンの叱咤を受けて、飛び跳ねるように立ち上がる。

その向こうでは、ネロを振り払った闇竜が翼を広げて、再び大空に羽ばたこうとしていた。

「――【竜巻（ハリケーン）】――」

それを阻止しようと師匠がレベル４の風魔術を撃ち放つ。その師匠の姿を見て、同じようにそれを止めようとしていたミラが、瞳が零れんばかりに目を見開いた。

「〝戦鬼〟っ!?　なんであんたがここにいるの!?」

過去に因縁でもあるのか、噛みつくように威嚇する森エルフのミラに、闇エルフの師匠は少しだけ目を見開き、すぐに顔を顰める。

「あんた……、少し太った？」

「なんですってっ!?」

「とにかく、今は合わせなっ！」

「ああ、もぉ！　――風の精霊よっ!!」

師匠とミラの風魔術が飛翔しようとした闇竜に絡みつく。だが、大きく体勢を崩した闇竜は、それでも落ちることなく憎悪に燃える血色の瞳に私たちを映して、天に吠えるような叫びをあげた。

《――小賢しい〝人〟どもがっ！　またも我を縛るかっ――!!》

その瞬間、前触れもなく、闇竜から雷のブレスが大地に放たれた。

ドォオオオオオオオオオオオオオンッ!!

耳を劈（つんざ）くような轟音を立て、その周囲にいたネロやフェルドたちを大地ごと吹き飛ばす。大地が緩衝材となってもその衝撃に仲間たちが膝をつくが、その雷を放った闇竜の身体も、自分のブレスに焼かれて燃えていた。

いかに竜が強靱な肉体や鱗を持っていても、間近の敵に放てば自分もダメージを受けるので、闇竜もそれを使うことはできなかった。

だが、闇竜はなりふり構わずブレスを放ってきた。怒りが理性を上回り、憎しみで私たちを食らうのではなく、私たちを殺すことに集中し始め、そのたった一撃が戦況を盤面ごと破壊した。

自らのブレスで帯電し、ダメージを受けながらも、闇竜は何度も邪魔をした師匠とミラに攻撃を定める。

「……【炎撃（ブレイズ）】――ッ」

師匠がまだ立ち上がれないミラを庇うように、鎖のような武器を抜き放ち、オリジナル魔術である【炎撃（ブレイズ）】を唱えた。自身に魔術を纏い、攻撃力に上乗せするその技を使えば、確かにランク7の闇竜の攻撃でも一度は逸らすことができるだろう。

でも、ダメ……あのままでは師匠が死ぬ！

「――【鉄の薔薇（アイアンローズ）】――」

私の桃色がかった金髪が灼けた鉄のような灰鉄色に変わり、全身から噴き上げる光の粒子を箒星のように引きながら一瞬で駆け抜け、師匠とミラに襲いかかろうとした闇竜の翼を流星のように蹴り抜いた。

『ゴァアアアア⁉』

半分浮かんでいた闇竜が今度こそ体勢を崩して地に墜ちる。だが、【鉄の薔薇（アイアンローズ）】を使った渾身の一撃でも、闇竜のダメージになっていない。

私は復帰したネロにミラを回収させて、私は師匠を抱き上げて闇竜から距離を取る。

「アリア、お前っ！」

「……うん」

私では闇竜を倒せない。私の武器では闇竜の急所に刃が届かない。

だからこそ、【鉄の薔薇（アイアンローズ）】は温存しなければいけなかった。使う場面を厳選して、ドルトンやフエルドのような大きな武器を急所に届かせるためにも、魔力を無駄にすることができなかった。

「ここで使わなかったら師匠が死んでいた」

「アリア……」

ここで勝てても師匠が死んだら私は自分を許せない。だから私は、苦しくても後悔しない道を選ぶことを決めた。

「師匠、魔力回復ポーションはある？　強い奴」

「あるけど……それを使ったら、【鉄の薔薇（アイアンローズ）】は使えないよ？　分かっていて言っているんだろうね？」

魔力回復ポーション服用時に【鉄の薔薇（アイアンローズ）】を使えば、魔力の制御ができず、最悪の場合は暴走する魔力に身体が引き裂かれる。

《魔力制御》スキルがレベル５になった今なら、ある程度の制御は可能かもしれないが、それでも無理に制御しようとすれば、鉄の薔薇（アイアンローズ）を覚える前の『原初の戦技』のように、身体が動かなくなるはずだ。今、それで戦えたとしても、とどめを刺せる状況でなくては意味がない。

「師匠……あれを使う」

私が使った言葉に師匠が目を見開く。

「あれは未完成だよ？　使いどころを間違えれば……あんたが死ぬ」

私は師匠の弟子でも、師匠の【炎撃（ブレイズ）】を使えない。あれは攻撃魔術を身に纏うことに意味があり、光と闇の魔術しか使えない私では意味のないものだった。

それでも模倣しようとして【幻影】を纏う戦いもしてきたが完璧じゃない。

それを補うことを考え、レベル5を目指したオリジナルの闇魔術を構築するべく、師匠と考えた結果、必要魔力量が膨大で一瞬しか使えないと判明した。

構成を削れば技の精度が下がる。それをなんとかしようと試行錯誤を繰り返していたが、私はこの戦いで何かが見えた気がした。

必要な魔力量が膨大なのは、それを維持する構成がランク5よりも遙かに上だからだ。でも私は今、師匠の【炎撃(ブレイズ)】を間近に見たことで、その構成があるものに酷似していると感じた。

そして、ランク5になってようやく気づかされた〝虹色の剣〟の実力……その戦いを見て、この戦いに光明を見いだした。

「師匠、ドルトンたちに伝えて……全員でとどめを刺す準備をしてほしい」

たとえ、ここで力を使い果たしてもいい。

「私が、一人で闇竜を止める」

＊＊＊

闇竜は怒りと憎しみを込めて、矮小な〝人〟どもを真っ赤な瞳に映す。

小賢しい〝人〟どもは、何度も闇竜を傷つけようと足掻いていた。鱗を傷つけ、角を傷つけ、翼の飛膜を打たれて魔力で地に落とされ、〝人〟が持つ鉄の爪でわずかに血を流すことはあっても、それでも闇竜が本気になれば、たった一撃のブレスで〝人〟どもは地に倒れ伏した。

〈――不遜――〉

獣の幻獣が〝人〟どもと共に牙を剥いたが、それでも本気となった闇竜を倒すことはできなかった。だが、〝人〟どもすべてを食らうと決めた闇竜に、ただ殺すことをさせ、自らを傷つけてまで本気にさせたことが許せなかった。

たとえ、自身が傷つこうと一匹ずつ葬り去る。本気となった闇竜と戦える生き物など、同じ竜しかいないのだから。

だが、その闇竜の前に一匹の〝人〟が近づいていた。

何度か攻撃をしてきた若い雌の個体だ。先ほどは奇妙な光を纏い、自分を地に落としたが、その手に持つ小さな〝黒い爪〟では、闇竜の身体を貫くことは出来ないと分かっている。

だが、矮小なる生き物が大いなる竜を地に落とす。それは、許されることではなく万死に値する罪であった。

まずはこの不遜な雌から滅する。爪で腸を引き裂き、牙で噛み砕き、闇竜を睨むその不遜な瞳を絶望に染めてやろうと、闇竜が敵意を向けた瞬間――

その〝人〟の、小さな桜色の唇が何かを呟いた。

「――【鉄の薔薇(アイアンローズ)】――」

その雌の身体から先ほどと同じ光が噴き出し、その毛色が灰のように燃えあがる。

闇竜はその現象が、ブレスを使った後の身体に溜まる魔力熱と同じものだと考えた。その熱がある状態で再び同じことをすれば数日はブレスが放てなくなるように、あの現象はその熱を放出することで今の状態を持続させているのだろう。

〈──不遜──〉

闇竜は心中で再びそう呟く。確かに〝人〟としては感嘆するほど力を上げたようだが、それでも闇竜である自分と戦えるほどではない。あの雌は速さを得意とするようだが、その速さ故に本気となった闇竜を殺せるほどの力を持っていなかった。

〈──なに──?〉

不意にその雌の姿が消えた。消えた瞬間に光の粒子を銀の翼の如くはためかせて闇竜の目前まで迫っていた。それでも目で追えない速さではない。竜の探知能力もその存在を捉えている。
速さで勝ろうと、〝竜〟と〝人〟とでは隔絶した差が存在する。神経を集中させてその姿を追い、筋肉が軋みをあげるほどの速さで爪を振るって、その愚かな雌の身体を腹から引き裂いた。

〈──!?──〉

確実に引き裂いたはずの爪が、その雌の身体を擦り抜けた。

すかさずもう片方の爪を振るうが、その爪も擦り抜け、ならば噛み潰そうと牙を振り下ろした先にその姿はなく、その雌は小さな黒い爪を闇竜の鼻先に振り下ろした。

『ゴァアアアア⁉』

その瞬間、これまで感じたことのない〝激痛〟が闇竜を襲う。

黒い爪は闇竜の鱗を掠めただけだ。傷さえ付いていない。だが、肉を抉られ、死を感じさせるような激痛は、闇竜の思考を混乱させた。

〈――矮小な虫けらが――ッ‼〉

混乱と激痛を怒りに変えて闇竜が雌の個体に襲いかかる。

だが、攻撃が当たらない。当たっているのに当たらない。幻術ではなく確かに〝そこ〟にいるはずが、闇竜の攻撃はすべて雌の身体を擦り抜け、闇竜の身体に幾つもの〝痛み〟を刻みつけた。

雌の動きが速くなる。それに伴い増えていく攻撃が闇竜に痛みを与え、その動きが激しくなるほど、その姿がブレて見えることに気づいた。

〈――なんだ、コレは――〉

目視だけでなく竜の感覚でも、そのブレて見える姿が残像ではなく、すべて〝実像〟だと告げていた。

〈――なんだコレは？　なんだ〝コレ〟は――ッ!?〉

闇竜は混乱する。存在はしているのに存在していない。
残像のように幾つもの実体を帚星のように纏い、延々と痛みだけを与えてくるその存在に怒りが塗り潰され、闇竜は存在してから初めての〝畏れ〟を覚えた。
怯えれば目が曇る。ただ目の前の存在のみの排除を思った闇竜が、自身さえ巻き込むことも厭わず雷のブレスを放とうとした、その瞬間――

『ゴァアアアアアアアアアアアアアアアアアアアアアアアアッ!?』

幾つもの実像を纏いながら飛び込んできた、その冷たい瞳を宿した雌の姿を映した竜の瞳に、小さな〝黒い爪〟が現実の刃として突き立てられた。

▼アリア（アーリシア）　種族：人族♀・ランク5
【魔力値：115／370】△20UP　【体力値：118／290】△10UP

【筋力：11（24）】【耐久：10（22）】【敏捷：18（38）】【器用：9（10）】
《短剣術レベル5》《体術レベル5》《投擲レベル5》△1UP
《弓術レベル2》《防御レベル4》《操糸レベル5》
《光魔法レベル5》△1UP　《闇魔法レベル5》△1UP　《無属性魔法レベル5》
《生活魔法×6》《魔力制御レベル5》《威圧レベル5》
《隠密レベル4》《暗視レベル2》《探知レベル5》
《毒耐性レベル3》《異常耐性レベル4》
《簡易鑑定》
【総合戦闘力：2203（特殊身体強化中：4181）】
【戦技：鉄の薔薇（Iron Rose）/Limit 115 Second】
【虚実魔法：拒絶世界（オブリビオン）】

＊＊＊

【鉄の薔薇（アイアンローズ）】で全身から放出する光の粒子は、【戦技】を扱う時に身体に蓄積する魔力熱だと師匠は考察した。

本来なら放出に時間のかかるはずのものを常時放出することで、戦技である【鉄の薔薇（アイアンローズ）】を継続状態にさせているが、その放出が魔力の大量消費に繋がっている。

師匠も【鉄の薔薇（アイアンローズ）】を使えるが、師匠は一秒間で魔力を10も消費していた。私が魔力を1しか消費しないのは、通常の戦技を使用するのにスキルレベルが必要であるように、【鉄の薔薇(アイアンローズ)】を扱ううえで必要な条件は、髪の色が変わることから精霊の祝福を受けた『桃色がかった金髪』だと私は思っている。

【鉄の薔薇(アイアンローズ)】は武器スキルではなく身体強化の【戦技】だ。

魔力を全身に循環させることで身体能力を強化するのが『身体強化』だが、およそ百秒で1の魔力を消費するのに比べて、【鉄の薔薇(アイアンローズ)】はその百倍の魔力を消費する。それを私は【鉄の薔薇(アイアンローズ)】が戦技寄りの《無属性魔法》ではないかと推測を立てた。

魔法、魔術は魔力によって世界の理に干渉する技術だ。だから私は、【鉄の薔薇(アイアンローズ)】によって放出される魔力熱にも、世界に干渉する〝力〟があると考えた。

「――【鉄の薔薇(アイアンローズ)】――」

私の桃色がかった金髪が灼けた鉄のような灰鉄色に変わり、全身から魔力熱が光の粒子となって放出される。

この光の粒子を纏う状態を、私は師匠の【炎撃(ブレイズ)】と似ていると感じた。

【鉄の薔薇(アイアンローズ)】を使うとき、私は他の【戦技】を使えない。

【鉄の薔薇(アイアンローズ)】を使うとき、私は他の【魔術】を使えない。

無理に使おうとすれば使えるが、戦技なら魔力熱が暴走して身体が動かなくなり、魔術なら魔力の消費が倍加する。それは、戦技なら放出する魔力の熱量が身体の限界を超え、魔術では魔力熱を放出することで通常魔術に必要な魔素が拡散してしまうことが原因であった。

だから私は、この状態でしか使えない魔術を構成する。

一つだけではない。熟練のパーティーが連携するように鍛え上げた技能を合わせて、私だけの真の〝力〟を得る。


「――【拒絶世界(オブリビオン)】――」


闇竜……お前の〝現実〟を破壊する。ランク5になった力が常人の五倍近い速度を得て、二倍に引き延ばされた体感時間の中で、私は振るわれた闇竜の爪を置き去りにした。

再度振るわれた闇竜の爪が、通り過ぎた後の〝私〟を引き裂き、私が握る黒いナイフから伸びる光の粒子が、【虚実魔法】によって闇竜の現実(せかい)を拒絶する。

私が振るうすべては虚像だ。刃となって振るわれた光の粒子は、一切のダメージを与えることなく、闇竜に〝現実〟と認識させた。

〝虚〟と〝実〟――〝闇〟と〝光〟。

雷系の魔術のように二属性の複合魔術は難易度が高くなる。光と闇の相反する属性の複合は本来なら常人には扱えないレベルの魔術であり、発動するだけでも膨大な魔力を消費するが、私は常時放出され、身に纏う光の粒子を魔術化することでそれを可能とした。

闇魔術による虚像。それに光魔術で生きているかのような現実感と存在感を与える。現実にある私の姿をトレースしてそれを纏い、激しく動くことで置き去りにして、複数の〝私〟を〝世界〟に顕した。

『ゴァアアアアアアアアアアアアアアアアアアアアアアッ!!』

闇竜が吠える。すべて虚像でも、お前にとっては〝現実〟だ。

忘却の彼方……すべての魂が知っているはずの〝忘れられた死の世界(オブリビオン)〟。

虚実の刃が闇竜を斬り裂く。カルラに刻み込まれた〝死〟の痛みは、お前の精神を切り刻み、竜にとって遠い存在であるはずの〝死〟を引き寄せる。

駆け抜ければ後に続き、立ち止まれば私の身体を追い越していく、実体を持った虚像は、闇竜の憎悪に満ちた精神を〝恐怖〟で塗りつぶして混乱させた。

『グォアアアアアアアアアア!!』

闇竜が雷のブレスを撃とうとする。それが正解だ。今の私をどうにかしたいのなら、範囲攻撃をするしかない。だがそれは悪手だ。隙を生み出すための私の攻撃にお前は致命的な隙を晒した。

私は隙を見せた闇竜の頭部に飛び移り、倍加した筋力で黒いダガーを握りしめ、未知の恐怖に揺れる深紅の瞳に、深々と刃を突き立てた。

私を殺せるのはカルラだけだ。

カルラを殺せるのは私だけだ。

闇竜……お前は私の目指す〝最強〟じゃない。

「今だっ!!」

片目から血を噴き上げる闇竜から飛び離れると同時に、ドルトンが声をあげ、私の言葉を信じて待機してくれていたみんなが一斉に飛び出した。

「――【聖炎（ホーリーフレイム）】――っ！」

師匠の火魔術が炸裂して、闇竜の纏う闇の魔素を消してその身を焼き、防御力を低下させる。

「――風の刃よ――っ！」

それに合わせるように放たれたミラの精霊魔術が聖なる炎を巻き上げ、風の刃がもろくなった鱗を引き剥がすと、その現実の痛みに正気を取り戻した闇竜が顔を下げた瞬間を狙って、ヴィーロが渾身の一撃を撃ち放つ。

「――【狙撃（スナイパーショット）】――っ！」

狙い澄ましたヴィーロの一撃が残った闇竜の瞳を貫き、古代遺跡に闇竜の悲鳴が鳴り響いた瞬間、それに重ねるようにネロの咆吼が大気を震わせた。

『ガァアアアアアアアアアアアアアアアアアア！』

ネロの身体が矢のように飛び抜け、名前も知らない太古の爪術戦技が、ネロの咆吼を媒介として、闇竜の首を引き裂いた。

「――【地獄斬（ヘルスラッシュ）】――っ！」

体勢を崩した闇竜に、そこに真っ先に飛び込んできたフェルドが、牙を剥き出すように獰猛な笑みを浮かべて、全力の戦技を繰り出す。

バキィン――ッ!!

精霊が勇者のために生み出したというレベル5の戦技は、何度もぶつけ合った魔鋼の大剣をへし折りながらも闇竜の角を根元から打ち砕き、そのまま折れた切っ先でその眉間を斬り裂いた。

「うぉおおおおおおおおおおおおおっ！」

雄叫びを上げたドルトンが大きくハルバードを振りかぶり、全力の身体強化で振り下ろす。

「――【狂撃(ヒューリー)】――!!」

両手斧レベル5の戦技、自身が攻撃を受けるほど威力を増し、怒りを攻撃力に変える戦技。

闇竜が危険を察し、とっさに受け止めようと頭を振る。だが、その見えない目は攻撃を受けるべき角が折れていたことを一瞬忘れさせていた。

ガキィイイイイイイイイインッ!!

ドルトンの渾身の一撃がネロの引き裂いた首に叩き込まれ、半ばまで斬り裂かれた首から大量の血を噴き上げた。

『ゴァアアアアアアアアアアアアアアアアアアアアアアアアアッ!!』

それでも闇竜は死んでいない。怒濤の攻撃を受けた闇竜が纏う闇の魔素が濃くなり、再び憎しみに塗りつぶされた闇竜が怒りの咆吼を放つ。

両目を潰され、全身を焼かれて斬り裂かれながらも、それでも闇竜は呪詛を吐くように雷のブレスを放とうとした。だがそこに――。

「ジルガンの仇だぁあああああああっ!!」

ドルトンの後ろを走っていた影が、ジルガンの形見の両手斧をドルトンとは逆側の首に叩き付けた。

「――【鉄砕（アイアンブレイク）】――っ!!」

ジェーシャが放つ戦技が、ドルトンのハルバードとハサミのように斬り裂く。そこは最初にジェーシャが戦技を放ったのと同じ箇所で、その傷をさらに深く抉るように刃を突き立てた。

だが、闇竜の放とうとするブレスが止まらない。すでに致命傷のはずだが、それでも闇竜の人間に対する憎しみは、たとえその身が滅びようとも最期のブレスを撃たせようとしていた。

「うあああああああああああああああああっ!!」

「うぉおおおおおおおおおおおおおっ!!」

それに気づいたジェーシャとドルトンが自分の得物に渾身の力を込めて、闇竜の首を切断するべく叫びをあげる。

フェルドの剣は折れて、何度も大魔術を放った師匠やミラの魔力は限界だ。矢や短剣のような小さな刃では闇竜は止まらない。でも……私は最後まで諦めないっ！

「ジェーシャっ!!」

【鉄の薔薇（アイアンローズ）】を使い、ドルトンのいるほうから全力で走り込みながら声をあげ、私と目が合ったジェーシャが、傷にめり込んだ両手斧から手を放して腰から片手斧を引き抜いた。

「――【狂怒（レイジング）】――っ!!」

連続で戦技を放ったジェーシャの右腕から血が噴き上がる。

「だぁあああああああああああああ!!」

血塗れの腕が振るう戦技が、突き刺さっていた両手斧に叩き込まれて、さらに深く食い込んだ。

《――おのれっ、おのれぇえええええええええっ――!!　〝人〟どもがっ!!　絶対に許さんぞぉおおおおおおっ――!!》

それでも……

闇竜。許せとは言わない。魔族に操られ、自由を奪われたお前には復讐をする理由がある。

「お前はもう死んでいろ」

お前が私の大事なものに手を出すのなら……お前は私の〝敵〟だ。

「たぁあああああああああああああ!!」

高速で飛び込んだ私が、全力の蹴りをドルトンのハルバードに叩きつける。

ガキィイイイイイインッ!!

ついにぶつかり合った刃が、ハサミのように闇竜の首を切り飛ばし、最期に闇竜の首が天に向かって吠えるように雷のブレスを轟かせた。

――ズンッ。

重い音を立てて、切り飛ばされた闇竜の首が地に落ちる。

雷が撃たれた空にわずかに雲が集まり、そこから雨水が振り落ちると、その冷たさにようやく勝利を実感した私たちは倒れるように腰を落として、やっと笑顔を浮かべるみんなに声をかけることができた。

「みんな……ただいま」

戦いの後

虚実魔法、【拒絶世界（オブリビオン）】。

虚実魔法とは、水と風の複合魔術に雷系統があるように、虚と実――闇と光を合わせた複合魔術であり、『創造魔術』の一種だ。

闇によって〝形状〟を創り、光によって〝存在力〟を与える。

創造魔術をこれ以上極めることは難しいだろう。光と闇――その二つを極めて行使することができたとしたら、おそらくは擬似的な〝精霊〟さえ創ることが可能なはずだ。

〝土〟で肉と骨を創り、〝水〟で血を流し、〝火〟で体温を与え、〝風〟で呼吸させ、〝闇〟が感情を与え、〝光〟が命を創る。六つの属性をすべて極めて無限に等しい魔力があれば、〝生命〟すらも創造する『神の領域』へと踏み込むことが可能になる。

そんな虚実魔法でも、神でもない人の身でそんな大それた事はできない。私ができたのは、私の〝現状〟を切り取って複写し、〝存在〟としてわずかな時間持続させるだけだった。

それだけでも本来はかなり高等な複合魔術なのだが、【鉄の薔薇（アイアンローズ）】で余剰な魔素の熱として放出された光の粒子は、魔素の均一化や、身に纏うという工程を省き、それによって創られた高等幻術は高位の幻獣である竜種でさえ現実と区別できない、生きている存在感を創りあげた。
【拒絶世界（オブリビオン）】――極限の幻像は、敵が持つ世界の現実を拒絶し、魂が忘れていた死の世界を呼び寄せる。

それでさえも、《光魔法》と《闇魔法》がレベル5にならなければ無理だった。いや、たった一度だけでも成功させたことで、レベルが上がってしまったと言うべきか……。そのせいで久しぶりに会ったもう一人の師匠に、随分と胡乱な視線を向けられた。

「アリア、お前……ちょっと強くなりすぎじゃねぇか？」

ヴィーロは呆れたような、驚いたような、そんな視線を私へ向ける。

私たちは死闘の末ランク7の闇竜を倒した。でも、魔力回復ポーションを服用して無理に【鉄の薔薇（アイアンローズ）】を使った私は、全身で戦技を連続使用した状態になって身体が動かなくなっていた。同じように連続で全力の戦技を使ったジェーシャの右腕は、私よりもよほど酷いらしくて、師匠に頭を引っ叩かれながら手荒い治療を受けている。

その向こうでは、ドルトンやフェルドが闇竜の死体を調べていた。本当ならヴィーロもそれに参加しているはずだが、面倒で逃げてきたのか、それとも一応弟子の私が気になったのか。ヴィーロは私の斥候系の師匠だが、その弟子がたった五年でここまでの力を付けたら、呆れるのも仕方ないのかもしれないけど……。

「ヴィーロやミラの戦いを見て、まだ研鑽する必要があると分かった」

「まだ強くなるつもりかよ⁉」

強くはなった。それでも〝あの子〟は私よりも強いから。

実際、私の思う強さには近づけたとは思うけど、やはり経験が重要なのだと改めて思い知らされた。ヴィーロは私に抜かされたと思っているみたいだが、私からすればまだまだ彼から学ぶ部分は多い。……調子に乗るから言わないけど。

「人生とは学ぶこと。それを続けるかぎり私はまだ強くなれる」

「どこの求道者だ、お前は」

遺跡の地面に横になったまま動けない私を、しゃがんだヴィーロが枝のような物でつつく。

……子どもか。こういう部分がなければ素直に尊敬してもいいのだけど。

「あんた、うちの無愛想な〝弟子〟に何してくれているんだい？」

「げっ」

いつの間にか、真後ろに来ていた師匠に頭を鷲掴みにされたヴィーロが、思わず引きつった声を漏らす。ヴィーロは師匠(セレジュラ)と面識はないはずだが、ミラから何か聞いたのかな？

師匠はあまり初対面の人間に絡む人ではないのだけど、『弟子』と強調していたから、ヴィーロが斥候系の師匠だと知って挨拶でもしに来たのかと思った。

「いや、ちょっと待って、痛いから！」

手荒い挨拶だけど……。

「……師匠、ジェーシャはいいの？」

「無愛想弟子（アリア）も筋肉娘（ジェーシャ）も無茶ばっかりするねっ。まあ、右腕は酷いもんだが、三日もすればある程度は使えるようになるさ」

「うん」

悲鳴をあげるヴィーロを無視して、私と師匠は会話を続ける。

ジェーシャの怪我が酷くなくて良かった。ジェーシャはカトラスの町は元に戻らず、カルファーン帝国の統治下に収まると考えている。そうなるといかに会頭の娘でもホグロス商会に居場所はないらしく、帝国で一から始めると笑っていたけど……。

「……そのジェーシャは何しているの？」

「さてねぇ」

ジェーシャに視線を向けてそんなことを言った私に、何故か師匠はニヤリと笑う。

その視線の先を追うと、ジェーシャは動かない右腕を肩から括ったまま大人しくもせず、武器を担いでドルトンに纏わり付いていた。

ドルトンはジェーシャと同じ山ドワーフで、彼も今回は砂漠での戦いということでハルバードにしているが、基本はジェーシャと同じ斧使いなので武器の扱いでも請うているのかもしれない。

「あの子も積極的よねぇ。私としては〝女の子〟が増えるのは歓迎だけど」

そこに精霊による魔物除けを施してきたミラが戻ってそんなことを言う。森エルフのミラは、師匠が戦鬼だった時代に何度か戦ったことがあるそうだ。

師匠を視界に入れず、私だけに話しかけてくるミラに師匠が呆れた顔をする。

「あんた……〝女の子〟って歳かい」

「あなたより、百歳以上、年下ですけどっ!?」

師匠やミラの年齢はどうでもいいが、二人はどうにも相性が悪い。

元から森エルフと闇エルフの仲は悪いが、本気でいがみ合っているわけではない。今更敵対はしないと決めたみたいだけど、師匠のほうは幼い妹を彷彿とさせたミラを嫌いではなかったそうで、戦場で何度もちょっかいをかけたらしく、今のような関係になったと聞いている。

ミラは人族の街にいるときはのんびりとした雰囲気の人だったが、そういえば、人族の街で百年暮らしたことで丸くなったと、誰かが話していたのを思い出した。

元々はこんな性格だったのかもしれない。こんな一面もあったのかと私が驚いていると、その隙に逃げ出したヴィーロが、闇竜から素材を剥いでいたフェルドに怒られていた。そんな様子に思わず溜息を吐いた私の横で、寝転がっていたネロの尻尾が肯定してくれるように揺れていた。


「まずは闇竜の素材をどうするかだな」

結局その日、私たちはあの戦いの場から動くことができず、師匠とミラとヴィーロが周囲に魔物除けを施しながら野営をすることになった。

ただ野営をするために留まったのではなく、魔族兵の亡骸と一緒に、私たちは素材を取った闇竜を遺跡で焼いていた。

闇竜もあれらと一緒にされるのは嫌かもしれないが、野晒しよりマシだろう。ドルトンも強者には敬意を払うものだと、自前の火酒を闇竜にかけていた。

私もまだ戦闘は無理だが、なんとか起き上がって、自分で食事を摂れるほどには回復している。

食事と言ってもこの辺りで食材になる魔物は虫系が多く、どうやら昆虫食にトラウマがあるらしいヴィーロが顔を顰めていたが、他の面子はミラでさえも顔色一つ変えずに食べていた。

「素材かぁ……。俺たち全員の拡張鞄でもそれほど持って帰れねぇぞ、ドルトン」

「だからどうするかって話だ、ヴィーロ。少なくとも肉は無理だな」

純粋な竜種は……特に属性竜の素材は捨てる部分がないと言われている。弔っておいてあれだが、私たちは冒険者だ。素材も取らず肉も食わないのではただの殺しと変わらない。

竜の血や内臓でさえも錬金術の素材となり、肉も珍味として知られている。ただ、竜の肉は魔素が強く、一般人なら間違いなく腹を壊す。食べるのなら熟練の調理人が処理をして、ナイフで少しずつ削るようにして食べるそうだ。

内臓の強いドワーフのドルトンやジェーシャ、それと幻獣のネロも、少し味見をしていたようだが、本当に少ししか食べていない。

「おい、〝戦鬼〟、あんたは欲しい部位があるか?」

「おや、分けてくれるのかい?」

ドルトンの言葉に師匠が意外そうに笑うと、ドルトンは軽く溜息を吐く。

「お前たちが先に戦っていたんだ。それだけで選べる権利はあるだろ。ただ、魔石は譲ってくれ」

ドルトンたちがここに現れたのは偶然ではない。

エレーナが無事にカルファーン帝国へ辿り着けていたことにも安堵したが、彼女が私を助けるために帝国と交渉して、補佐をするセラと共にかなり頑張ってくれたという。それだけでなく私が動く経路を予測して仲間たちをこの場に向かわせてくれた。

エレーナ……本当に無事で良かった。

それで、ドルトンが魔石を必要だと言ったのは、エレーナたちはカルファーン帝国に相当な借りを作ったからだ。

それをどう返すのか悩ましいところだが、ドルトンは闇竜の魔石を補填の材料に使うことを考えた。この大陸でも数体しか存在しない属性竜の魔石なら、おそらく国宝クラスの価値がある。その魔石を皇帝に献上することで、その負債の一部は確実に返すことができるはずだ。

実際そのくらいしないと、他国の冒険者で、貴族籍もある私やドルトンが国内で活動することに、不満を示す帝国貴族がいるだろう。

「それなら竜血と竜眼でいいよ。それと肝くらい？　どれも錬金素材として最上級だし、あんたらじゃ、帝国までは持っていけないだろ？」

「ああ、すまんな」

みんなの持つ拡張鞄も私の【影収納（ストレージ）】と同じで、腐りにくい効果しかなく、内臓系を生のまま持ち帰ることは無理だった。師匠なら錬金術の処理も可能で、旅の途中でも定期的に防腐処理もできる。

それと最初に戦っていたのはジェーシャも同じだが、彼女は少量の鱗と、これからのことを考えて素材を売った金銭を欲しがった。ネロは何もいらないし、助けに来てもらった私がこれ以上求めるものはない。でも、そんな私にドルトンは呆れながらも一枚の鱗を差し出した。

「これ……なに？」

「お前は知らんか？　竜の〝逆鱗〟だよ」

「……これが」

思わず私もまじまじと見つめてしまう。竜の逆鱗……確か、竜の急所を護る一枚の鱗だったか。一番硬度が高い大きな鱗で、この鱗を狙うことは『竜を殺す』と宣言することを意味する。

素材としては確かに良い物だが、それよりもこの逆鱗は『竜殺しの証』として、もっとも功績のあった者に贈られるそうだ。

「それはお前が受け取れ。お前が持つべきだと全員が納得している」

「……うん」

誰か一人でも欠けていたら勝てなかった。でも、みんなが逆鱗を受け取った私に微笑んでくれているのを見て、『竜殺し』を名乗る覚悟を持って強く頷いた。

〝虹色の剣〟はパーティーとしてかなり大きな収納鞄を幾つも持っていたが、そこまで大きな物は入らないし、限度もある。

肉や骨、それと内臓系は持っていくことが出来ないと燃やした。小さな鱗も同様だ。勿体ないけど、大きめの鱗や牙だけでも〝虹色の剣〟の数年分の稼ぎにはなるはずだ。

ヴィーロもジェーシャと同じく数枚の鱗と金だけだが、ミラは師匠と何か話して、翼の飛膜を持ち帰る話をしていた。どうやら装備を作るのに使うそうだが、持ち帰る錬金加工をするのに、あの二人が問題なく話し合っているのは少し不思議な感じがした。

「それとフェルド。お前がへし折った角は、お前が使え」

「……いいのか？」

「そうだ。必要になるだろ？」

あそこでフェルドが闇竜の角を折っていなければ、とどめを刺せていたか分からない。

彼がへし折った闇竜の角は一番太い部分で、それだけでも大金貨千枚以上の価値がある。それをフェルドに渡したのは彼がそれを折るために自分の大剣を失ったからだ。

私の武器の強化にも使ったランク6のミノタウロスの角と同じように、高ランクの魔物は取り込んだ鉱物を角や牙に集めて強度を上げる。その素材に含まれる特殊な金属は、精製すれば強い魔素を宿した〝生体金属(アダマンタイト)〟となるのだ。

闇竜の角を素材として大剣を作成する。フェルドの魔鋼の大剣はガルバスが作った物で、フェルドはそれを折った詫びも兼ねてガルバスに作成を依頼するそうだ。

それを主材料として使う武器には興味があるし、久しぶりに私もガルバスの所にも顔を出したいところだけど、しばらくはエレーナの側を離れないほうがいいので諦めるしかなかった。

何よりもまずエレーナに会いたいな……。

その翌日、私も歩ける程度には回復したが、触覚に絡み取られて強引にネロの背に乗せられ、遺跡を縦断するため出発した。

「……暇だな」

私の横でジェーシャがそんなことを呟いた。ジェーシャは怪我人とは思えないほど元気だが、私と一緒にほとんどの戦いを見学させられた。

魔物も襲ってくるが、これだけの面子が揃っているので手を出す必要がない。そもそもランク5のクァールがいるので、ランク3以下の魔物は近づいても来なかった。

問題があるとすれば昆虫食くらいだが、なぜそこまでヴィーロが嫌がるのか尋ねてみると、ものすごく嫌な顔をして「お前のせいだよ」と言われた。

……何かあったっけ？

「でも、ドルトンは……さすがだぜっ」

「…………」

魔物相手に戦うドルトンの背中に、ジェーシャが少女のように目を輝かせていた。

実際、人族年齢に換算するとジェーシャは十代の後半だから、少女と言えないこともない。でもそんな彼女の様子を見て、私はミラが使った『女の子』という言葉が妙に気になった。

それから五日程かけて古代遺跡を抜け、ようやく懐かしさも感じるカトラスの町が見えてくる。半壊してかつての面影もなくなった町に、私もジェーシャも少しだけ思うところはあったが、それでも魔族軍がいなくなった町には少しだけ人の姿も見えて、砂漠の民の強さを実感した。

今そこにはエレーナが交渉して私を探すために出してくれた、カルファーン帝国の探索隊が待機している。

つまり……そこが、師匠やネロと別れる場所になる。

「私とネロは、のんびりとクレイデール王国に戻るよ。無愛想弟子（アリア）、あんたはさっさと友達を安心させてやりな」

「……やっぱり一緒には戻れない？」

「帝国だって馬鹿じゃないよ。私が〝戦鬼〟だとバレたら面倒なことになるから、そんなのごめんだね」

〈――是――〉

人嫌いのネロも師匠と同様に徒歩で帰ることを選んだ。一ヶ月程でこの砂漠まで来たらしいが、帰りはゆっくりと二ヶ月以上かけるつもりらしい。

ネロも師匠には心を許したか……。実際そこまで仲は良くなさそうだけど、師匠を背に乗せるくらいには気を許している。

友達……エレーナを戦場から送り出すとき、私は彼女を友達と呼んだ。次に会ったときエレーナは自分を受け入れてくれるのだろうか……。

でも、師匠がそう言ってくれたので少しだけ前向きになれた。

師匠がネロの背に乗って、東の方角へ姿が見えなくなるまで見送り、待っていてくれたみんなの所に戻ると、私が師匠に懐いているのを見たフェルドが、珍しく気を遣うように声をかけてきた。

「あ～……そうだっ、まだしんどいなら俺がおぶってやるか？」

「………」

普段は鈍いくせに本当に甘い人だな。ほとんど身体は動けるようになっているけど、だとしたらこれは、彼なりの冗談と気遣いなのだと考えた私は、彼の肩に軽く手を置いて、そのまま一足飛びでフェルドの肩に飛び乗った。

「お、おいっ」

「乗せてくれるのでしょ？」

何故か慌てるフェルドに私も少しだけ笑って、静かに砂漠を見渡した。

やっぱり……フェルドの肩は景色が広いな。

再会

「アリアが……見つかった？」

「はい、良うございましたね……エレーナ様」

西方の大国、カルファーン帝国。その王宮敷地内にある迎賓館にて、帝国から派遣された探索隊から、王女の側近であり、その身を挺して王女を護った少女が発見され、冒険者〝虹色の剣〟共々、カルファーン帝国へ向かっているとの報告が遠話の魔導具により届けられた。

「アリア……」

生きていると信じていた。それだけを信じて帝国に働きかけ、エレーナは持てる智と伝手を使っ

て帝国を動かし、彼女の仲間である〝虹色の剣〟を送り出した。

それでも不安はあった。アリアのことは母よりも国王である父よりも信じている。それでも、この世界でただ一人、自分を『友達』と呼んでくれた少女の身を案じずにはいられなかった。

「本当に良かったですね、エレーナ……殿下」

その知らせを、文官に任せるのではなく自らの足で運んできた青年は、涙ぐむ彼女にそっと自分のハンカチを差し出した。

「ありがとうございます……ロレンス殿下」

ロレンス・カルファーン第三皇子。ロンと名乗り、エレーナたちと共に砂漠を脱出してきた彼は、本来なら現皇帝の第一子であり皇太子となるはずの人物だ。

帝国内の情勢と政治的な理由で、皇帝は歳の離れた異母弟たち二人を養子にして、高い継承権を与えることになった。皇帝となる際に強い後ろ盾を必要とした父は異母弟たちの親族を頼らざるを得ず、異母弟の一人を皇太子とすることでしか実子のロレンスを護れなかったのだ。

ロレンスと二人の兄との仲は悪くない。とりわけ仲が良すぎることもないが、二人とも野心的な人物ではなく、ロレンスとしては自分が皇帝にならなくても、問題のない統治ができるとさえ考えていた。

だが、国内にはいまだに、現皇帝と皇妃の子であるロレンスを次の皇帝に望む声があり、そのことを重く見た兄の親族である上級貴族は、まだ幼かったロレンスの命を脅かすようになった。

その件に関してロレンスは父である皇帝を頼ることはできなかった。ここで父が自分の味方をするようになれば、安定している国内がまた荒れることになる。

だが今は幼い頃のようにそれを不幸とだけ考えてはいない。人の上に立ち、王となるのは、感情で動くことのない覚悟がいるのだと今では理解していた。

それを教えてくれたのは、目の前にいる少女だ。

自分より年下の十三歳でありながら、彼女は〝王〟としての資質を備えていた。

ロレンスは今までただ逃げて、生きるための後ろ盾になる分かりやすい功績を求めていたが、自分も皇族の一人として、ただ生き延びるだけの人生ではなく、自分の人生を誰かのために使えるのではないかと考えるようになった。

エレーナはあのとき、気球を飛び降りてあの少女……アリアと共にいる選択肢もあった。

そうすればアリアは魔族軍に一人で立ち向かうことなく、残ったエレーナを優先し、二人だけでも時間さえかければ砂漠を渡ることもできただろう。

アリアは情に厚いが、エレーナと自分たちの命を秤にかければ必ず彼女を選ぶ。けれど、エレーナはそれをして確実に命を落とすであろう、ロレンスたちのために残った。

そして、国家安寧のために早く国元に戻ることを選び、〝友〟を切り捨てた。

それが〝二人〟の望みだった。そう決めて、そうすることを選んでも、それでも友を想うエレーナのためにロレンスは何かをしたかった。

（……誤魔化しだな）

違う……と、ロレンスは心の中でそう呟く。

自分は、エレーナだからこそ、彼女のためだけに何かをしたかったのだ。

「ロレンス殿下、あの砂漠の町に向けて兵を送ると聞きました」

「……その予定です」

不意に発せられたエレーナの声に、思わずその細い肩に手を伸ばしかけていたロレンスが身体を強張らせる。

探索隊には、魔族軍とぶつかる可能性と移動時間を考慮し、砂漠に精通した精鋭中隊、百名を派遣した。だが〝虹色の剣〟と探索隊がカトラスに到着したときには、何故か魔族軍は誰一人残っていなかった。〝虹色の剣〟は魔族軍の移動の跡を発見し、追跡してアリアを見つけたという。

町を調べた探索隊は、魔族軍の攻撃により町の損傷が激しく、住民のほとんどが怪我人か貧窮していたことから治安維持に動くことになり、帝国はこの機にあの町を帝国の支配地にするべく、第二陣として一個大隊と食料を送ることになっていた。

だが、その情報をどうやって得たのか？　王女の後ろで穏やかに微笑んでいるセラという侍女に薄ら寒いものを感じて、ロレンスはエレーナに頷いてから、そっと自分の手を後ろに回した。

闇雲に功績を求めていたロレンスだが、奇しくもエレーナの味方をしたことで大国クレイデールに恩を売る形となった。結果的にだが、魔族からの侵攻を防ぐ砦となるカトラスを手に入れたことで、ロレンスの味方をする人間も増え始めている。

エレーナが何を考えてその話題を振ったのか、なんとなく察しもつくが、今の彼なら余程のことでもない限り大抵の望みは叶えられるだろう。

そう考え頷いたロレンスに、エレーナはその望みを口にする。

「お願いがあります。わたくしを――」

＊＊＊

カトラスにはカルファーン帝国の百名近い騎士と兵士、それに追従する三十名の輜重兵がいた。その部隊は魔族軍との戦闘を考慮した手練れ揃いだったが、現在は荒廃したカトラスの治安維持に奔走している。

部隊の指揮官である人物に会うため、町外れに建てられた大きなテントにドルトンやジェーシャと共に向かうと、その辺りにいた兵士や傭兵が道を空けるように引いていった。

最初は〝虹色の剣〟の威名が他国でも利いているのかと思ったが、その表情にはどこか脅えのようなものが感じられた。

「お前が怖がられているんじゃねぇの？」

「…………」

ジェーシャの呟きに思わず口元を引き締める。ランク5になって私の戦闘力はドルトンを超えている。これまで誰も気にしたように見えなかったので私も気にはしなかったが、鑑定のできる一般人からしたら私は相当に奇異に見えるのだろう。

手練れが多い。つまりは、生き延びる術に長けている者は、《鑑定》を覚えている確率が高くなる。たとえ外套を纏っていても《探知》スキルが高い人間ならある程度の実力が分かってしまう。

テントの入り口を警備していた若い兵士が、私を見て若干顔を引きつらせながらも中に声をかけると、低い男性の声が聞こえてきた。

「入ってもらえ」

中で出迎えてくれたのは、ランク4ほどの実力を感じる壮年のクルス人だった。彼はドルトンに貴族らしい挨拶をすると、歴戦の戦士らしい傷の残る隻眼で私を見て少しだけ頬を緩めた。

「スレイマン男爵だ。君が噂に聞いた〝灰かぶり姫〟か。噂半分に聞いていたが、殿下が話してくださったよりも、遙かに見目麗しい方ですな、レイトーン嬢」

「……アリア・レイトーンと申します」

噂と聞いて、挨拶をしながらドルトンを軽く睨むが、ドルトンは首を振りながら微かに肩を竦めるだけだった。

ムンザ会の獣人たちが、旅商人から〝噂〟を聞いていたように、妙なところで私の威名が広がっているらしい。確かに生き残るために〝恐れられる〟ことを目指しはしたが、なんとなく厄介ごとのほうが増えそうな予感がした。

彼に話をしたという〝殿下〟とはロンのことだった。カミールから聞いた話だとロンはカルファーン帝国の第三皇子らしく、スレイマン男爵の話しぶりからすると彼は第三皇子の味方で、ロンからの依頼で帝国軍人である男爵が部隊を率いて私の捜索に赴いたそうだ。

事情説明は口下手の私よりも、当事者で、元冒険者ギルド長のジェーシャのほうが向いている。あまり敬語もできていない多少粗めの説明だったが、ドルトンの補佐もあり、大体の事情を理解したスレイマン男爵は、こちらでも足りなくなっていた食料を分けてくれただけでなく、帝国への道案内に人員を割いてくれると言ってくれた。

せっかく会えた師匠やネロとは別れてしまったが、カルファーン帝国へ着くまで私は私でやることがある。スレイマン男爵が馬車を用意してくれたので、まだ本調子ではない私は【影収納(ストレージ)】から出した羊皮紙を読み込んでいた。

この羊皮紙には、旅の間に師匠が記してくれた《闇魔術》と《光魔術》のレベル５の呪文が書かれている。

光魔術【範囲回復(オールヒール)】。これは、レベル３の【高回復(ハイヒール)】の体力回復効果だけを周囲に展開する回復魔術だ。使用魔力は【高回復(ハイヒール)】より上だが、範囲内の全員を回復することができる。

光魔術【再生(リジェネ)】。これは同じくレベル３の【高回復(ハイヒール)】にある【治癒(キュア)】の効果をさらに高めたもので、指程度の欠損なら四半刻で再生する。

闇魔術【腐食(コロージョン)】。これは珍しい闇の攻撃魔術で、範囲攻撃でもある。その闇の範囲で影響を受けたものに数十秒間、一秒間に1ずつ体力値を減少させるスリップダメージを与える。ダメージは低いがその代わり抵抗(レジスト)はできず、わずかに防御力を下げる効果もある。

闇魔術【浮遊(レビテイト)】。これは数分間、術者の力量に応じて浮遊を可能にする。自由に飛び回ることはできないが、風魔術の併用や、壁を蹴ることである程度自在に動ける。

おそらくだが、カルラが明確に宙に浮かんでいたときは、これを使っていたのだろう。

これのうちどれかを、クレイデール王国に戻るまでに会得するのが師匠に出された課題だった。難しいが魔術レベルは上がっているので無理ではない。

それから十日後……かなり強行軍だったが軍用馬車を使えたこともあり、私たちは予定よりかなり早くカルファーン帝国の領内に辿り着いた。

もうすぐ……。もうすぐエレーナと会える。体調も戻り、皆と一緒に馬車の外で周囲を警戒していた私の足も自然と気が急くように速くなる。そんな中、前方を警戒していたヴィーロが何事か声をあげた。

「前方、何か見えるぞっ」

「ん～……帝国の軍隊？」

警戒するヴィーロの声に、馬車の上から周囲を見渡していた《遠視》スキル持ちのミラが、目を凝らすように細めながらその正体を告げた。

「軍隊か……騎士殿、何か聞いているか？」

「確か、カトラスを治めるための大隊が出ているはずですが、こちらのルートから来るとは聞いておりません」

馬車から出てきたドルトンの問いに、スレイマン男爵から借りた騎士爵の一人が首を傾げる。

このルートは早く到着できるが、道が狭いのもあって襲撃などに弱くなる。私たちなら問題ないが、一個大隊千名近い人間が通るルートとして、無いとは言わないが選ぶ理由もないだろう。

「念のため、警戒しろ」

ドルトンの指示に〝虹色の剣〟と一瞬困惑しながらも騎士や兵士たちが動き出し、不自然ではない程度に戦闘準備を整える。

ロン……第三皇子には命を狙う敵がいる。エレーナがいることでロンの政治的な地盤も安定したようだが、その足を掬うために〝私〟を狙う可能性はあった。

そのために大隊規模とは大げさすぎるが、指揮官が高位貴族なら、ルートを変え、間諜疑惑などをでっち上げ、騙し討ちをする程度ならするだろう。

「…………」

少しずつ近づき、大隊の全体が見えた頃、向こうから数名の騎馬が走ってくると私たちの前で声を張り上げた。

「そちらは〝虹色の剣〟のドルトン殿と、そのお仲間で間違いないでしょうかっ！」

「そうだっ、そちらは？」

「カトラス駐在軍の支援大隊です。指揮官のタラール子爵から、ドルトン殿と発見されたご令嬢を、お招きするように申しつかりましたっ」

「……分かった。すぐに向かうと伝えてくれ」

「はっ」

伝令の騎馬が大隊に戻ると、ドルトンの視線を受けた騎士爵が「中立貴族です」と答える。判断材料が足りないな。でも、彼らから感じる気配には、こちらを騙し討ちにしようとするある種の緊張感が見えないのは確かだ。

「とりあえず、行ってみる？」

「まあ、そうだな」

私の言葉にドルトンが軽く頷く。ミスリルで固めた重戦士のドルトンと、今の私を簡単に殺せる人間はまずいない。最悪でもドルトンが兵を引きつけている間に、指揮官を上から順に殺していけばなんとかなるかと、私たちは足を踏み出した。

私たちが足を止めた大隊に到着すると、道を空けてくれた兵士たちから好奇の視線が向けられる。偶(たま)に押し殺したような小さな悲鳴があがるのは、私たちを鑑定した者がいたのだろう。

途中から先ほどの騎士が戻って徒歩で案内をしてくれると、軍には似つかわしくない豪奢な馬車があり、その扉が内側から開かれた。

「彼は……ロン?」

彼の印象に残っていた砂漠の汚れが無くなり、豪奢な衣装を着たロンが私に気づいて微かに微笑む。

彼はそのまま馬車に何か声をかけると、その中の人物の手を取ってそっと〝彼女〟を馬車から降ろした。

ロンに劣らず豪奢なドレスを纏った少女の姿に、周囲の兵や騎士たちから声にならない感嘆の溜息が漏れる。

その微かなざわめきの中で私が思わず足を止めると、それに気づいた彼女が私を映した碧い瞳に涙を溜めて、ロンの手から私のところへ飛び込んできた彼女を私もしっかりと受け止めた。

「おかえりなさい……アリア」

「ただいま……エレーナ」

最後の夜

エレーナと離れてからひと月あまり……。無事に再会を果たせたことで、カトラスを支援するための大隊は一部を残して彼の地へ向かい、エレーナとロン……カルファーン帝国第三皇子ロレンスを警護する一個中隊と共に、私たちはカルファーン帝国へ向かうことになった。

その道中、私はエレーナと同じ馬車に乗っている。本来なら私はドルトンたちと一緒の馬車だが、私が名ばかりでも男爵令嬢であることと、王女の側近として見られていたので自然と王族の乗る馬車に乗せられた。

「アリア、よく無事で戻りました」

「はい、セラ」

ロンも同乗するその馬車には、侍女として私の養母であるセラも待機していた。

年頃の男女を同じ馬車に二人きりにするのは問題があるので、ロンの世話役として年配の老執事も同乗していたが、かなり大きめの馬車は五人が乗ってもまだ余裕がある。

ロンと老執事がこれからの予定を確認している間に、私はこれまでのことを話せるかぎりでセラに報告していた。

エレーナを挟んで反対側にいるセラに報告するのは、エレーナの頭越しに話すことになるので良くはないのだが、エレーナは私が隣に座ることを強要してきたので仕方なくこうなった。まるで出会った頃の〝我が儘姫〟状態だが、今度は演技ではなく、素の彼女が私の側にいたいと思ってくれるのは、なんとなくむず痒いような感じがしたけど悪い気はしなかった。

友達……とあのとき私は彼女をそう呼んだ。エレーナもそれを口に出すことはなくても、自然に受け入れてくれている。

セラも私がランク5になっていることは気づいているが、一応、帝国側の人間がいるので、無言で睨むだけで済ませてくれた。相当な無茶をしたことを叱るような視線だったが、その瞳は師匠と同じような家族としての情があるように思えて、ようやく帰ってきたのだと実感した。

一通り話し終え、魔族の話に触れると、私たちの話が終わるのを待っていたロンが、堪えきれなかったように話に割り込んできた。

「アリア、あいつは無事なんだな？」

「……はい、殿下」

あいつとはカミールのことだ。ロンにはジェーシャが預かってきたカミールの書簡を渡してある。それに何が書かれていたのか、相当安堵している様子から互いの事情は知っているのだろう。

「アリア……普段通りでいい。この者は私が幼い頃からの味方で、そちらのレイトーン夫人のような者だと思ってくれ」

「……分かった」

私の言葉遣いが気になったロンがそう言って、隣の老執事が穏やかな笑みで頷いてくれたので、私も言葉遣いを元に戻す。

「戻ってくれて素直に嬉しいよ。あの元ギルド長にも礼を言っておいてくれ。仕官するつもりなら便宜を図ると。正直、ランク4の重戦士は貴重だからな」

「伝えておく」

本人の様子から、今もその意思があるのか分からないけど。

「それと、これからの予定を話したい」

エレーナとセラから聞いた話では、エレーナは私のためにギリギリまで帝国に留まっていてくれたらしい。

ロンの話では、その日程は本当にギリギリらしく、現在も出港準備は進んでいて、私たちが戻っても数日後にはクレイデール王国へ旅立たなければいけない。その出航までの数日の間に、エレーナだけではなく私も皇帝陛下に謁見する必要があるそうだ。

「どうして私が？」

「アリアは男爵令嬢で王女の側近だろう？　実際は護衛かもしれないけど、その護衛のために王女があれほど動いていたんだ。それに父上と母上が興味を持ってね。どちらにしろ、ドルトン殿も貴族として招かれているから、諦めてくれ」

「………………」

面倒な……という言葉をギリギリで呑み込む。目の前の老執事は、皇子と普通に話すことは許してくれても、皇帝への不敬を許しはしないだろう。それにしても……自国の王様より先に、魔族の王や皇帝に会うことになるとは思わなかった。

「それと、友好国の王女殿下が短期留学から帰国するのだから、帰国の前日には夜会が催される。こちらは虹色の剣の方々もだが、アリアは必ず参加してもらう」

「……了解した」

そちらも面倒だが、ロンの表情からして他にもあるのか？　そんな意味を込めて視線を送ると、私の裾を指で引っ張るようにしてエレーナが口を挟む。

「ロレンス殿下。わたくしが話します」

「……ああ」

話しにくそうなロンに代わって、エレーナが隣にいる私に向き直る。

「アリア……もしかすると、あなたの命が狙われる可能性があります」

ロン……ロレンス第三皇子は、兄皇子の親族から命を狙われている。

だがそれは、ロンが私たちと関わり、偶然でもロンが『友好国の王女を救出した』ことで大国クレイデールに〝貸し〟を作る形となり、手を出しにくい状況になった。

そんな話になったのは、皇帝陛下とロン、そしてクレイデール国王陛下と話をつけたエレーナとの協議の上で、双方にそれをする価値があると判断したからだ。

それによりロンを取り巻く情勢が大きく変わった。現状で兄皇子の親族がロンに手を出せば、帝国の国益を損なうことになり、中立派の貴族は兄皇子たちとその親族に不信感を覚えるだろう。

ロンは皇位を求めていなかった。だが、カミールとの夢である魔族と人族の和平を実現するためには、皇帝の地位を得ることがもっとも近道なはずだ。

だが、その方法も茨の道であることはロンも気づいている。王は他国よりも自国の民を優先し、本気で取り組めば取り組むほど、子どもじみた理想から大きく離れてしまうことを知った。

だからこそロンは、理想と現実の狭間で揺れている。そこがエレーナとの違いだ。彼女は国家と民のためなら、その手を血で汚すことも躊躇わないだろう。

だが、どちらを選ぼうと、疑心暗鬼に陥った兄皇子の親族たちは、ロンが中立派の貴族たちによって皇帝に推されることを恐れていた。

ならばどうすればいいのか？　第三皇子の功績である、『クレイデール王国への貸し』を残したまま、クレイデール王国との関係を悪くすればいい。

短絡的だな……自国の利益よりも自分の権力を優先している。

でも、直接エレーナの命を狙わない程度の分別はあるらしい。現状もロンとの関係を悪化させるために噂を流すか、エレーナを取り込もうとするか、その程度のことしかできていない。

下手にエレーナが死亡することにでもなれば、最悪二国間の戦争もあり得る。皇帝もそれを許しはしないはずで、戦争を回避するために兄皇子とその親族の首で済ませる可能性もあるはずだ。

けれど〝私〟は別だ。王女が頼りにする側近といえども所詮はただの男爵令嬢だ。私が死んでもクレイデールの国王陛下は帝国との関係を優先する。

それでもエレーナとロンの関係悪化は免れない。兄皇子の親族たちは事を起こしても、皇帝と中立貴族からのロンの評価が下がる程度に収まると、楽観的に考えたのだ。

「わたくしは絶対に許しませんけど」

エレーナが底冷えのする声でそう呟き、ロンが冷や汗をかきながらも苦笑する。

短絡的だがエレーナの心情と有能さを考慮しないのなら有効な策だ。でもエレーナの様子からすると、兄皇子とその親族は評価を下げたロン以上に酷い状況になるのだろうな……。

要するに私は一人にならないほうがいい。帰国が迫っていることで、焦った親族からエレーナにも直接危害が加えられる可能性もある。だから帰国するまで私はエレーナの側を離れられず、何も仕掛けられないように夜会にも参加する必要があるそうだ。

「俺たちも暗殺者程度にアリアが負けるとは思っていない。ただその場合、お前に手を出させたあげくに、罪をでっち上げて、アリアを加害者に仕立てる事もできる」

ロンの発したその言葉に私も頷く。私の強さや情報はすでに帝国へと届けられている可能性がある。届けたのがロンの派閥でも、情報はどこから漏れるか分からないからだ。

王女を救ったという護衛で、王女が尽力をするほどの人物なら、その可能性は確かにあった。

「皇帝陛下との謁見も、アリアに庇護を与える意味もあると思う。それがどこまで効力を持つか分からないが、アリアも自重してくれ」

「了解……」

あらためて感じる貴族の面倒くささに、私はその場で小さく息を零した。

＊＊＊

カルファーン帝国へ到着したその翌日、あらかじめ遠話の魔導具で伝えられていたのか、待たされることなく皇帝陛下と謁見することになった。

「其方が、エレーナ殿が頼りにするというアリア嬢であるか。身を挺してエレーナ殿を護ったという其方の働き、誠に大儀である」

「……勿体ないお言葉でございます」

皇帝陛下は見た目三十代後半の優しげな風貌をした人物だった。最初にエレーナが戻ったことを皇后と共に喜び、その後に私へと声をかけた。

だが、その瞳は優しげな風貌とは裏腹に、私を見極めようと鋭くこちらを見つめていた。鑑定もされているだろう。やはりある程度の情報は流れていると思っていい。

謁見とは言っても特に話すことはなく、皇帝陛下のお言葉をいただいておしまいだ。こちらから話しかけることなどできないし、そもそも礼儀作法に関しては表面上のことしかできないので、下手に話すと襤褸が出る。

隣に並んでいるドルトンやセラは慣れた感じだが、それでも真新しい礼服に身を包んでいることで敬意のほどが窺えた。

「アリアさん、あなた、帝国のドレスがよく似合いますわ」

「ありがとうございます」

皇帝陛下の隣にいる皇后様からお声がかかる。

今回は私も珍しくドレスを着ている。迎賓館の侍女が選んでくれた涼しげな青のドレスは、帝国の気候に合わせて通気性がよく、驚くほど軽い。

クレイデールのように絹を幾重にも重ねる重いドレスとは違い、透けるような薄い布地を何枚も重ねて華やかさを演出する衣装は、クレイデールのドレスよりも私に合っていると感じていた。

そんな帝国のドレスを着た私を……いや、私の桃色がかった金髪を見て、皇后様は懐かしそうに目を細めた。

「わたくしの友人もクレイデール王国の血を引いていたのよ。あなたほどではないけれど、とても綺麗な桃色の髪をしていたわ。あなたがもし、この国を気に入ってくれたのなら、貴族家への輿入れもお手伝いできますよ」

「お戯れは困りますわ、皇后様」

「あら、親御様がいたことを忘れていたわ。ごめんなさいね、レイトーン夫人」

養母のセラがやんわりと断りをいれると、皇后様がくすりと笑う。

その友人とは、おそらくカミールの母のことだろう。その人物が私の血縁か分からないけど、その友人を思い出させる私を、皇后様は近くに置いておきたかったのかもしれない。

カミールの母……その女性の母親がクレイデールの人間らしいのだが、今は地方にいるらしく、私が会うことはこれからもないだろう。

この国に輿入れするのなら別だが、もちろん、私自身もそんなつもりはない。

だが、そんな話を聞かされて何を思ったのか、皇帝の隣に立っていた一人の青年が晴れやかな笑みで唐突に口を開く。

「陛下、皇后様、クレイデール王国との関係を強めるのでしたら、男爵家のご令嬢ではなく、エレーナ殿を皇太子妃として、私の妻として迎えるのはいかがでしょう？」

ざわり……。

謁見の間にいた帝国貴族たちから響めきが漏れる。

確か、皇太子のアスラン殿下……だったか。実際には叔父と甥なのだから、ロンとはあまり似ていない。ロンからは野心的な人物ではないと聞いていたけど……。

その発言を聞いて、皇帝たちの近くにいたエレーナの目が鋭く細められた。本来このような場で話すような事柄ではなく、しかも『妻に迎える』という言葉はクレイデール王国を下に見ているとも聞こえるからだ。

さすがにそれを諌めようと皇帝陛下が口を開こうとした寸前、立ち並んでいた貴族の中から一人の男が前に出た。

「それはよろしゅうございますなっ。クレイデール王国でも美姫と知られる、才色兼備なエレーナ様が皇太子妃となられたら、帝国はさらなる発展と輝かしい未来を掴むことになるでしょう！」

その貴族になんの権限があるのか、まるでそうすることが当然のように語り始める。

その言葉にセラに睨まれた宰相らしき人物が慌てふためくと、そこに皇帝陛下が声をあげた。

「デミル卿、ここはそのような場ではない。エレーナ殿、皇子と臣下の発言を謝らせてもらおう。アスランも控えよ。お主にはすでに婚約者候補がいるであろう。エレーナ殿に失礼なことを言うでない」

「それは申し訳ありませんでした、陛下、エレーナ殿」

諌められたアスラン殿下が、悪いとは思ってない顔で皇帝とエレーナに頭を下げる。それに追従するようにデミル卿と呼ばれた男も、無言で頭を下げて列に戻った。

エレーナを手に入れれば、ロンの功績もそのまま手に入れることができる。野心的ではなくても、アスラン殿下自身は皇帝の地位を求めているということか。

それが自分の意思か親族の思惑か分からないが、少なくともアスラン自身は、養父であり実兄である皇帝陛下を軽んじているように感じられた。

「ご配慮、感謝いたします」

エレーナはそう言って皇帝陛下に軽く頭を下げる。あくまで軽くだ。ここは私が出る場面じゃない。私には私の戦場があるようにこの場はエレーナの戦場だ。

エレーナの口元が私にしか分からない程度に笑っているのを見て、アスラン殿下の発言も帝国との交渉に使える弱みの一つ程度にしか思っていないのだろう。

でも……もしエレーナに直接手を出すのなら、私が……証拠も残さず排除する。

そんな私の感情がわずかに漏れたのか、隣のドルトンやセラの気配が微かに強ばり、エレーナが少しだけ苦笑した。

そんな空気の中で謁見は終わり、退出する寸前、それまで第二皇子の隣で、無言を貫いていたロンの表情が私は少しだけ気になった。

＊＊＊

「どうだ？」

財務卿の執務室にて、その部屋の主であるデミルの言葉に、一人の騎士が粗野な態度で息を吐く。

「……いや、あれは無理ですよ。ドルトン殿やレイトーン夫人も一筋縄ではいかないが、あの小娘の〝気配〟を感じた瞬間から、鳥肌が止まらない」

「そこまでか……」

デミル卿は皇太子の実母である、前皇帝の側妃の弟で、現在のデミル侯爵でもある。その権力で今の地位に就いているが、皇太子が皇位に就けばその派閥で帝国内の要職を独占できるだろう。

同じ側妃の子でも第二皇子は温和な性格で、実母の派閥より皇后の派閥に取り込まれる可能性がある。ここからはアスランを盛り立てることを意識して動かなければいけない。

あの考えなしとも取れるアスランの皇太子妃発言には度肝を抜かれたが、実際にエレーナ王女を皇太子妃に迎えることができれば次期皇帝の座は盤石となるはずだ。

目の前にいる騎士もコネでねじ込んだ皇太子派の間者だった。彼は元裏社会の人間であり、今はとある人物の子飼いの戦士として仕えている。

その実力はランク４の暗殺者に匹敵するが、その彼が、鳥肌が立つと言った男爵令嬢は、外見からは信じられないがそれ以上の手練れなのだろう。

「あれに勝つのは俺では無理ですね。……でも、傷つけるだけなら話は別ですよ」

「手はあるのか？　エラム」

「そこは俺に任せてくださいよ。いくら強くても、経験の浅い小娘に、裏社会の大人の汚さを教えてやりますよ」

そう言って部屋から出ようとするエラムに、デミルは彼が向かう場所を察して、その背中に声をかける。

「ラドワーン殿には、くれぐれも宜しく伝えてくれ」

「かしこまりました」

エラムは芝居がかった仕草で頭を下げると、そのまま彼は騎士の詰め所ではなく城の外へと出て行った。

＊＊＊

謁見のあとしばらくして、迎賓館を訪れた老執事が要注意人物のことを教えてくれた。

あのとき皇太子に追従したデミル卿は、やはり皇太子の親族の一人で、権力で今の地位に就いた皇太子派……正確に言えば側妃派閥の人物だ。

すでに皇太后は亡くなっており、王宮ではロンの実母である皇后よりも、わずかながら側妃派閥のほうが勢力はある。

「ですが、デミル卿も所詮は手駒の一人でしかありません。本来なら他国のあなた方には関係のない話として伏せておりましたが、黒幕と思われる人物は別におります」

皇太子と側妃派閥を後押しする人物、それは貴族でもない、市井にある商家の一つだという。

たかが商家と思うかもしれないが、そのラドワーン商会は帝国でも十数代続いている古い歴史のある商家で、複数の貴族家に金を貸すことで親族を妻や妾として送り込み、上級貴族家にも発言力を持つに至った。

その貴族家の一つが、皇太子の母である側妃を送り込んだデミル侯爵家で、側妃派閥はその金の力で発言力を増しているらしい。

皇太子自身の思惑はともかく、その周りをラドワーン商会の息がかかった貴族で固めれば、思考を誘導し、意思を変えさせることも容易となるだろう。

でも、エレーナはそれに手を出すつもりはない。彼女ならロンが望むことを、政治的な視点である程度叶えることもできるのだろうが、ロンがそれを望まないからだ。

私も手を出すつもりはない。

エレーナや仲間に手を出されないかぎり……。

＊＊＊

皇帝陛下と謁見して二日後、予定通り夜会が行われた。

本来なら明日出航するため、私たちは全員、やることは山のようにあるのだが、帝国との関係維持も重要な仕事だ。

冒険者である〝虹色の剣〟の面々も礼服を着て参加している。主に貴族と会話をしているのは、騎士に囲まれているドルトンだけで、フェルドやヴィーロは会場に散ってエレーナの周辺を警戒していた。

ヴィーロは斥候の技能で本当に目立たない背景と化している。だが、フェルドは普段の格好から礼服に着替えて、無精髭を剃るだけで真っ当な賓客として紛れていた。……確か以前、フェルドも貴族の関係者だと聞いたこともあるので、あれが本来のフェルドの姿なのかもしれない。

ミラは彼らとは逆にこのような夜会には珍しい森エルフなので、その目立つ美麗な容姿を使って私たちに絡みそうな男性貴族を排除してくれていた。

主立った貴族が集まると聞いていたけど、参加しているのはおそらく帝都にいる上級貴族とその関係者程度で、二百人もいないだろう。それはおそらくエレーナの警護をする私たちへの、皇帝陛下の配慮なのだと思った。

夜会は皇帝陛下の挨拶で始まり、それから大公家の方々や、公爵家の方がエレーナへ挨拶をしに訪れていた。謁見の時には無言だった第二皇子も挨拶に来たが、彼はロンが話していた通りに野心的ではなく、皇位さえも興味がなさそうな人物で逆に拍子抜けした。

「皇太子殿下もだけど、あの方々のどちらかが次の皇帝になられるのなら、わたくしの代は楽ができそうね」

「……そうだね」

囁くようにそう言ったエレーナが朗らかに笑う。彼女なりに愉しんでいるようで何よりだ。

側妃と目される人物は、最初だけエレーナと挨拶をして、その後は自分の親族と思われる輪の中に囲まれている。

あの発言をしたアスラン殿下も変わらずエレーナの気を引こうとしていたが、側妃に呼ばれて名残惜しそうにしながらもそちらのほうへ消えていった。

「不自然ね」

「うん」

外向けの微笑みを浮かべながらもそう呟いたエレーナに私も小さく頷き返す。

側妃派閥は、不自然なほどに私たちと距離を置いている。まるでこれから何か起きると知っているかのように……。

エレーナやロンが、私が狙われて、反撃することでかけられる冤罪を避けようとしたように、彼らも何かが起きて、自分たちが疑われることで不利になることを避けているように見えた。

夜会で何かしてくると思っていた、あのデミル卿の姿が見えない不自然さも、なおさら私にそう思わせる。

そのせいか他の貴族も近づきにくい雰囲気となり、今夜の主役であるはずのエレーナの周囲が空白地帯になっていた。皇后様ならそれに気づいてくれると思うが、彼女も挨拶を受ける立場なのでまだこちらに来られていない。

これがただの夜会なら護衛も楽でいいのだけど……たぶん、仕掛けてくるな。

そして、その懸念は意外と早く訪れた。

「王女殿下。第三皇子殿下より、西側のテラスへお越しいただけるよう、お伝えにあがりました」

若いメイドの言葉に、エレーナが意味ありげに目を細めて、一瞬だけ私へ視線を向ける。

「……ええ、案内してくださる。アリア、一緒に来てくださるかしら？」

「かしこまりました」

ロンが呼んでいる。あり得なくはないが、この状況でそれを疑うなと思うほうが、無理がある。

でも、それをエレーナが拒めば、第三皇子と懇意にしているという話が偽りであると、側妃派閥が騒ぎ始めるのだろう。

メイドに案内されて会場を進むと、他のテラスには酔い冷ましをする男性や、逢瀬を交わす男女の姿なども見られた。だが、案内されたそのテラスは城下町側ではないためか景色が悪く、そのせいか誰も人はいなかった。

そのメイドが何かを企んでいる様子もなく、文官の一人にロンの言葉を伝えるように言付けられただけで、案内を終えるとそのまま会場へと戻っていった。

でも……。

「……待って」

「何かありましたの？」

テラスの暗がりに闇の魔素で隠された何かが落ちていることに気づいた。普通なら気づかない。でも私の目には、それが小さな自決用のナイフのように見えた。それが何故、こんな場所に？

「――エレーナ？」

「ロレンス殿下……」

会場のほうから声をかけられ振り返ると、本当にロンが姿を現した。

「どうしたんだい？　君たちからこんな場所に呼び出すなんて、本当に罠かと疑ってしまったよ」

「……え」

ロンの言葉にエレーナの呟きが漏れて……その瞬間、軽く腕を振り払った私はそれを掴み取り、何事もなかったようにエレーナに振り返る。

「アリア、ロレンス殿下が」

「わかった。ロン、しばらくエレーナを頼む。少し周りを調べてくるから……待っていてくれる？」

「それは分かったが……」

「駄目よ、アリア。あなたが一人になったら……」

「大丈夫。すぐに戻るから」

少しだけ困惑しているエレーナとロンから離れて、テラスの暗がりへと向かい、落ちていたナイフをハンカチで包むように拾い上げる。毒は付いていない。でも、その代わりに鞘の中にある刃にはべっとりと血が付いていた。

これがお前たちの策か……。でも、もう考察は必要ない。

……お前たちはエレーナに手を出した。

「――【鉄の薔薇(アイアンローズ)】……【拒絶世界(オブリビオン)】――」

その瞬間――私の姿が世界から消えて、一陣の風が闇に走るものを追いかけた。

＊＊＊

アリアが周囲を確認すると言って暗がりへと向かい、その闇を心配そうな顔で見つめるエレーナに、ロンが意を決したように話しかける。

「……よく分からないが、君たちも呼び出されたと思っていいいか？」

「ええ」

そう確認するロレンスにエレーナが微かに頷いた。

「アリアが戻ったらすぐに会場へ戻ろう。……その前に少し話をしてもいいいか？」

「良いですけれど……」

この状況でそんなことを言い始めたロレンスに、エレーナが微かに首を傾げる。

だが、ロレンスも二人きりになれる状況をずっと待っていた。アリアが戻る前でもエレーナの側にはセラや帝国の侍女がいて、セラが彼女の警護をアリアに任せて宰相と折衝している今しか、その機会はなかった。

切っ掛けは皇太子の発言でも、その想いはずっとロレンスの心にあった。

「ロレンス殿下……？」

突然、自分の前で膝をついたロレンスにエレーナが困惑気味に声を漏らし、そんな彼女にロレンスは、そっと手を差し出した。

「エレーナ……私の妻になっていただけませんか？」

＊＊＊

「――ちっ」

エラムは狙撃に失敗して即座にその場を離脱した。

彼の策は、人の訪れないテラスに闇魔術で隠した血塗れのナイフを放置して、闇魔術で作った矢で狙撃する――それだけだ。

闇魔術師であるエラムの【闇矢（ダークアロー）】は彼のオリジナル魔術だが、他の属性と違い、闇の粒子を矢にして放っても殺傷力が低い、牽制用の魔術だ。

だが、今回の目的はあの場にいた三人の誰かを傷つけること。夜に放たれた闇矢を感知することは困難であり、誰かが傷を負っただけでも目的は達せられるはずだった。

王女が傷つけば、第三皇子が危害を加えたことになり、第三皇子が傷つけば、王女の護衛である少女が犯人となる。

事実はどうでもいい。その証拠となるナイフがあれば本人たちの証言など意味はなく、後は周りが騒ぎ立てるだけで、帝国内にある第三皇子とクレイデール王国との関係は崩壊する。

ランク4の戦士は撃たれた矢を躱し、ランク5の戦士は放たれた矢を掴み取ると言われている。

だが、闇夜の中で放たれた闇矢を躱すことなどランク5でも不可能だ。

だが――あの少女は、放たれた矢を容易に掴み取った。まるで見えていたかのように。

エラムはその目で見ても信じられなかった。その少女の視線が、一瞬だけエラムのいた暗闇に向けられた瞬間、彼はすべての余裕をなくして全力の逃走を始めていた。

エラムは元暗殺者だ。暗殺者ギルドの人間ではなく、ある貴族の子飼いの暗殺者だったが、事情によりその貴族を殺して逃げていたところをラドワーン商会に拾われた。

とりあえず、このことをラドワーンに伝えないといけない。あの状況でエラムを追ってこられるとは思えないが、最悪の場合、ほとぼりが冷めるまで自分は国外へ脱出する必要がある。

（……この歌は……）

帝都の夜を駆け抜けながら、エラムは遠くの酒場から微かに流れてくる吟遊詩人の歌が聞こえ、不意にどこかで聴いたその内容が頭を巡る。

その歌は、一人の少女が暗殺者ギルドや盗賊ギルドを倒していく物語で、外国の商人が伝えた荒唐無稽な内容だったが、冒険者や傭兵には人気のある歌だった。

歌の名前はなんだったか……。その記憶を探るうちに、エラムは以前仕事で一緒になった外国から流れてきた盗賊が話していたことを思い出した。


――〝灰かぶり姫〟には関わるな――


「ボスっ、まずいことになった！」

その場所は城の周辺にある帝都の一等地にあった。その中でも一際大きな邸宅で、夜会に参加できない皇太子の親族と会合をしていたところに飛び込んできたエラムを、奥にいた老人がジロリと睨みつけた。

「……騒がしいぞ、エラム。何があった？」

その老人、ラドワーン商会の会頭であり、先代皇帝の頃から側妃派閥を裏から支えていた男は、何度も仕事をさせてきた暗殺者エラムの様子に顔を顰める。

ここにいる側妃派閥の人間はエラムのことを知ってはいるが、明確にラドワーンと雇用関係にあることは示唆していない。

闇魔術も使えるランク４の戦士で、腹芸もこなせることから重用してきたが、仕事で問題を起こしたのなら、ラドワーン商会との繋がりが発覚する前にこの男を始末する必要がある。

「詳しく話せ」

ランク４の暗殺者は貴重だが、代わりがいないこともない。だが、その前にどのような事態に陥ったのか、それを見極めるためにエラムに話を促し、エラムが荒れていた息を整えて話し始めようとした、そのとき――。

「――ひぐ……っ」

そこにいた全員、何が起きたのか理解できなかった。エラム本人さえもそうだろう。

だが、エラムが見つめる側妃派閥の末端貴族たち……そのエラムを見る黒い瞳に映る、自分の首を後ろからナイフで貫いた〝灰かぶりの少女〟を見て、エラムの意識は絶望の中で二度と浮かぶことのない闇へと沈んでいった。

……誰も気づかなかった。

ランク4で暗殺者の仕事をしてきたエラムでさえも、刺されたその瞬間まで少女がいたことに気づけなかった。

まるで――今この瞬間に、世界に顕れたかのように――。

彼らの常識（世界）を破壊した可憐なドレスを纏った少女は、事切れて崩れ落ちるエラムを投げ捨て、両手にそっと黒い刃を構える。

「お前たちは、私たちの〝敵〟となった」

＊＊＊

「――ロレンス殿下……わたくしは女王になります。あなたが彼との約束のために皇帝を目指すのなら、隣にいることはできません」

「……確かに俺は、カミールとの約束のために出来ることをするつもりだ。あいつも自分なりの道を目指した。だが、道は一つだけでないと、それを教えてくれたのは君だ」

「ロン……」

「まだ道を探す途中だ。必ずそこに辿り着けるとは限らない。でも……もし、その道が君と交わるのなら、その時はもう一度、俺の申し出を聞いてくれないか？」

「…………」

エレーナは少し思案するような顔をして、まるで沙汰を待つ囚人のような顔色のロレンスに、フッ……と息を抜くように微笑みながら、あらためてロレンスの瞳を覗き込む。

「三年……それしか待ちませんわ。それでもよろしい？」

「あ……ああっ、もちろんだ！」

膝をついていたロレンスは立ち上がると顔を紅潮させ、気恥ずかしさを誤魔化すように会場へと足早に戻ってしまった。アリアと一緒に戻るはずが、そんなことさえ気が回らなくなったロレンスを、エレーナは不器用な弟を見るように苦笑する。

「……終わった？」

「アリア……見ていたの？」

「ロンが逃げたところなら」

調べて何事もなかったのか、気配もなく戻ってきたアリアに、エレーナは心から安堵するように側に寄る。

「何かしてきた？」

「……何も」

何か、はあったのだろう。それを話そうとしないアリアにエレーナは苦笑すると、会場から流れてくる音楽に気づいて目を細める。

「……そういえば、学園の舞踏会は中止になったのかしら？　約束は覚えている？」

「もちろん」

アリアが暗部の裏切り者グレイブ討伐に向かうとき、アリアは舞踏会までに戻るとエレーナに約束した。

それから魔族の襲撃があり、この地へ飛ばされたことで舞踏会も無くなったが、それを覚えていてくれたアリアに、エレーナがそっと手を差し出すと、男性パートばかり上達していたアリアが完璧な仕草でその手を取る。

「帰りましょう。クレイデールに」

「うん」

そうして二人は、会場から流れてくる曲を聴きながら、誰もいない夜のテラスで二人きりの舞踏会をはじめた。

戦鬼

「――〝戦鬼(せんき)〟だぁあああっ!!」

死がはびこる荒涼たる地で人類軍の兵士の言葉が木霊する。

人類軍――人族国家を主とした森エルフ、ドワーフ、獣人などによる連合軍で、この大陸最大の宗派である『聖教会』の呼びかけによって結成した、『魔族』に対する人類の盾であった。

人類軍は魔族をサース大陸の西にある未開の地へ追いやり、人類軍と魔族は数百年もの永い時を争い続けてきた。

だが、人類軍は聖教会の掲げる魔族の根絶を果たすことはできなかった。

それは何故か――?

「――【大旋風(タイフーン)】――」

『ぎゃぁあああああああああああああっ!?』

レベル5の風魔術が巻き起こり、数十名の兵士を巻き込んだ。

人類軍が魔族を追い込んだ西部の未開地にまともな平野はない。そのため兵士たちは重い金属鎧ではなく軽装鎧を用いていたが、そのせいでランク1や2の兵士たちは巨大な風魔術に耐えられずに大地から吹き飛ばされていく。

だが、一部のランク3の兵士たちは身体を浮かせながらも踏ん張り、耐えようとした。

「――【竜巻(ハリケーン)】――」

その浮きかけた身体をレベル4の風魔術が天に巻き上げる。耐えきれずに巻き上げられた兵士たちは、半端に重い鎧を纏っていたことにより落下のダメージで即死する者もいた。

ランク1や2の兵士に高レベルの魔術に耐えられない。

ランク3の兵士でも瞬く間に戦闘不能にさせられた。

「おのれぇえ、戦鬼っ！」

その中でただ一人、その中隊の隊長らしき人物は素早く竜巻を避け、矢のように飛び出して鋭い槍を黒衣の女性……〝戦鬼〟へ突き出した。

だが……戦鬼はただの魔術師ではない。

ジャラララァアアアアアアアッ！

「なっ⁉」

戦鬼の繰り出した鎖のような武器に絡め取られた槍が折られ、そのままランク4の戦士は頭部を削り取られて、何もできないまま命を散らした。

魔族（エビルレース）は闇エルフを主とする人族に迫害された者たちの総称だ。絶対数で劣る彼らが数百年も人類軍と戦い続けられたのは、ひとえにその〝強さ〟からだった。

エルフ種のように長い寿命を持つ種族は技能の成長が遅い。それは才能の差ではなく、時間感覚の違いによるものだ。人族の技能成長が早いように思えるのは、エルフ種のように完璧な習得を目指すのではなく、短い時間の中で一つのことに集中して習得するからだ。

だが、闇エルフはそうならなかった。常に数十倍もの敵に狙われ、戦い続けることを強要され続けた彼らは、穏やかな〝幸せ〟を切り捨てることで〝強さ〟を得ることでしか生き残れなかった。

人族国家なら一国にランク4が百名前後、ランク5なら数名いれば良いほうだ。小国となるとランク5が一人もいないことさえ珍しくない。

だが、人族以上の速度で人族の数倍の時間を実戦と鍛錬に費やした魔族軍は、一般の戦士でもランク3となり、ランク5となれば人族国家すべてを合わせた数を勝る、戦争が研ぎ続けた刃のごとき精鋭部隊と化していた。

「…………こふ」

戦いに勝利した戦鬼が咳き込むように膝をつくと、人類軍の負傷兵にとどめを刺していた闇エルフの一人が駆け寄ってくる。

「セレジュラ殿っ！　大丈夫ですか⁉」

「……戦場でよそ見するんじゃないよ。死んだふりをしている奴もいるんだよ、あんた、死にたいのかい？」

ギロリと睨みつけるセレジュラの殺気を受けて、闇エルフの男は脅えながらその場を足早に去って行く。セレジュラは魔族軍有数の戦士として尊敬を受けると同時に仲間からも恐れられていた。

「本当に……死んじまうんだよ」

魔族の戦士となって数十年……当時の仲間は皆死んでしまった。

セレジュラが参加した作戦で彼女だけが生き残ったことも一度や二度ではない。その苛烈な戦い方から彼女の前に立てば味方さえも殺されると噂され、たった一人でも敵の大将を討ち取り、千人以上の人類軍将兵をその手にかけてきたセレジュラは、敵と味方から畏怖を込めて『戦鬼』と呼ばれるようになった。

セレジュラが苛烈なほど前に出て戦うのは、そうしなければ新兵から死んでいくからだ。魔族は強さを尊ぶ。畏怖しながらも〝戦鬼〟のようになりたいと前に出て行く新兵たちを生かすには、セレジュラが味方に刃を向けながら敵の前に出るしかなかった。

だが、そんな戦い方はセレジュラの身体を蝕んだ。元より四つの魔術属性を得ているセレジュラの戦闘スタイルは〝暗殺〟であり、一人で多くを相手にする戦い方ではない。

それでも戦わなければ仲間が死ぬ。知っている顔が居なくなることに痛みを覚えたセレジュラは、出来る限り仲間たちを遠ざけるようになり、心を殺すことで戦い続けた。

セレジュラは暗器を繋ぎ合わせた血塗れの武器から欠けた刃を取り外し、折れた槍の切っ先をくりつけ、口元の血を拭って立ち上がる。

「人は……どうして争うのだろうな……」

戦いが終わることはない。心をすり減らし、心を消して戦い続ける日々。でも、そんな中にもセレジュラには心の拠り所があった。

「姉さん！」

「アイシェ……」

魔族国へ戻ったセレジュラに飛びつくように抱きついてくる少女。セレジュラは少し驚きながらも目を細めて頭を撫でる。

「もぉ……アイシェももう、子どもじゃないんだから」

「え〜〜……、久しぶりに会えたのだからいいでしょ？」

少しすねたような妹をセレジュラはもう一度抱きしめ、二人で手を繋いであまり使われることのない二人の家に歩き出した。

今の生活が始まったのは五十年近く前になる。それまでは両親も健在であり、アイシェは産まれたばかりで、セレジュラは魔族軍の一兵士に過ぎなかった。

その頃はまだセレジュラも前線に出ることもなく、人族との戦いに勝てば幸せになれると信じていた。だが……人類軍との戦争で両親は亡くなり、産まれたばかりの妹を抱えたセレジュラは一つの選択を迫られる。

幼子の世話をしながら女が一人生きられるほど魔族国は裕福ではない。強さを尊ぶ強い氏族に助けを求めても受け入れられなかったセレジュラは、暗殺を主とする魔導氏族を頼るしかなく、そこから血を吐くような鍛錬の日々が始まった。

それから十数年の修行を経て、師であるエルグリムによって四つの魔術属性を得たセレジュラは妹の庇護を対価に前線へ出るようになり、それから十数年して〝戦鬼〟と呼ばれるほどの最強の一角へと成長した。

「姉さん、今回はどのくらい居られるの？」

「まだ分からないなぁ」

「むぅ……」

アイシェが分かりやすく不満を表すように頬を膨らませる。

一般的に五十年も生きれば、闇エルフでも人族の成人近くまで成長する。だがアイシェはセレジュラの妹を戦いに巻き込みたくないという思いから、魔力値を上げる鍛錬をすることなく、見た目も言動も同年代の闇エルフよりも幼かった。

(……あの冒険者も見た目は同じくらいか)

戦場で何度か会ったことのある冒険者たちがいた。その中の森エルフの少女は今のアイシェと同じような幼さで、もう前線で戦っていた。

だが、そこにセレジュラのような悲壮感はなかった。彼らは前向きで命のやりとりの中でも仲間を信頼し、どこか楽しそうに見えた。

それを見て、セレジュラは自分には〝何もない〟ことに気づいた。

仲間が死んでいく戦場でただ一人生き残り、妹の成長だけを見て、また戦場へ戻る。

アイシェが自分を慕うのも、セレジュラが妹と真正面から向き合う時間と、自分の〝弱さ〟を見せる勇気がなく、強い姉の顔しか見せていないからだ。

心配をかけさせたくないばかりに戦いの凄惨さや苦悩を伝えることができず、良い部分だけを見続けてきたアイシェは、子どものように魔族の英雄である姉に憧れていた。

「私も魔族軍の兵士になれば、姉さんと一緒にいられるわ」

「……戦場は良いものじゃないよ。死ぬ者も多い」

「みんな戦いに出ているわ。私だけ出ないわけにもいかないでしょ?」

魔族は全員が戦士だ。妹だけ戦場に出さないという選択肢はない。それでもセレジュラの功績でアイシェは前線以外の道も選べる。セレジュラも妹が軍に入るとしても、力のないことを理由に後方に置いてもらえるよう、師のエルグリムに頼み込んでいた。

だが、それが結果的に妹の命を危険に曝していた。姉の華やかさしか知らない妹は姉の言葉に耳を貸さず、自ら姉と同じ前線へ向かおうとしている。

一度でも戦場へ出れば認識の違いに気づけるかもしれない。だが、そこで簡単に命を散らすことになるのが戦場なのだ。

「…………」

何を間違ったのか。どこで間違ったのか。それでもセレジュラはまだ幼い妹を突き放すことができずにいた。


「セレジュラ……次の任務が決まった」

「了解だ……師匠（エルグリム）……」

次の任務はセレジュラが思い悩んでいるうちに決まった。

魔導氏族長エルグリムとセレジュラは魔術と暗殺の師弟であるが、そこに情は存在しない。エルグリムは人族への憎しみだけで闇エルフの寿命を超えた魔人であり、セレジュラとの関係も利害関係だけで成立している。

だが、それでいいと思っている。エルグリムは他者を切り捨てることでしか目的を果たす術を知らず、セレジュラはそれに気づいていても理解するにはあまりにも重すぎた。

「次は人族国家の要人暗殺だ。これを使え」

「これは……」

それは魔導氏族が幾つか有するダンジョンの秘宝の一つ『宝珠』であった。

「それにはレベル6の火魔術【爆裂（エクスプロージョン）】が込められておる。それが本当かは分からぬが、それでなくてもこの魔力量なら、相当な威力の攻撃呪文が仕込まれておるな」

「そんな曖昧な物で？」

もし本当にレベル6の範囲魔術が込められていたら使用者も死ぬ危険がある。

それでもセレジュラが生きて戻ってくると信じているのか、それとも弟子の生死よりも人族を殺すことを優先しているのか……。どちらにしろ、おそらくエルグリムの頭にあるのは人族への恨みだけなのだろうと、セレジュラは理解していた。

どの道、魔導氏族の任務を断ることはできない。セレジュラはその約束でアイシェの庇護を求めたのだから。

「了解した。もしものときは……約束は守れよ」

「安心せい。妹のことは魔導氏族に任せよ」

暗殺対象は、人類軍へ物資を提供しているカンザール連合王国の王族だ。その王族の一人がカルファーン帝国に近い戦地へ慰問するらしいが、エルグリムの標的はおそらく同行者のほうだ。

「……こんな物が必要になるわけだ」

ファンドーラ法国……聖教会の本殿から、枢機卿の一人が複数の聖教会関係者を伴って戦地へ訪れる。闇エルフを邪教の信徒として糾弾し、人類の敵とした聖教会が来るのだ。エルグリムは彼ら全員を生かして帰すつもりがないのだろう。

宝珠に込められた【爆裂(エクスプロージョン)】は生物に対する殺傷力の高い魔術だ。カンザール連合王国の王族、ファンドーラ法国の枢機卿、それを迎えるカルファーン帝国の要人の全員を殺すつもりなのだ。

セレジュラも彼らはここで確実に殺すべきだと理解した。彼らを殺せば魔族国への侵攻を止めることができる。完全に止まらなくてもそれで大勢の新兵が生き残れるはずだ。

そしてセレジュラも死ぬつもりはない。

だが、ここで〝死ぬ〟つもりでいた。

セレジュラには妹を生かす以外の目的が何もない。虚無に近い精神を〝妹〟という存在だけで繋ぎ止めて戦ってきた。だが、そのアイシェも自ら戦場へ出ようとしている。強い意志のない戦いなど待っているのは死しかない。

そこでセレジュラの死という事実を突きつければ、妹に教えてあげられなかった戦場の悲惨さを伝えられるかもしれない。

それに……。

「……あいつらと笑いあえるとは思っちゃいないけどね」

戦場で会った前向きな冒険者たち。戦い以外何もない自分がそれ以外の〝何か〟を得られるかもしれないと思わせてくれた、彼らの国に行ってみたかった。

セレジュラは要人全員を殺害するという任務を果たした。それが人類軍の怒りを買い、当時の魔族王と多くの人類軍が相打ちとなったことで、魔族軍と人類軍との休戦の切っ掛けともなった。

セレジュラは自分の死を偽装してクレイデール王国へと渡り、その十数年後に彼女の人生を変えた〝馬鹿弟子〟と、数十年後に彼女の生き方を変える〝無愛想弟子〟に出会うことになる。

そして……。

「……のう、アイシェよ。おぬしから愛する家族を奪った人族に、恨みを果たしたくないか？」

「やる……絶対に人族を皆殺しにしてやるっ」

エルグリムの奸計（かんけい）によりその人生をねじ曲げられた一人の少女が、彼と同様に人族への憎しみを募らせ、修羅の道へ踏み込んでいった。

ラストステージ

「ふふふ……あはははははははははははははははっ」

人の気配のない暗い城で、黒髪の少女は堪えきれない何かを噴き出すように笑う。

「強くなるかな？　強くなってくれるかな？」

その少女……カルラはそう呟いてうっとりと目を細める。

自分の強さを上げる目的は達せられた。そんな自分を殺してくれる〝彼女〟にも自分が先に進んだことを知らしめ、もっと高みを目指せることも示すことができた。

人類種の平均成長限界はランク3。一般人はそれ以上の技能を得ることは難しく、それを超えるためには人生の何かを犠牲にしなければならなかった。

そんなランク4に至れるのは一握りの選ばれた者だけで、大国でも百人程度しかいない。

彼女はそこで止まっていた。いや、年齢を考えればそれ以上を求めるのは酷であり、十代の前半でランク4に至っただけでも充分に天才だと言えるだろう。

でも、彼女にはそこで止まってほしくなかった。彼女なら……アリアならその先に必ず到達できると、カルラはその手の中で人体が燃え尽きるように、当たり前にそう信じていた。

強さにはまだ先がある。自分たちの年齢でもそこに辿り着ける。

「私たちなら、そこへ行ける」

信じることは力になる。そう言って焼死体に囲まれながら笑うカルラは狂喜に満ちていながらも幸せそうに見えた。

「……痴れ者が」

そこに姿を現した男……生きる力を取り戻した魔族王は、周囲に倒れた警備兵らしき無数の焼死体と、カルラの手の中にある物を見て顔を顰める。

「人族の娘……こんな場所へ、まさか二人目が来るとはな」

その場所は魔族国王城の宝物殿だった。魔族たちの目が〝選定の儀〟へ向けられ、魔族の強者たちが魔族砦に向かったこの機会を狙い、カルラは魔族国の宝物殿を強襲した。

「それは、人の手には余るものだ。おとなしく置いて消えろ」

表情を変えず殺気を滲ませる魔族王にカルラは楽しげに目を細める。

「嫌だ……と言ったら？」

その言葉に魔族王は鋭く目を細め、全身から膨大な魔力と殺気を迸らせた。

「ならば、死ね」

魔族王が魔剣を引き抜き、恐るべき速さでカルラに迫る。魔族王の戦闘力はエルグリムと変わらない。近接戦もできてこの魔力なら、魔術もエルグリムと同等に使えるだろう。

まともに戦えばランク５の戦士でも抗うことさえ難しい。

だが――。

「――【魂の茨（ソウルソーン）】――」

カルラの全身に黒い茨が絡みつき、口から血を吐きながら嗤うカルラが無詠唱で極寒の吹雪を作り出す。

「くっ」

とても無詠唱とは思えない冷気に魔族王の動きもわずかに鈍り、五感も強制的に下げられる。

「死ぬには良い夜ね」

ドガンッ！

その一瞬に魔族王の頭を掴んだカルラが、叩きつけるようにその頭を床に押しつけた。

「こふ……でも、アリアがあなたを生かしたのなら、特別に殺さないであげる」

「……後悔するぞ」

魔族王の言葉は、自分を殺さなかったことへの警告か、それとも奪った物への忠告か。

カルラは魔族王の言葉にクスリと微笑み、静かに立ち上がると、吐血した血塗れの顔で魔族王を優しげに見下ろした。

「したことないわ」

その言葉だけを残してカルラは魔族の城から空間転移で消え、後には凍り付いた焼死体と唯一生かされた魔族王だけが残された。


準備はできた。

騎士団や冒険者に邪魔をされないだけの強さは得た。

アリアにも強くなれる可能性を示した。

学園でもエルヴァンたちがそろそろダンジョンを攻略し戻ってくる頃だろう。

あのダンジョンの精霊に願いを述べてまともでいられた者は少ない。それに対抗するためクララは策略を巡らしているはずだ。

そして……。

「本当に存在するなんて思わなかったわ……」

それは禁書にあったただの伝説。大昔のお伽噺。

鉄エルフが闇エルフとなったその日に、大いなる精霊から与えられた恩恵の一つ。

遙かな昔、西部地方の一部を砂漠にさえ変えたとされる、五つの〝宝珠〟……。

それさえあれば願いが叶う。

アリアのために……。

カルラがアリアと二人きりで殺し合うための、最高の舞台を作る準備ができた。

「早く帰ってきてね、アリア。急がないと王女様の国が燃えちゃうわよ」

あとがき

初めましての方は初めまして。シリーズ既読の方はありがとうございます。春の日びよりです。

学園の〝が〟の字もない『学園編』の第三弾、『魔国の戦鬼』をお届けいたします。

今回はバトル、バトル、大バトルの連続です！　あとがきから読む派の方にはネタバレですが、華やかな学園パートを引っ張ってくれていた某黒髪さんが砂漠に乱入したせいで、学園描写は見事に無くなりました（笑）

その気になれば空間転移であっという間に砂漠編を終わらせることもできた彼女ですが、アリアが彼女の思考を理解できるはずがない、と言う通りに考えるだけ無駄です。

せっかくですので今回は、最凶の悪役令嬢、カルラのことをお話ししましょうか。

ＴＯブックス様のオンラインストア予約限定で小冊子が付くのですが、そこでは本編では書かなかった『乙女ゲーム・銀の翼に恋をする』の各ルートを短編小説にしています。

ページ数の問題（一万文字縛り）で出たり出なかったりする彼女ですが、ラストイベントでは必ず〝ラスボス〟としてヒロインの前に立ち塞がります。本編ほど凶悪な強さではないですが、ヒロインも〝灰かぶり姫〟ほど強くないので仲間たちと協力して戦うことになります。

乙女ゲームでカルラがヒロインと戦う理由は何か？　本編の場合はアリアと殺し合いで死ぬことを望んでいますが、乙女ゲームのカルラはヒロインにそこまで執着していません。もちろん婚約者に嫉妬などもないのですが、必死に頑張るヒロインはカルラにとって最上のオモチャであり、最終戦ではその頑張りに免じて、死んであげます。

これが他の攻略対象の好感度が低すぎると仲間になってくれず、普通にヒロインが負けるバッドエンドもあるのですが、カルラを倒せるほどの頑張りを見せると、カルラは友情に近い感覚をヒロインに覚えて、最期に『誰も死なせない』と願うヒロインの〝疵〟となるために、わざわざヒロインの手にかかって〝死ぬ〟のです。

厄介ですねぇ。面倒くさいですねぇ。愛情が斜め上に腐っていますねぇ。

さらに厄介なことに本編では、アリアとの殺し合いに勝ったら、王都と全住民を巻き添えにして死ぬつもりなのですよ。その上、今回は天然サイコパスの偽ヒロインもいるので、アリアさん頑張ってとしか言えません。それでも一番苦労するのはエレーナで確定なのですが。

さて、今回も綺麗なイラストを描いてくださった、ひたきゆう先生。コミカライズを担当する、わかさこばと先生。タイトなスケジュールの中でも対応してくださる編集者の方々。様々な関係者様に助けられて七巻目を出すことができました。

いよいよ次は学園に戻ります。順調にいけば本編はあと二冊です。学園でのアリアの奮闘にご期待ください。

それでは次巻でまたお目にかかれることを祈って、最後に本書を置いてくださる書店様と、手に取ってくださった読者様に、最大級の感謝を！

ジェーシャ

ホグロス商会会長の娘でありカトラスの冒険者ギルドのギルド長。赤髪のドワーフで身長はアリアと同じくらいだが、体格が倍近くあり筋骨隆々。姉御肌で勇猛な性格をしている。

地竜/闇竜

元は魔族軍に使役されていた地竜であったが、人間種への激しい憎しみから属性竜である闇竜に進化した。執拗に"人"を狙う特性があり、人喰い魔竜と恐れられることも。竜の言葉は竜魔法の一種で、文意が人にも明確に伝わってくる。

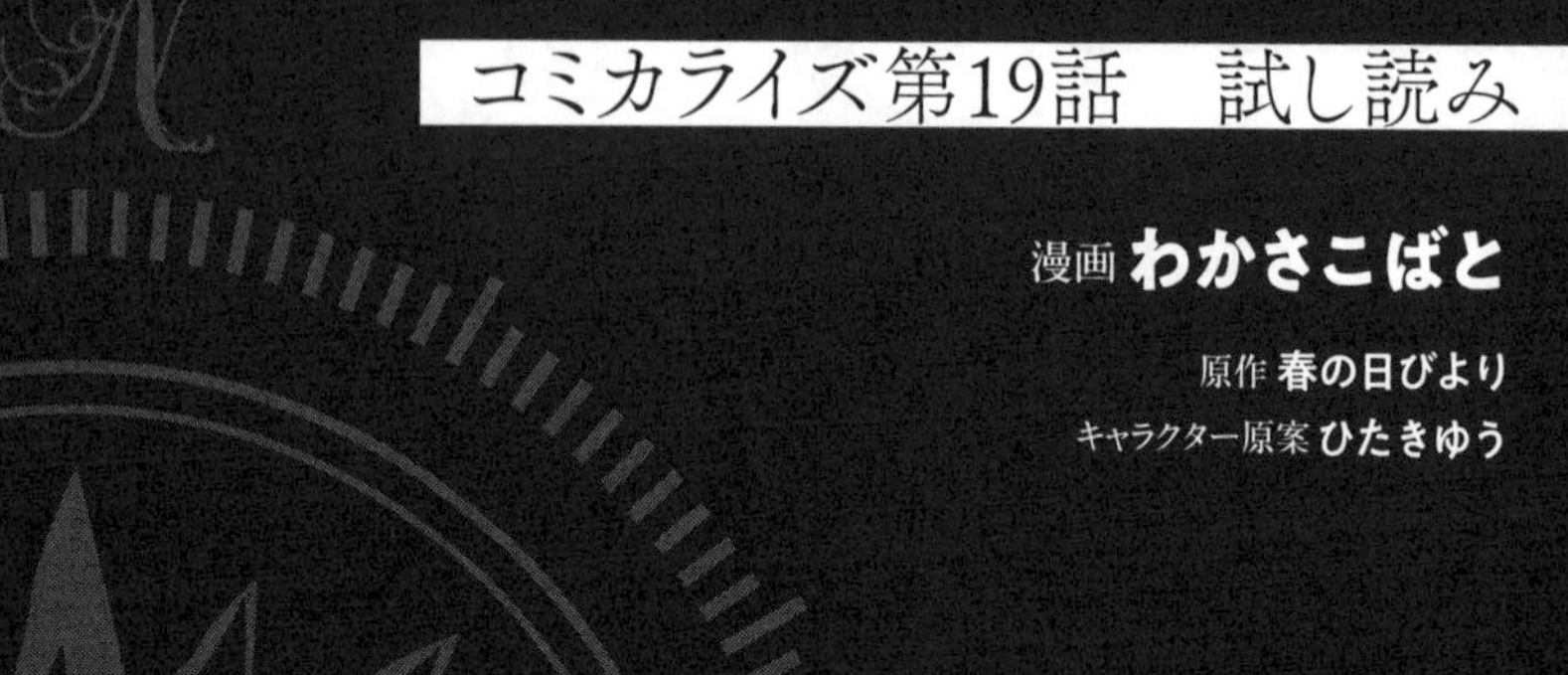

コミカライズ第19話　試し読み

漫画 **わかさこばと**

原作 **春の日びより**

キャラクター原案 **ひたきゆう**

第19話

あなたが
あの魔族の弟子
なんでしょ？
多少魔力は
あるみたいだけど
その程度の戦闘力で
殺しができるの
かしら？

誰？
あなたの先輩よ
新入りちゃん
口の利き方に
気をつけてね
うっかり
殺しちゃうかも
しれないでしょ？

…………
見た目に似合わず強いな
【ゴスロリ女】【種族:人族♀】
【魔力値:115／120】【体力値:173／177】
【総合戦闘力:242(身体強化中:297)】

たぶん真正面から戦っては勝てない
どうしたの？魔族の弟子はちゃんと挨拶もできないの？
クス
クス
あなた見た目はまぁまぁいいし
気に入ったら私のペットにしてあげてもいいのよ？

奥の手をすべて使えば勝てるかもしれないが
今は手の内を明かしたくない
さてどうするか……
キーラ
何をしているのですか

……ディーノ
私は何もしてないわ
パッ
暇だったから新人に色々教えてあげようと思っただけよ？
フフッ
ハァ
そうですか

ようこそ我が兄弟弟子よ！
暗殺者ギルドはあなたを歓迎しますよアリア
それで仕事は？
まずは私がここを案内しましょう
ノリが悪いですね…
それなら私がしてあげるのに～
ねえ？

ギルド内では私闘は禁止していいます
もし仲間に武器を抜いて攻撃したら罰則もありますよ
双方わかりましたか？
ピシ
ハア～
イッ
パシ

ッ!?
チャッ
――まさか

私が悪いとか言わないよね？
ハァ…
……しかたありませんね

私の……
私の顔に
傷が……
ブル
ブル
ブル
〝灰かぶり〟のクソガキがッ!!
この私にッ!!

キーラッ!!
これ以上
続けるのなら
あなたが『粛清(しゅくせい)』の
対象になりますよ

……っ
それでは
軽くギルド内を
案内してから
仕事の話を
しましょう
アリア
あなたも
挑発には
乗らないように
わかった

ギリッ

あまり人がいないね
初心者でも入れるような冒険者ギルドや盗賊ギルドと一緒にしないでください

特殊な技術特殊な才能を持ち
人を殺すことを割り切れる人間のみが我らがギルドの門に辿り着くことができるのです
この支部に顔を出せる構成員は100人もいませんよ

ふぅん
この国の暗殺者ギルドの支部は両手で数えられる数しか存在しないらしい
師匠いわく暗殺者ギルドの構成員数は数百人程度らしいが
暗殺者の数は正確には把握できないそうだ

フリーの殺し屋や貴族が育てた暗殺部隊もいるし
何より生きて潜伏しているのかすでに死んでいるのかがわからないからだ

ピク
何かありましたか？兄弟弟子よ

…別に……
まず最初にお話ししたとおり
本当に依頼がこなせるのか君には試験をさせてもらいます
問題なく暗殺できたら君を信用しましょう

ですがもし失敗したり逃げだしたりすればセレジュラに責任を取ってもらうことになりますよ？
試験の詳細は？
元冒険者からの依頼です

暗殺対象は
3人組の冒険者ですが
本業は盗賊ギルドの
構成員だと
判明しています
依頼主は
そいつらに
恋人を殺され
衛兵にも
訴えましたが
・・・・・
現場の特殊性から
証拠不十分として
罪に問われません
でした

依頼主は
表の世界に
絶望し
多額の借金を
してでも
我々へ依頼し
その盗賊どもの
死を願った
わけです
殺人が
行われた現場は
一般人が近寄らず
誰が死んでも
おかしくない場所――

『遺跡（ダンジョン）』

要は初心者狩りの盗賊の暗殺です
ピピピピ
パシ
試験ですが報酬はお支払いします
無事に達成できたらこの10倍の報酬を渡しましょう
……前金で金貨3枚か
金貨30枚なら大人の年収にも匹敵する大金だけど
盗賊3人と命のやり取りをすると考えると微妙かな……
でも依頼料の半分をギルドが取っているとしたら
依頼人は相当な借金をしてこの依頼を出したことになる
ギュ…
………

続きは CORONA EX コロナEX TObooks にて
お楽しみ下さい!

〝ホンモノ〟は
私よ……！
2024年
発売予定！

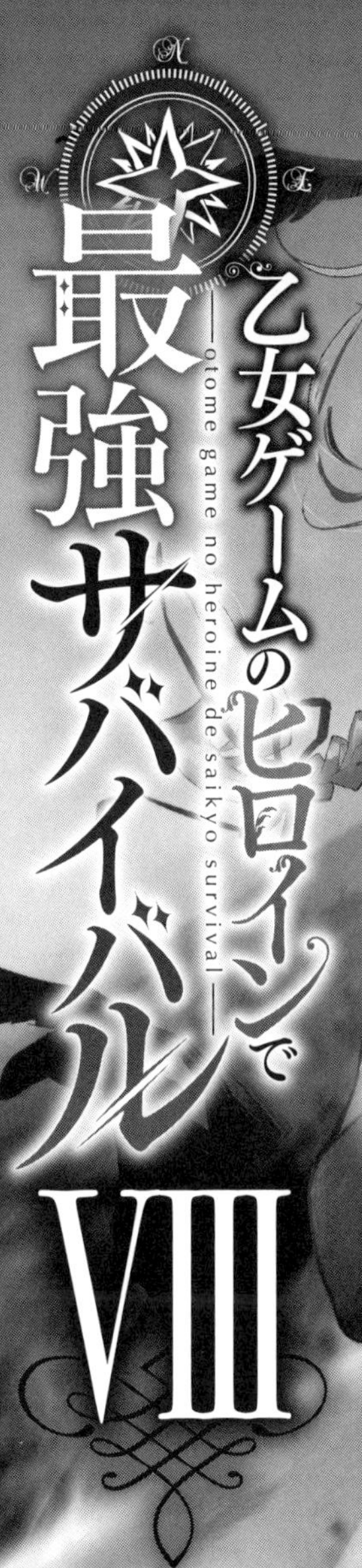

お前の思い通り（シナリオ）には

させない

偽ヒロインの策謀により頻発する
悪魔襲撃事件。
歪んだ乙女ゲームの暴走は
加速していく——！

Harunohi Biyori
春の日びより
illust.ひたきゆう

乙女ゲームのヒロインで最強サバイバルⅦ

2024年2月1日　第1刷発行

著　者　春の日びより

発行者　本田武市

発行所　TOブックス
〒150-0002
東京都渋谷区渋谷三丁目1番1号　PMO渋谷Ⅱ　11階
TEL 0120-933-772(営業フリーダイヤル)
FAX 050-3156-0508

印刷・製本　中央精版印刷株式会社

ISBN978-4-86794-049-5

Printed in Japan